THÉATRE

ET

ŒUVRES

PHILOSOPHIQUES,

ÉGAYÉS de Contes nouveaux dans plus
d'un genre. Dᵐ Nᵒ 3177.

TOME III.

A LONDRES,

Et se trouve à PARIS,

Chez ROYEZ, Libraire, au bas du Pont-Neuf.

M. DCC. LXXXV.

PRÉFACE.

Le genre des Contes paroît un peu passé; peut-être il reviendra à la mode; cette révolution ne seroit pas nouvelle; on en a vu de plus étranges.

Nos anciens Fabliaux sont à peu près les premiers ouvrages de cette espece que l'on a faits en France; ils respiroient pour la plupart la gaieté & la naïveté de nos ayeux; on les retrouve dans les Contes de la Reine de Navarre; mais cette gaieté & cette naïveté ne sont plus celles de nos jours.

Lorsque l'Espagne donnoit le ton, & que l'on puisoit chez elle les modes & l'enthousiasme, on en importa aussi des nouvelles, où la galanterie jouoit un beau rôle, & où le cœur & l'imagination trouvoient quelquefois à s'occuper. Ces petits romans traduits d'abord, & ensuite imités par les auteurs qui voulurent être originaux, donnerent lieu à de plus grands. Les Scuderi, les la Calprenede, &c. renchérissant sur leurs modeles, s'empresserent de représenter les héros les plus célebres, galans à la fois & guerriers, & vaillans, parce qu'ils étoient amoureux. Les troubles dont on sortoit en France, avoient, pour ainsi dire, exalté la nation; une teinte d'héroïsme qui en étoit la suite, soutenu par les conquêtes d'un grand roi, les jours les plus brillans de la monarchie, avoient tourné tous les esprits du côté de la gloire & de l'amour. Mais il ne s'agit pas ici des romans.

Les Féeries, les Mille & une nuits amenerent un autre genre, & on leur doit le comte Hamilton. Celui-ci se distingua de la foule des conteurs ; l'esprit, les graces, la naïveté, l'élégance & l'imagination le caractérisent. Il ne prit point l'épithete fastueuse de moral ni de philosophique, dont on se pare si facilement & si gratuitement de nos jours ; il se contenta de la mériter. Personne peut-être ne remplit mieux que lui le but qu'il s'étoit proposé. Il vouloit dégoûter le public de cette foule de contes frivoles & ridicules qui s'étoient succédés sous le titre de Mille & une foirées, Mille & une heure, Mille & un quart-d'heure, &c. enfans maigres & secs des Mille & une nuit. Dans ce dernier ouvrage, l'imagination brille, en effet, aux dépens de la vraisemblance ; mais il est bien supérieur à ses copies, en ce qu'il est original, en ce qu'il donne une idée des mœurs & des usages des Arabes, vers. le 12e. siecle où il a été composé, & qu'il fait connoître la magnificence des Califes, dans un tems où nous étions encore barbares, où nos cours n'étaloient qu'une pompe grossiere & bourgeoise, & où nous savions à peine lire, & encore moins écrire.

Depuis *Hamilton*, le Conte a été décrié &
très-juſtement. Il faut ſauter par-deſſus environ un demi-ſiecle, & venir à l'Écrivain
élégant & philoſophe qui l'a reſſuſcité. M.
de Marmontel s'eſt ouvert une carriere nouvelle. Il a été plus loin que le comte Hamilton, en peignant des mœurs, des vertus &
des vices vrais, en décidant mieux, & en
étendant davantage le but moral de ſes Contes. Il y a mis autant d'imagination & de
goût, & ſur-tout plus de variété, d'intérêt
& de philoſophie.

Ce ſont ceux qu'on a faits à ſon imita-
tion, à l'exception de quelques-uns, car il
faut être juſte, qui ont décrié ce genre. En
voici qui ne le releveront pas. Ils ne porte-
ront point d'autre titre que celui de Contes.
On y trouvera peut-être de la morale & de
la philoſophie. Il eſt inutile d'y mettre une
enſeigne; ſi l'on y eſt bien, on y reſtera;
ſi l'on y eſt mal, on paſſera ſon chemin; ils
n'ont pas été entrepris avec le projet d'écrire
des Contes, & d'en faire un recüeil. Au milieu de l'année 1768, lorſque le Mercure venoit de changer de main, dans un temps où
la petite hiſtoriette étoit devenue une partie
qu'on n'oſoit pas retrancher, & où les reſ-
ſources manquoient, on compoſa ceux-ci pour
ſervir de rempliſſage. Celui qui avoit alors le
privilege de ce Journal, peut atteſter qu'ils fu-

rent toujours entrepris parce qu'on en avoit
besoin & pour le besoin. On ne cessa de se
livrer à ce travail que vers le commencement
de 1770, lorsque le Mercure eut d'autres secours & de meilleurs.

Ces bagatelles se sont multipliées ; on les
donne ici telles qu'elles ont été faites d'a-
bord, en y restituant quelques morceaux que
la nécessité d'abréger, & divers ménagemens
qu'on peut soupçonner, avoient fait retrancher du Mercure, On y a joint aussi quelques Contes, les uns originaux, les autres
imités de l'Anglois, qui ont paru dans d'autres recueils, & qui sont de la même main.

On observera en finissant, que le Ram-
bler du célebre Samuel Johnson a fourni le
sujet de l'Abus & de l'Usage des Richesses,
que l'on insera d'abord dans un des Mémoires
de 1779. Depuis qu'on l'a retrouvé dans le
recueil, publié en 1784 par M. du Saulx,
des Apologues & Contes orientaux de feu
l'Abbé Blanchet, on l'auroit retranché de
la collection de ceux-ci, s'il n'avoit été déjà
compris dans la premiere édition qui en fut
faite à Bouillon en 1781. Cette même observation s'applique à un ou deux autres
sujets qu'on peut voir encore ailleurs.

NOUVEAUX MÊLANGES,

CONTES.

LE SÉDUCTEUR.

Monsieur & Madame de Meilcourt goûtoient depuis long-temps les douceurs d'une union paisible, formée par l'amour, resserrée par l'hymen, entretenue par l'estime. Sophie, leur fille unique, faisoit leur félicité. Elle étoit parvenue à cet âge où le cœur commence à se sentir, où une jeune fille qu'on ne destine point au célibat, entrevoit un établissement prochain, & cherche autour d'elle avec autant de curiosité que d'inquiétude, l'homme avec lequel elle préféreroit de passer ses jours.

Heureuse auprès de ses parens, Sophie craignoit de s'en séparer; elle savoit qu'elle y seroit contrainte en se mariant; l'hymen qu'elle ne considéroit que sous cet aspect, ne lui inspiroit aucun desir; elle n'avoit encore vu personne qui le lui fit envisager d'une autre maniere; elle attendoit sans impatience que son cœur eut nommé son époux; son choix devoit décider celui des auteurs de ses jours.

M. de Meilcourt alloit passer tous les ans la belle

faison à la campagne ; Sophie y trouvoit des amusemens aussi simples, aussi innocens que son cœur ;
elle les partageoit avec un père & une mere qui l'a-
doroient. Souvent leur promenade se tournoit du
côté de la grande route de Paris ; la multitude des
voyageurs, la variété des objets leur offroient une
dissipation agréable. Un jour, ils apperçurent à
quelque distance une voiture qui venoit de verser ;
M. de Meilcourt ordonne à son cocher de voler de
ce côté ; il arrive, il voit un jeune homme dont la
figure noble & intéressante annonçoit une personne
distinguée. Celui-ci le remercie avec noblesse de la
générosité qui l'amene à son secours ; appercevant
des dames dans le carrosse, il court leur faire un
compliment ; il n'oublie pas de se féliciter de l'accident qui lui procure l'avantage de les voir. Sophie
prévient la réponse de sa mere, pour lui demander
s'il n'est point blessé. Cette question faite avec intérêt, fixe l'attention de l'étranger sur elle ; il est frappé de ses graces naïves & touchantes ; la joie qui se
peint sur son visage, en apprenant que sa chûte n'a
point eu de suite, n'échappe pas à ses observations.

Pendant ce temps, M. de Meilcourt faisoit débarrasser la voiture, envoyoit chercher des ouvriers,
& pressoit l'étranger de venir attendre chez lui que
sa chaise fut raccommodée ; cette invitation polie
fut acceptée avec reconnoissance ; la vue de Sophie,
qui la faisoit desirer, la rendit chere à celui qui la reçut.

Sainval, (c'étoit le nom du voyageur), avoit tous
les agrémens & tous les vices de son âge ; un penchant invincible l'entraînoit au plaisir ; mais il ne
s'y livroit qu'en secret ; un oncle dont il attendoit
l'héritage, & sur-tout de l'appui, le forçoit à ces
ménagemens ; il craignoit un éclat qui pouvoit lui
nuire ; sa conduite paroissoit réguliere, & ne l'étoit
point ; le mystere qui cachoit ses désordres, leur

prêtoit un nouveau charme ; & la discrétion des beautés qu'il avoit séduites & trahies, ménageoit sa réputation.

Sophie fit sur son cœur l'impression qu'y faisoient toujours la jeunesse & la beauté. Il lui fallut peu de temps pour étudier & connoître son caractere & celui de ses parens; il mit à profit cette connoissance. Il plut bientôt à M. & à Madame de Meilcourt ; il s'apperçût aussi qu'il ne plaisoit pas moins à Sophie ; il médita sa conquête. L'idée charmante qu'il se faisoit déjà de sa possession, ne lui permit pas de songer à ce qu'il devoit aux bontés généreuses de ses hôtes.

Sainval ne s'occupa que de son projet : il avoit senti qu'il n'étoit pas de nature à être brusqué ; la vertu de Sophie exigeoit la plus grande circonspection ; il s'arma de patience, & attendit tout du tems & de ses soins. Une déclaration trop prompte pouvoit le perdre ; il falloit disposer Sophie à l'entendre. Il affecta auprès d'elle une réserve timide ; il se contenta d'abord de mettre dans ses yeux un air de satisfaction lorsqu'il la voyoit ; il y mit ensuite, lorsqu'il croyoit en être apperçu, un sentiment plus vif qui sembloit craindre de se montrer, mais qu'une jeune personne decouvre facilement, & dont elle est toujours flattée d'être l'objet.

Sainval passa huit jours à la campagne, sans changer de conduite ; l'instant de son départ arriva ; on en eut du regret ; il en témoigna beaucoup. En faisant ses adieux, il parut attendri ; ses regards exprimoient le chagrin de quitter Sophie, & l'espoir de la revoir ; en demandant la permission de revenir, il sembloit l'implorer elle seule.

Sophie ne manqua aucune de ces observations ; elle éprouvoit une satisfaction secrete qu'elle n'avoit jamais sentie. Elle cherchoit la solitude ; elle se

A 2

plaisoit à rêver à Sainval ; son pere & sa mere ne
cessoient de parler de lui ; ils auroient été ravis que
leur fille eut pu lui plaire. Un soir, ils s'en entretenoient dans le jardin ; Sophie les entendit d'un cabinet de verdure, où sa distraction l'avoit conduite.
La voix de sa mere, le nom chéri qu'elle pronon-
çoit, attirerent son attention. Son cœur n'avoit pas
encore osé s'avouer qu'il aimoit ; le vœu de ses parens l'enhardit ; il la rassura sur ses sentimens ; elle
ne craignit plus de s'y livrer.

Sainval ne tarda pas à revenir ; il devoit cette
visite ; on le reçut comme il l'espéroit ; il céda sans
peine aux instances de M. de Meilcourt, qui se fit
un plaisir de le retenir pendant quelque tems. Il s'é-
toit prescrit un plan de conduite dont il résolut de
ne point s'écarter ; il le suivit avec une patience qui
s'accordoit mal avec la vivacité de ses desirs, mais
qui convenoit à ses vues. Pour ne point effaroucher
la vertu de Sophie, il l'attaqua par le respect ; ce
n'est pas la maniere la moins dangereuse ; Sophie
devoit être moins sur ses gardes. La confiance entraîne la sécurité, & les surprises sont alors plus
faciles.

Sainval, dans les premiers jours, marqua beaucoup d'empressement à chercher Sophie ; il sembloit
impatient de se trouver seul avec elle ; & quand il
l'étoit, il paroissoit contraint, embarrassé, arrêté par
la crainte, n'osant avouer ce qu'il sentoit, mais le
laissant pénétrer. Cette timidité prouvoit l'excès de
son amour ; s'il étoit moins violent, il seroit déjà
déclaré ; une pareille démarche n'est pas difficile à
un homme aimable & galant ; mais lorsque le cœur
est vivement affecté, l'esprit n'est pas bien libre.
Sainval, dans les conversations générales, avoit l'art
de jetter ces réflexions, indifféremment & comme
sans dessein ; il les dictoit à Sophie, qui les rete-

noit avidement, s'imaginoit les avoir faites, & les lui appliquoit.

Quinze jours s'écoulerent; Sainval, fidele au plan qu'il s'étoit tracé, n'avoit point encore parlé; il voyoit dans les yeux de Sophie qu'elle defiroit une déclaration, & qu'il pouvoit la faire fans rifques. Tous les matins elle fortoit de bonne heure, pour fe promener dans le parc; elle y étoit toujours feule; depuis quelque tems, elle s'y rendoit plus matin encore. Sainval, qui obfervoit tout, fe propofoit de profiter de ces inftans. Un motif puiffant le forçoit de différer. Sûr d'obtenir un aveu favorable, il craignoit qu'on ne le preffât de s'ouvrir à M. de Meilcourt. Ce n'étoit pas fon intention; il attendit le jour de fon départ pour s'expliquer; il fe flatta d'occuper affez Sophie pour éloigner une propofition qui l'embarraffoit; il auroit le temps enfuite de réfléchir aux moyens de lui faire approuver fon filence à cet égard.

Sainval fit arriver le foir même une lettre qui lui annonçoit que fon oncle étoit malade, & qu'il l'appelloit auprès de lui. Il témoigna la plus grande inquiétude à cette nouvelle; M. de Meilcourt l'attribua à l'état de fon oncle; Sophie ne manqua pas d'ajouter à ce motif le regret qu'il avoit de la quitter; & tous deux admirerent cette fenfibilité, marque infaillible d'un cœur tendre & d'un bon naturel. Sainval les entretint l'un & l'autre dans leur opinion; il déclara qu'il partiroit le lendemain matin après le déjeûner. Il fe leva dès que le jour parut; il dévança Sophie dans les allées du parc, s'enfonça dans celles qu'elle fréquentoit le plus, épiant l'inftant où elle arriveroit.

Sophie ne tarda pas à paroître & à le découvrir; fon premier mouvement eft de fe retirer; un fentiment plus fort l'arrête; elle fe rappelle la timidité

A 3

de Sainval ; il part ; elle ne peut fe refuſer le plaiſir de l'entendre encore. Elle fuit ſes pas ; Sainval marche toujours ſans affectation ; il eſt trop occupé pour l'appercevoir. Les rêveurs ne voient rien devant eux. Une racine d'arbre qui ſe rencontre ſous ſes pieds , lui fait faire un faux-pas , & l'oblige de ſe retourner ; il baiſſe les yeux à la vue de Sophie ; elle lui recommande d'être moins diſtrait à l'avenir ; il ne répond point ; il la regarde , & ſe détourne en ſoupirant. Se remettant enfin avec toute l'apparence d'un effort pénible , il parle de ſon départ ; il oſoit ſe flatter la veille qu'il ne ſeroit pas ſi prochain. Mais ſon oncle eſt malade ; il deſire de le voir, on obéira, quoi qu'il en coûte ; un devoir ſi ſacré ne ſouffre point de délai ; cette maxime exprimée avec le ton du ſentiment , attendrit Sophie ; elle admire ſon amant & le plaint.

Sainval paroît conſolé ; il eſt ſur-tout fier de l'approbation de Sophie ; l'eſtime qu'il en fait, n'échappe point à cette belle perſonne ; elle ſe regarde d'un air plus content d'elle-même ; pour la premiere fois , elle écoute la voix flatteuſe de l'amour-propre : c'eſt ſon amant qui l'éveille.

Sainval ne néglige pas cette obſervation. Il lui fait l'aveu des ſentimens qu'elle lui a inſpiré ; l'imagination de Sophie eſt exaltée ; dans ce moment, elle eſt au deſſus de ſon ſexe ; elle rougiroit d'employer des détours avec un homme tel que Sainval ; elle lui répond avec franchiſe , & le laiſſe lire au fond de ſon cœur.

Sainval , dans l'excès de ſa joie, dans l'ivreſſe de ſes tranſports , ménage l'objet qu'il aime ; il ne s'écarte point du reſpect. Sophie , hors d'elle-même , n'auroit peut-être pas eu la force de ſe plaindre s'il eut été téméraire ; elle s'apperçoit de ſa retenue , & lui en tient compte. Sainval, en parlant de ſon amour , a soin de remplir l'ame de Sophie, de fixer son attention sur ce même amour, de la détourner de tout autre objet. La sienne, arrêtée sur son bonheur, ne voit rien au-delà ; il est aimé, il n'a plus de desirs à former ; il le fait croire du moins.

Cette conversation délicieuse finit ; on appelle Sophie ; on cherche Sainval ; le déjeûner est prêt ; ils ne peuvent se parler plus long-tems, ils se rendent auprès de M. & de Madame de Meilcourt. Sainval fait ses adieux ; il laisse son amante livrée à de douces rêveries. Elle n'a point songé à exiger de lui qu'il fasse approuver sa passion à M. de Meilcourt ; il s'agit de reculer une explication dont il redoute les suites. Son esprit fécond en expédient, lui en fournit bientôt un. Il prévient Sophie : c'est un nouveau mérite qu'il veut avoir auprès d'elle : Il lui écrit une lettre fort tendre & fort respectueuse ; il lui marque que dans son ravissement, il a oublié de lui demander la permission de travailler à leur bonheur mutuel. Sûr de sa tendresse, il va se jetter aux pieds de son oncle, obtenir son consentement, & le conjurer de faire lui-même les démarches nécessaires auprès de M. de Meilcourt.

Cette lettre confiée à un homme adroit & déjà exercé à de pareilles commissions, fut remise en secret à Sophie. Ce procédé redoubla son amour & son estime.

Sainval, après cette démarche, ne douta plus du succès ; il lui falloit quelqu'un qui le secondât. Il n'étoit pas inquiet de le trouver. Il avoit un ami, de son caractere & de ses mœurs ; on le nommoit Dorville ; le plaisir les avoit liés ; celui-ci qui n'étoit obligé à aucune circonspection, étoit très-décrié. Sainval lui fit confidence de sa passion, de ses projets, & le pria de le servir. Dorville approuva tout ; il fut enchanté de jouer un rôle dans cette aventure.

il se fit une gloire de contribuer à la félicité de son ami, & à la ruine d'une personne vertueuse. Tu feras content de mon adresse, dit-il à Sainval; je connois Meilcourt: la visite que je lui ferai; n'aura rien d'extraordinaire. Comme ma réputation n'est pas merveilleusement établie dans cette maison, je me garderai bien de paroître ton ami; notre inti-mité iroit mal avec la haute sagesse dont tu fais profession, & à laquelle on a la bonté de croire. J'ôterai pour quelque tems à la petite Sophie la ridicule manie de ne vouloir pas t'aimer à l'insu de ses parents.

Dorville, trois jours après, feignant d'aller voir un ami à la campagne, vint demander en passant, à dîner à M. de Meilcourt. Il n'eut pas de peine à faire tomber la conversation sur Sainval. Nous l'avions ces jours passés, dit M. de Meilcourt, & nous le possédions encore s'il n'avoit pas été obligé de se rendre auprès de son oncle qui est très-mal. Très-mal! interrompit Dorville, ce n'est qu'une légere indisposition; la maladie du neveu est bien plus dangereuse. Comment, demanda Madame de Meil-court, il seroit malade? Très grièvement, reprit Dorville; il est fou... Il faut que je vous conte cela, c'est la nouvelle du jour. Son oncle l'avoit mandé auprès de lui; son dessein étoit de le marier à la fille du duc de... C'est un parti très-considé-rable, très-riche. Sainval a fort mal reçu cette pro-position; il a dit à son oncle que son cœur est engagé ailleurs, & il a voulu faire valoir cela comme une raison qui ne lui permet absolument pas d'épouser la jeune duchesse. L'oncle est furieux; Sainval tâche de l'adoucir, mais on doute qu'il réussisse. Connoît-on, demanda Madame de Meilcourt, la personne qui lui inspire une si forte passion? Non pas, répon-dit Dorville; Sainval est d'une discrétion extrême sur

cet article; il croit son honneur engagé à ne parler
jamais de ses bonnes fortunes. C'est le procédé d'un
galant homme, reprit Madame de Meilcourt; mais
son silence, dans une circonstance telle que celle-ci,
doit faire imaginer que sa maîtresse n'est pas digne
de lui; si elle l'étoit, qui l'empêcheroit de la nommer à son oncle? sans doute il obtiendroit son aveu.
Cet oncle ne vous est pas connu, repliqua Dorville;
c'est l'homme le plus entier, le plus opiniâtre!...
S'il connoissoit la maîtresse de son neveu, il n'est
point d'intrigues qu'il n'employât pour les désunir,
& dans le fond il feroit bien; ce seroit un service
à rendre à Sainval; qui a jamais vu refuser d'épouser une femme, parce qu'on en aime une autre?

Sophie frémissoit à chaque mot. Dorville qui l'ob-
servoit, apperçut son trouble, & se proposa d'en
rendre compte à son ami; il le servit à merveille
par ses plaisanteries sur tous ceux de ses procédés qui
pouvoient le rendre estimable. Sophie l'en aima
davantage, & conçut de l'aversion & du mépris
pour Dorville; ses principes lui sembloient affreux;
que son amant pensoit différemment! Elle passa plusieurs jours sans recevoir de ses nouvelles, sans le
voir lui-même; elle apprenoit de temps en temps
qu'il cherchoit la solitude, qu'il se cachoit à tout
le monde, qu'il éprouvoit les chagrins les plus violens; elle les partageoit.

Sainval la faisoit épier; ses émissaires ne perdoient
de vue aucune de ses démarches; ils les lui rappor-
toient, & ils les interprétoit. M. & Madame de
Meilcourt avoient desiré qu'il s'attachât à Sophie;
ils auroient regretté, dans ce moment, qu'elle eût
été l'objet de sa passion; quelle peine ne leur auroit
pas causé l'opposition de l'oncle? Ils craignirent que
leur fille ne devint la victime de quelque aventure
pareille; leur tendresse inquiéte ne songea plus qu'à

l'en préferver. On leur avoit propofé un parti pour elle ; ils fe déterminerent à l'accepter ; auffi bien Sophie ne fe décidoit point. L'ami commun qui leur avoit fait des ouvertures, étoit à la campagne, à deux lieues de leur terre ; ils réfolurent de l'aller voir & de le confulter ; ils partirent un matin, & ne crurent pas à propos de mener Sophie avec eux.

Sainval inftruit de cette circonftance, ne manqua pas de faifir ce moment pour faire une vifite. Il prit fes précautions pour n'arriver qu'une heure après leur départ. Il témoigna beaucoup de regret de leur abfence, & d'avoir fi mal choifi fon temps ; il entra, réfolu de fe repofer & d'attendre leur retour, fe gardant bien de demander des nouvelles de Sophie, pour avoir l'air d'être perfuadé qu'elle étoit avec eux. Il paffa dans le jardin ; Sophie qu'on avoit avertie, y defcendit. Sainval lui parut confterné : Charmante Sophie, lui dit-il en foupirant & du ton de la douleur, que les efpérances avec lefquelles je fuis parti, ont été de courte durée ! Ah, fi vous faviez ! ... Mais non, vous daignez m'aimer ; je dois vous cacher des malheurs que vous partageriez, & travailler en filence à les faire finir. Je fais tout, lui dit Sophie ; votre oncle veut... — Vous êtes inftruite de fes projets, Mademoifelle ! Concevez-vous l'horreur de ma fituation ? Ce ne font pas les richeffes de mon oncle qui me forcent à le ménager ; qu'il m'en prive, & qu'il me laiffe le feul bien que j'ambitionne ! Je lui dois tout ce que je fuis ; vous connoiffez l'empire de la reconnoiffance ; ma jeuneffe avoit befoin d'un guide & d'un appui ; il m'a fervi de l'un & de l'autre ; qu'il me vend cher fes bienfaits ! non, je ne les payerai jamais du prix qu'il exige ; l'honneur me le défend autant que l'amour ; irois-je porter à une autre un cœur tout plein de vous ? lui promettre une tendreffe que vous feule pouvez m'inspirer ? Ce cœur, auſſi vrai qu'il eſt ſenſible, a la fauſſeté en horreur; j'aime Sophie, je lui ſerai fidele; je tâcherai d'obtenir, du temps & de ma ſoumiſſion, l'aveu de cet oncle cruel; je le ſolliciterai ſans ceſſe; il ne pourra me le refuſer; mais hélas! je me flattois d'un bonheur prochain, il faut me réſoudre à le voir s'éloigner.

Ses yeux ſe mouillerent de larmes en achevant ces mots; elles redoublerent quand il ſongea qu'il falloit attendre une circonſtance plus heureuſe pour déclarer ſes ſentiments à M. de Meilcourt; qu'il en coûtoit à ſon cœur! Sa probité ſe révoltoit contre ce myſtere, mais il en ſentoit la néceſſité; elle lui paroiſſoit ſi terrible, il en étoit ſi affligé, que Sophie ne vit que ſon affliction, & ſe crut obligée de le conſoler.

Sainval avoit prévu qu'on le plaindroit; comme on partageoit ſes peines, il affecta de les ſentir plus vivement. Sophie s'attendriſſoit; il la conduiſoit inſenſiblement dans une allée ſombre & détournée; il ſe plaignoit ſans ceſſe, on pleuroit avec lui; on l'aſſuroit qu'on l'aimeroit toujours. L'amour en pleurs eſt plus touchant, plus tendre; c'eſt ſans conſéquence qu'il peut être plus vif, plus empreſſé. Sophie ne craignit point d'accorder à ſon amant quelques careſſes innocentes qu'il n'oſoit demander, qu'il prenoit avec ménagement, & qu'il ceſſoit dès qu'elle en ſembloit inquiéte. Trompée par ces apparences, elle n'imaginoit pas qu'il pût aller plus loin. Sainval jettoit le déſordre dans ſon ame; il la rempliſſoit d'un trouble délicieux; elle s'y livroit ſans défiance; ſon amant le prolongeoit & l'augmentoit; il paroiſſoit retenu par le reſpect au moment qu'il en manquoit. Sophie hors d'elle-même, ne ſongeoit déjà plus qu'elle eut des craintes à concevoir; ſes ſens s'allumerent, ſa raiſon s'égara; Sainval épioit cet inſ-

tant; il l'avoit amené par degrès; il obtint le triomphe qu'il s'étoit préparé.

Sophie revint bientôt de son égarement ; surprise,
honteufe de fa foibleffe , elle détourna les yeux en
pouffant un cri. Sainval s'attendoit à fes larmes ; il
voulut les effuyer , lui rendre les confolations qu'il
avoit reçues. Le fuccès fut bien différent; fa douleur
étoit feinte; celle de Sophie étoit réelle; elle ne l'é-
coutoit pas; déshonorée à fes propres yeux , elle fe
regardoit avec effroi ; elle gémiffoit de fon humiliation. Sainval tenta de la raccommoder avec elle-
même , l'entreprife étoit difficile ; il étoit éloquent
& perfuafif; il parvint à la calmer , fans la confoler. Il effaya de renouveller fon délire; il étoit dans
la fauffe opinion qu'une premiere foibleffe eft toujours fuivie d'une feconde. Sophie le détrompa ; la
vertu étonnée de fa chûte, eft en garde pour l'avenir. Sophie veilloit fur elle-même; l'expérience lui
avoit appris à fe défier de fa raifon & de fes fens.
Sainval, embrafé de defirs, s'étonnoit de l'obftacle
qu'il trouvoit à les fatisfaire. La réfiftance de Sophie
lui paroiffoit inconcevable : il n'étoit pas fait pour
l'eftimer. Il fe propofa de paffer encore quelques
jours auprès d'elle , dans l'efpérance de la ramener
à ce qu'il appelloit une conduite raifonnable.

M. & Madame de Meilcourt ne s'attendoient pas
à trouver Sainval chez eux à leur retour ; l'idée qu'ils
avoient de fa paffion ne leur permettant point de
fonger que Sophie en fut l'objet , ils le traiterent
avec leur politeffe & leur cordialité ordinaires; ils
lui parlerent de fon malheur & l'en plaignirent. Sophie
que leur préfence & leurs difcours accabloient, pré-
texta une indifpofition pour fe retirer. Les réflexions
les plus déchirantes la tinrent réveillée toute la nuit.
Elle fe rappella douloureufement que parmi les confolations que Sainval avoit voulu lui donner , il avoit

négligé la seule qu'elle pût recevoir. L'honneur obligeoit son amant à presser leur hymen ; la crainte de déplaire à son oncle ne devoit plus l'arrêter. Elle l'aimoit ; elle l'estimoit encore ; elle espéra qu'il rempliroit ce devoir sacré. Elle attendit vainement cette ouverture pendant deux jours : elle lui fit enfin de tendres reproches de cet oubli. Sainval s'excusa froidement. Sophie resta confondue ; elle entrevit toute l'horreur de son sort : le départ de Sainval le lui confirma bientôt. Assuré de ne pouvoir plus rien obtenir d'elle, il avoit pris le parti de se retirer.

Sophie ne put résister à ce dernier trait ; sa douleur altéra sa santé ; ses parents se hâterent de la ramener à la ville ; elle y languit pendant quelques jours.

L'abandon de Sainval n'étoit pas le seul malheur qui la menaçoit ; elle s'apperçut que sa foiblesse auroit des suites, que sa honte seroit connue. Quel état pour une jeune personne ! être mere ! ce titre si glorieux alloit la couvrir d'opprobre. Son désespoir est au comble : la mort devient l'objet de tous ses vœux. Vingt fois ses mains se portent sur elle-même, pour la précipiter. La raison qui se fait entendre au milieu de ces accès de fureur, lui conseille un autre projet, humiliant sans doute, mais indispensable. C'est à elle à rappeller son amant ; un intérêt pressant la force à cette démarche, son honneur, celui de sa famille, & l'enfant qu'elle porte dans son sein. Elle ne balance pas ; elle écrit à Sainval ; elle lui peint sa situation ; elle réclame sa probité, son devoir, & le conjure de donner un pere à l'infortuné qui coûte déjà tant de pleurs à sa mere.

Sa lettre fut remise à Sainval. Dorville étoit présent : dès qu'il sut d'où elle venoit, il la prit des mains de son ami, & la lut lui-même avec des réflexions & un commentaire propres à en détourner l'effet. Elle demande une réponse, dit - il ensuite; parbleu, je suis tenté de la lui porter. Je n'en veux point faire, interrompit Sainval; je ne prétends pas m'engager. — Non sans doute, aussi je te dispense d'écrire; je répondrai de vive voix; cela sera plaisant; j'irai dîner chez elle; je raconterai ton histoire; je ne la nommerai point; mais elle m'entendra; je verrai son trouble, sa petite fureur... Oh! ce sera une scene délicieuse!

Sainval sourit de l'idée de Dorville, & ne l'empêcha pas de l'exécuter. Celui-ci ne différa que jusqu'au lendemain; il alla chez M. de Meilcourt. J'ai une aventure très-plaisante à vous raconter, Madame, dit-il en entrant: vous me faites l'honneur de me regarder comme un grand scélérat; vous n'avez de l'estime que pour Sainval; apprenez que votre héros me vaut bien. Il a fait le meilleur tour, le mieux imaîné... Je suis jaloux de l'invention. La nouvelle de son mariage & de sa brouillerie avec son oncle, est une pure fable; il avoit ses raisons pour la répandre; tout le monde en a été la dupe, je l'ai été moi-même. On lui demanda quel motif avoit pû le porter à la débiter? Dorville en rendit compte; il eut soin de changer quelques petites circonstances pour n'être entendu que de Sophie. M. & Madame de Meilcourt n'eurent garde de se reconnoître dans le portrait qu'il fit des parents de l'héroïne. M. de Meilcourt les trouva fort sots, fort imprudents, & rit beaucoup de l'aventure; sa femme la prit plus sérieusement, & dit qu'elle ne croiroit plus aux dehors imposans: Au moins, reprit Dorville en criant, vous conviendrez que je ne cherche pas à paroître meilleur que je ne suis. Cela est vrai, répondit Madame de Meilcourt; aussi, la malheureuse qui vous connoît & se laisse séduire, ne mérite aucune pitié, & n'est pas, sans doute, un triomphe bien flatteur. Vous n'êtes pas si coupable que le monstre qui se cache sous le masque de l'hypocrisie. J'emporte donc la préférence, s'écria Dorville! En vérité, Madame, la maniere dont vous me l'accordez, m'honore beaucoup.

Sophie fut au supplice pendant cette conversation; elle ne parvint à cacher son trouble qu'avec les efforts les plus violents; elle quitta promptement la compagnie, pour aller se livrer en liberté à son désespoir. Elle ne pouvoit douter de l'indiscrétion de Sainval; il avoit sans doute envoyé Dorville pour lui donner sa réponse : quel affreux interpête avoit-il choisi? elle sentoit qu'il ne méritoit que ses mépris, & elle ne pouvoit s'empêcher de l'adorer. Ses réflexions sur son état devenoient plus déchirantes; qu'alloit-elle devenir? Quelquefois elle songeoit à quitter la maison de son pere, à courir ensevelir sa honte ailleurs.

Pendant qu'elle s'égaroit dans de vains projets, M. de Meilcourt traitoit de l'alliance qu'on lui avoit proposé; l'on étoit arrangé; on lui demandoit sa parole : avant de la donner, il voulut consulter sa fille. Que devint Sophie à cette nouvelle? Jamais elle n'avoit senti plus vivement l'horreur de sa situation : sa confusion l'empêcha de parler, elle ne répondit que par des larmes. Son pere étonné voulut envain la faire expliquer; ses caresses sembloient ajouter à la douleur de Sophie; il n'en imagina pas le véritable motif; il l'imputa cependant à quelque attachement qu'elle n'osoit avouer. Il alla faire part de sa conjecture à Madame de Meilcourt, & la chargea de pénétrer ce secret.

Madame de Meilcourt se rend auprès de sa fille. Sophie étoit encore toute en pleurs; elle ne la voit point arriver. Son état effraye une mere compâtissante; elle s'arrête devant elle. — Sophie, tu ne vois point ta mere : quelle eft la caufe de ces pleurs ? ma fille !... A ce nom, Sophie levé les yeux, voit fa mere qui accourt pour l'embraffer ; elle s'avance pour voler dans fes bras, fe détourne & foupire en redoublant fes gémiffemens. Votre pere vient de vous parler, continua Madame de Meilcourt ; fa propofition... Vous pleurez ! confiez-moi vos peines, je les foulagerai : on rejettera le parti qu'on vous deftine, fi vous le refufez.

Cette nouvelle marque de bonté accabla Sophie. — O ma mere, ma tendre mere !... non, je ne mérite pas !... — Votre cœur s'eft-il déclaré ? Aimez-vous ? Pourquoi manquer de confiance ? Comptez fur ma tendreffe ; nous ne voulons que votre bonheur ; nommez celui que vous préférez ; je m'engage à porter votre pere à rompre fes premiers engagemens. — Ah, ma mere ! fi vous faviez... non, je ne fuis plus digne de vos bontés. — Que dites-vous, ma fille ? votre choix feroit-il indigne de nous ?... Le cœur ne confulte pas toujours la raifon, je le fais ; parlez ; raffurez-vous, je vous plaindrai. — Non, vous ne me plaindrez point ; vous m'abhorrerez. Mon choix n'avoit rien qui put bleffer votre orgueil ; vous l'auriez approuvé fans doute ; celui qui en étoit l'objet, a joui pendant quelque tems de votre eftime & de la mienne... il l'a perdue... — Je le vois, c'eft Sainval fur qui vous aviez jetté les yeux. (Le frémiffement de Sophie le lui confirma). Vous le connoiffez aujourd'hui tel qu'il eft ; l'amour ne fubfifte pas long-tems avec le mépris. L'homme qu'on vous propofe mérite votre eftime ; il obtiendra bientôt votre amour. — Non, jamais... l'amour eft pour toujours banni de mon cœur. Je ne ferai, je ne puis, je ne dois être à perfonne. — Achevez, quelle raifon ?... — Je vous ferois frémir. Vous ne m'entendez pas ; ah ! craignez de m'entendre ; je fuis en
proie

proie aux tourmens les plus affreux, aux remords plus terribles encore! — Aux remords!... ils ne conviennent qu'au crime. — Ne m'interrogez pas.... laiffez-moi mourir... — Tu veux quitter ta mere! ah, ceffe de m'accabler; redeviens cette fille chere à mon cœur, qui faifoit ma gloire, ma félicité, & dont la vertu... — La vertu!... ah, ma mere!... — Quelle exclamation! ma fille!... — Je ne mérite plus ce nom; connoiffez-moi, haïffez-moi... j'en mourrai... vous ne me pleurerez point... je mourrai déshonorée... — Qu'entends-je?... — Le mot fatal m'eft échappé; vous favez tout; je vois l'horreur que je vous infpire. Vous frémiffez, ma mere!... j'ai prévu votre trouble; je l'ai prévu... ah, Dieu!... mais croyez du moins que votre fille féduite, égarée malgré elle, a détefté fon crime, & qu'elle en eft punie... — Sophie?... — Ah! Madame... je ne fuis plus votre fille; vous m'avez ôté ce tendre nom... je n'ai donc plus de mere!... Malheureufe!...

Sophie ne put foutenir la douleur de fa mere; elle s'accufa de porter le poignard dans le fein qui l'avoit nourrie; fes forces étoient épuifées; elle tomba mourante.

Ce fpectacle touchant attendrit Madame de Meilcourt; toute coupable qu'étoit fa fille, elle lui paroiffoit encore plus infortunée; elle ne pouvoit la haïr; elle lui prodigua les foins les plus tendres. Sophie, en revenant à elle, fe fentit preffée dans fes bras. Sa mere craignoit de la perdre; elle lui voyoit de fi grands remords de fa faute, qu'elle n'avoit plus de reproches à lui faire.

Madame de Meilcourt ne pouvoit cacher à fon époux l'hiftoire cruelle dont elle venoit d'être inftruite; elle ne favoit comment s'y prendre pour lui découvrir ce funefte fecret. Elle commença par en-

voyer sa fille à la campagne, dans le dessein de la
dérober à la premiere colere d'un pere sensible &
vivement outragé. Elle eut soin de rassurer M. de
Meilcourt sur l'état où il l'avoit vue, en se rejet-
tant sur la maladie languissante dont elle étoit attaquée. Quelques jours après, le voyant dans un moment où il seroit facile de l'attendrir, elle chercha
à le préparer à la confidence qu'elle avoit à lui faire ;
elle imagina qu'elle réussiroit mieux en prenant un
détour ; elle lui dit en conséquence qu'elle sortoit
d'une maison où elle avoit vu l'infortunée victime
de la passion de Sainval ; elle la peignit de la maniere la plus intéressante ; elle ajouta qu'elle alloit
bientôt être mere, que son désespoir étoit si violent,
que ses remords lui avoient paru si vrais, qu'elle
n'avoit pu s'empêcher de s'attendrir, & de lui promettre de travailler à la sauver du courroux de ses
parents.

M. de Meilcourt étoit bon & généreux ; il prit
part au malheur & aux chagrins de cette personne ;
il offrit de lui rendre aussi des services ; &, emporté
par un mouvement de pitié, il promit à sa femme
de voir Sainval le lendemain.

Madame de Meilcourt ne s'attendoit pas à cette
offre ; elle en frémit ; les dangers qu'elle entrevit
dans l'exécution, la troublerent, déconcerterent son
premier plan, & ne lui permirent plus que de s'occuper des moyens de détourner son époux de ce
dessein ; elle y apporta tous ses soins, en cachant
ses véritables craintes sous celles qu'elle avoit qu'il ne
se compromît avec un homme de ce caractere. Elle
réfusa constamment de lui nommer la jeune personne. M. de Meilcourt sourit intérieurement de ce
mystere qui ne pouvoit pas l'empêcher de parler au
séducteur ; il feignit de se rendre pour tranquilliser
sa femme ; & le lendemain il n'eut rien de plus

preſſé que de courir chez Sainval, qui fut étrange-
ment ſurpris de la viſite & du motif. Aux diſcours
de M. de Meilcourt, il connut facilement qu'il n'étoit
inſtruit qu'à demi ; il trouva cette démarche très-ſingu-
liere. La bonne foi de ſon ancien ami lui parut on ne
peut pas plus plaiſante ; il lui répondit avec beaucoup de gaieté, & ſans lui manquer, il le refuſa
abſolument.

M. de Meilcourt rendit compte à ſa femme de
ce qu'il avoit fait ; il s'apperçut de ſon effroi : Raſ-
ſurez-vous, lui dit-il, tout s'eſt fort bien paſſé ; mais
j'aurois pu vous croire ; rien n'étoit plus inutile : votre protégée n'a point d'eſpérance de ce côté. Elle
ne vous en a pas impoſé ; Sainval eſt le ſeul coupable ; il m'a avoué que ſon triomphe lui a beaucoup coûté, & qu'il ne l'a obtenu qu'une fois. Il
faut voir à préſent les parens de la jeune perſonne ;
ils ſeront bien affligés ſans doute... C'eſt leur faute ;
s'ils avoient été plus vigilans... Mais il ne s'agit
pas de ce qu'ils auroient dû être ; leur fille mérite
leur pitié, & après tout, le mal eſt fait. Ah ! Monſieur, dit Madame de Meilcourt, que je regrette
d'avoir promis de me mêler de cette affaire ! comment s'y prendre pour expliquer à un pere ?...
— Je m'en charge ; je vous l'ai dit : ſa faute eſt ex-
cuſable ; quelle fille peut aſſez compter ſur elle-même
pour n'avoir jamais de foibleſſe ? — Ne croyez-vous
pas à la vertu ? — Pardonnez-moi ; mais je connois
le cœur humain ; la vertu la plus ſévere n'eſt pas toujours ſur ſes gardes, & un homme adroit ſait épier,
faire naître les inſtans & les ſaiſir. — Ce raiſonnement peut vous ſuffire ; mais croyez-vous qu'il faſſe
quelque impreſſion ſur un pere ? — Sans doute, pour
peu qu'il réfléchiſſe. — Ah ! Monſieur, les perſonnes
indifférentes & celles qui ſont intéreſſées ne voient
pas les choſes de la même maniere. — La raiſon,

B 2

Madame, doit les guider les unes & les autres,
J'ose me flatter du succès. — Vous le croyez ; mais
vous êtes un tiers dans cette affaire. — Il est inutile de
vous effrayer d'avance ; excitez-vous plutôt à la fermeté ; c'est vous qui devez parler à la mère ; croyez-
vous avancer beaucoup avec ces craintes ? à force
d'en concevoir, vous en témoignerez devant elle,
& vous ne gagnerez rien. Songez donc qu'il faut
l'adoucir, affoiblir la faute de sa fille ; faites comme
moi, n'envisagez que cela ; je me charge du pere ;
vous verrez si je n'en viendrai pas à bout. — Vous
l'espérez, je le souhaite ; j'agirai de mon côté ; mais
je crains… mettez-vous un moment à leur place.
— Je m'y mets ; je vois tout ce qu'on me dira,
& tout ce que je répondrai. — Mon Dieu ! vous ne
voyez sûrement pas tout… il y a mille choses…
Supposons, par exemple, que vous soyez ce pere,
& que ce soit Sophie… — Je le suppose ; eh bien ?
Sophie… Mais qu'est-ce que Sophie a à faire ici ?
— Je n'en veux pas davantage ; vous voilà avec votre force d'esprit ; une simple supposition l'alarme ;
adieu vos beaux raisonnemens ; jugez un peu de
leur effet sur le pere à qui vous devez parler. — J'en
conviens, Madame, vous me donnez une bonne
leçon, & je vous en remercie ; je dois effective-
ment examiner mieux cette affaire ; j'ai pu l'envisager avec un peu trop de légéreté ; je conçois combien tout cela doit être affligeant. — C'est ce que
je disois : il faut se mettre à leur place… En vérité cette démarche m'alarme. — Vous avez raison ;
mais cependant il ne faut pas encore désespérer ;
les excuses que j'avois imaginées sont très-bonnes.
— Elles vous frappent ; mais les goûteriez-vous si
c'étoit à vous qu'il fallut les adresser ? Réfléchissez-y
bien : si Sophie étoit dans ce cas, vos raisonnemens
auroient-ils la même force ? — Si Sophie… d'a-

bord cela ne se peut pas..., si Sophie étoit dans ce
cas... il faudroit que les circonstances fussent comme
celles-ci, & alors... je crois... oui, je la plain-
drois, je pourrois me consoler, & chercher à cacher sa honte & la nôtre. —— En vérité, Monsieur,
vous auriez bien du courage ! songez donc que ce
seroit une fille perdue sans ressource... que Sainval...
—— Oui, Sainval seroit indigne d'elle ; je ne voudrois pas même qu'il l'épousât, quand il viendroit
offrir de tout réparer. Son procédé est infame ; l'homme coupable d'une pareille lâcheté est capable de
tout ; elle ne seroit point heureuse, & j'aimerois
mieux la retenir auprès de moi, lui ouvrir les bras,
& couvrir son honneur du manteau paternel. —— C'est
ce qu'on peut appeller le suprême effort de la raison !
il vous seroit possible ! vous chéririez encore une fille
deshonorée ! —— Voilà bien les femmes ! elles de-
vroient être plus indulgentes que les hommes sur les
fautes de cette espece ; & ce sont elles qui font toujours le plus de bruit. —— Je ne m'attendois pas à
cette réflexion ; je n'y répondrai point ; le pere que
je plains m'en vengera peut-être ; mais croyez-moi,
les maux qu'on voit dans la perspective, n'affectent
pas, il faut les sentir. —— Vous avez bien mauvaise
opinion de moi, Madame... Enfin, je vois que
vous vous intéressez vivement à la jeune personne,
& que vous cherchez à me fortifier, à me faire la
leçon. Cela est vrai, dit sérieusement Madame de
Meilcourt ; vous avez besoin de toute votre raison ;
& cette répétition n'est pas inutile. —— Croyez aussi
que je ne négligerai rien. —— J'ose vous en prier.
—— Apprenez-moi où il faut aller. —— Etes-vous bien
sûr de vous même ? —— Oui, l'intérêt que vous y prenez m'en inspire ; & sans connoître la personne, je
brûle d'assurer son repos. Parlez. —— Ah ! Monsieur !
—— Vous hésitez ?... il faut pourtant que j'en sache

B 3

le nom. — Vous le saurez bientôt. — A présent, s'il vous plaît. — Eh bien, Monsieur, vous allez l'apprendre ; mais souvenez-vous de vos raisonnemens ; c'est vous seul qu'ils doivent convaincre ... Sophie... est la malheureuse qui implore vos bontés. — Sophie ! Sophie ! s'écria-t-il en reculant ! — Oui, Sophie... & sa mere qui tombe à vos pieds, demande grace pour elle. Ne lui donnez pas le coup de la mort : vos reproches & votre courroux le lui porteroient. — Ai-je bien entendu ? ... se peut-il ? ... Son trouble, ses pleurs, lorsque je lui proposois un époux... Ah ! Madame, de quel trait vous venez de me déchirer ? — Je ne sais ce fatal secret que depuis quelques jours ; j'ai vu les remords de Sophie ; ils sont vrais... le barbare Sainval mérite seul votre indignation.

M. de Meilcourt se promenoit à grands pas ; il étoit fort agité ; il se serroit le front avec ses deux mains ; il lui échappoit des cris ; il tomba enfin sur un fauteuil sans voir son épouse qui pleuroit auprès de lui. Sa douleur sombre & muette jusqu'à ce moment, éclata bientôt par des larmes. Madame de Meilcourt alla l'embrasser ; il la retint dans ses bras. C'en est fait, s'écria-t-il, c'en est fait ! je suis bien malheureux !... Sophie... Sophie... je lui pardonnerai ; j'oublierai sa faute ; l'époux que je lui offrois auroit pu la voiler ; sa délicatesse a dicté ses refus... je lui rends mon estime. Prenez soin d'elle : dérobez à tout le monde cette funeste aventure ; veillez sur sa vie, sur celle de son enfant... Mais qu'elle ne paroisse pas encore à mes yeux ; laissez-moi le tems de me préparer à la revoir. Il sortit à ces mots, pour aller retirer sa parole ; la maladie de sa fille & ses répugnances lui servirent d'excuse.

Madame de Meilcourt débarrassée d'un fardeau qui lui pesoit, alla rejoindre Sophie à la campagne ;

Il lui étoit plus facile d'y cacher sa grossesse ; elle la
soutint contre le désespoir ; elle reçut elle-même son
enfant : c'étoit un fils ; quelle joie ne lui auroit pas
causé cet événement dans des circonstances plus heureuses ! avec quel plaisir n'auroit-elle pas donné le premier baiser à l'enfant de sa fille ! la nature cependant
conserva ses droits ; le sort de cet infortuné l'attendrit ; elle lui choisit une nourrice dans le voisinage.
Sophie eut la consolation de le visiter souvent sous
le titre de sa mareine. Son pere avoit refusé de la
voir jusqu'à ce moment ; la vue de son petit-fils lui
fit oublier le malheur de sa naissance ; il le plaignit ;
il ratifia en sa faveur le pardon qu'il avoit accordé
à la mere.

Sainval, cependant, sembloit avoir oublié Sophie ;
son oncle étoit mort ; n'ayant plus aucun frein qui
le retint, il se livroit à tous les désordres ; Dorville
contribuoit à l'y plonger. Ce dangereux ami avoit
ruiné sa propre fortune ; ses débauches lui avoient
attiré plusieurs affaires qu'il s'étoit estimé heureux
d'assoupir à force d'argent ; la bourse de Sainval étoit
sa seule ressource, & il ne la ménageoit pas. Un
jour il vint lui confier une nouvelle passion ; une
fille charmante en étoit l'objet ; il devoit l'enlever
à sa famille ; elle consentoit à le suivre ; il venoit
puiser dans le coffre de Sainval les secours dont il
avoit besoin pour conduire cette entreprise à sa fin.
Le lendemain, celui-ci reçoit une lettre de son ami
qui le presse de venir le joindre dans un endroit où
il est arrêté par des blessures, & le conjure de se
hâter s'il veut le voir encore vivant.

Sainval ne balance pas ; il suit le messager, &
arrive dans un village à l'entrée de la nuit ; on le
conduit dans une chaumiere qui paroissoit être la
plus pauvre habitation du lieu. A l'aide d'une échelle,
il pénétre dans un galetas, où, à la lumiere som-

B·4

bre d'une lampe, il voit le malheureux Dorville couché fur un grabat dreffé par la mifere, fous un toît
ouvert de tous côtes. Epouvanté de ce fpectacle, il
s'écrie : O mon ami, qui t'a réduit en cet état?
— Mes crimes... O Sainval, je t'ai fait appeller pour
obtenir de toi les derniers fecours. Tu me vois expirant & manquant de tout.... Voilà ce que j'ai
trouvé à la place de la douce perfpective qui fe préfentoit hier devant mes yeux. J'avois ravi ma proie ;
j'étois avec elle hors de Paris ; un homme paffe
par hafard ; il regarde dans ma voiture, reconnoît fa fœur dans la perfonne que j'emmene, arrête mon poftillon, & me force à defcendre. Furieux, je veux lui ôter la vie, la caufe la plus
jufte a l'avantage ; je tombe percé de coups, & mon
vainqueur s'éloigne avec fa fœur. Tout le monde
m'abandonne ; je perds mon fang & mes forces ;
mon propre domeftique, au lieu de me fecourir, fe
hâte de me dépouiller & de fuir. Des payfans me
rencontrent enfin ; je refpire encore ; ils m'amenent
dans ce lieu ; un chirurgien appellé vifite mes blef-
fures & m'annonce la mort. Que ce moment eft
terrible ! Il n'eft rien pour qui le contemple dans
l'éloignement. Je me rappelle mes anciennes er-
reurs... Que l'approche du tombeau change la face
des chofes !... ô Sainval !... ma fermeté m'abandonne ; la vengeance célefte me pourfuit ; le remords
eft au fond de mon cœur, & le défefpoir avec lui !
un juge... oui... un juge m'attend ; je vais paroître devant fon tribunal ; il va m'interroger...
que lui répondrai-je ?... Mon ame égarée fe rejette
fur le paffé ; elle le parcourt avec effroi ; elle n'apperçoit qu'une multitude d'actions qui la dégradent ;
pas une dont le fouvenir confolant puiffe la raffurer.

L'innocence féduite, arrachée du fein paternel, en-
traînée dans le défordre où la retiennent la mifere

& la honte, est devenue l'opprobre d'un monde dont elle auroit fait l'ornement & l'exemple ; les familles divisées & déshonorées, le malheureux opprimé... tous élevent leurs cris contre moi ; ma foible voix ne pourra se faire entendre... & que dirois-je ?

La situation de Dorville effraya son ami ; les crimes qu'il se reprochoit, lui étoient communs. Il céda sa place au prêtre accouru pour consoler le mourant qui, sans cesse, imploroit grace d'une voix étouffée par le désespoir de l'obtenir ; il courut faire préparer un logement plus commode dans une maison du village, & il fit faire un brancard pour y transporter son ami.

Tout étant prêt, il revient auprès de lui ; il entre ; quel tableau ! Dorville étoit sans connoissance, étendu sur la paille ; une femme qui le gardoit, avide de ses dépouilles, en avoit déjà fait un paquet qu'elle tenoit sous son bras, n'attendant que le moment où il rendroit le dernier soupir pour fuir avec elles. Un instant après, le moribond ouvrit les yeux ; ils s'arrêterent sur Sainval ; il sembloit vouloir parler, & se fatiguoit en vains efforts. Bientôt on vit sur son visage toutes les angoisses de l'agonie ; & comme si les scélérats ne pouvoient mourir paisiblement dans leur lit, un mouvement convulsif le précipite hors de son grabat ; il tombe sur le plancher en poussant des cris horribles, parmi lesquels on entend le nom de Sophie. Sainval accourt... il n'est plus.

Le spectacle de la mort du méchant est toujours terrible. Sainval considere un instant son ami défiguré, à peine reconnoissable, & portant dans ses traits tout ce que la mort a de plus hideux. L'effroi dont il avoit été agité pendant ses derniers momens, le désespoir étoient gravés sur son front. Il se rappelle avec terreur que Dorville a prononcé le nom de Sophie ; le souvenir de son crime vient déchirer son cœur ; il détourne les yeux de ce corps, & s'éloigne précipitamment, n'osant se retourner, & croyant l'entendre encore crier après lui : c'est ici le terme de nos plaisirs. Il se retire dans la maison qu'il avoit fait préparer ; il y passe le reste de la nuit occupé de ce qu'il a vu ; le jour vient & le trouve dans cet état d'accablement qui lui pese, & dont rien ne peut le tirer. Son hôtesse vint lui proposer de se rafraîchir ; elle portoit un enfant dans ses bras. Sainval ne faisoit pas attention à elle ; ses regards inquiets s'étoient arrêtés machinalement sur cet enfant ; ils ne pouvoient le quitter ; il sembloit que cette vue adoucît ses tourmens : dès qu'il cessoit de le regarder, il y étoit en proie. Il le considéra de plus près ; l'enfant lui sourit : qu'il est beau, s'écria-t-il ! qu'il doit être doux pour vous de lui avoir donné le jour ! Il n'est point à moi, répondit la jeune paysanne ; j'ignore à qui il appartient ; mais son sort ne peut être qu'heureux. Monsieur & Madame de Meilcourt l'aiment beaucoup & le font élever ; leur fille est sa marreine.

Sainval tressaillit à ce nom, à ces mots. Il examina l'enfant avec une curiosité avide ; il crut y reconnoître les traits de Sophie ; il le considéroit avec tendresse ; quelques larmes lui échapperent. Ah ! sans doute, c'est mon fils, dit-il en lui-même ! Il lui fit les caresses les plus tendres ; l'enfant sembloit y répondre.

Une voiture s'arrête à la porte dans ce moment ; c'étoit celle de Sophie. La nourrice la nomme avec un cri de joie, & court au devant d'elle, après avoir repris l'enfant des mains de Sainval, qui la conjure de ne point parler de l'étranger logé chez elle, & qui s'assure de sa discrétion par un présent.

Sophie paſſa dans une chambre voiſine, ſéparée de celle de Sainval par une ſimple cloiſon. Il ne put ſe défendre de prêter l'oreille ; il entendit qu'elle renvoyoit la nourrice ſous quelque prétexte ; dès qu'elle fut ſeule, elle embraſſa ſon fils. Pauvre enfant, diſoit-elle ! Il a déjà quelques traits de ſon pere ; il ne le connoîtra jamais ; il en eſt abandonné... Il ſourit, ajoutoit-elle ; hélas ! il ignore ſes malheurs ; il n'a point de larmes à leur donner... il ne les ſentira que trop un jour.

Ces mots percerent le cœur de Sainval ; ſon trouble, & ſes remords ne lui permirent pas d'en entendre davantage ; il courut à ſon fils auſſi-tôt que Sophie ſe fut éloignée ; il l'embraſſa avec plus de tendreſſe ; il ſembloit chercher à reprendre les baiſers qu'il avoit reçus de ſa mere. Il ſe hâta de rendre les derniers devoirs à ſon ami ; & débarraſſé de ce ſoin, il ne ſongea plus qu'à réparer ſes injuſtices.

Sainval, auſſi-tôt qu'il fut de retour à Paris, fit faire des démarches auprès de Sophie & de M. de Meilcourt ; il eſſuya les refus qu'il méritoit. Sa conduite précédente donnoit le droit de ſe défier de ſes remords ; ils étoient cependant ſinceres ; l'amour qui s'étoit ranimé dans ſon cœur, la nature dont il entendoit la voix, lui inſpirerent un deſſein dont il attendit ſa félicité.

Pour l'exécuter, il vole à la campagne, paſſe chez la nourrice, la conduit au château, la prie d'attendre un inſtant à la porte, prend ſon fils dans ſes bras, & pénètre juſqu'à Sophie.

Elle étoit avec ſon pere & ſa mere qui reſtent interdits à ſa vue ; elle pouſſe un cri. C'eſt un criminel, lui dit-il, qui vient demander grace, l'obtenir ou mourir à vos pieds. Belle Sophie, ne ſoyez point inflexible ; imitez le ciel qui pardonne au repentir ; daignez jetter les yeux ſur moi, &, ſi je ne puis

vous toucher, jettez-les du moins sur mon fils; il
est né dans votre sein; vous lui devez les soins &
l'amour d'une mere; consentez à voir ratifier par les
loix le titre auguste que mon crime vous a donné.
Ayez pitié de moi, de votre fils; rendez-lui un pere;
permettez-moi d'effacer l'opprobre attaché à sa naif-
sance; craignez qu'en apprenant un jour vos refus
& mes remords, il ne vous accufe de trop de fé
vérité. Laiffez-vous attendrir... la vertu ne doit pas
être impitoyable, défefpérer le malheureux qui s'en
eft écarté, & lui fermer pour jamais la route qui
peut l'y ramener.

Monfieur & Madame de Meilcourt ne purent retenir leurs larmes. Sophie en verfoit avec eux. Ses
regards fe porterent tour-à-tour fur Sainval & fur
fon fils. Qui me répondra, lui dit-elle, que votre
retour eft fincere, & que vous ferez vertueux?...—
Vous-même, s'écria Sainval! vous, qui me forcez
à l'admiration, au refpect, au repentir... mon fils
que je fais aujourd'hui mon médiateur auprès de vous.
Sophie avoit aimé Sainval; elle l'aimoit encore;
elle lui tendit la main, & le conduifit aux pieds de
fon pere & de fa mere qui joignirent leur pardon
à celui qu'elle venoit d'accorder.

Tous deux, quelques jours après, furent unis par
l'hymen; Sophie fut heureufe; Sainval lui fit oublier qu'il avoit été coupable; il mérita fa tendreffe,
& reconnut que le véritable bonheur eft dans la vertu.

LES DEUX ANGLOIS.

L'infortune & la félicité se touchent ; c'est quand on se croit le plus malheureux, qu'on est souvent près de cesser de l'être. On remédie aux maux par la constance ; on les aggrave par le désespoir ; il les rend presque toujours irréparables.

Sir Damby étoit né avec un caractere tendre, honnête & généreux ; il alloit au devant des besoins de ses semblables ; il lui suffisoit de soupçonner leurs peines, pour qu'il s'empressât de les soulager. Cet emploi de sa fortune la lui rendoit chere ; mais en faisant des heureux, il ne l'étoit pas lui-même. Au milieu des grandeurs & de l'opulence, il sentoit un vuide affreux dans son cœur ; l'amour & l'amitié pouvoient seuls le remplir, & l'un & l'autre l'avoient trahi. Sa maîtresse étoit infidelle. Il avoit tiré de l'opprobre & de la misere, un infortuné qui lui paroissoit digne d'un meilleur sort ; il s'étoit flatté d'en faire un ami : il n'en avoit fait qu'un ingrat. Ce monstre qu'il avoit produit auprès du ministre, venoit de le desservir dans une occasion importante ; &, pour y réussir, il avoit noirci l'honneur de son bienfaiteur.

Accablé de ce trait, dévoré d'une mélancolie secrette qui lui étoit naturelle, & que cette perfidie augmentoit encore, Sir Damby sortit un soir de son hôtel par une porte dérobée. La nuit étoit déja fort avancée ; il erroit à grands pas dans les rues de Londres ; la solitude & l'obscurité ajoutoient à la noirceur de sa situation. Incapable de soutenir plus long-tems le poids de son existence, en proie aux

chagrins qui le confumoient, à charge à lui-même,
fatigué du commerce des hommes parmi lefquels il
n'avoit trouvé que des envieux, des ingrats ou des
traîtres, il fe repréfenta la mort comme fon efpoir,
fa confolation & fon afyle. Cette idée fombre &
funefte fembla fufpendre le trouble qui l'agitoit; fé-
duit par ce calme trompeur, il compara fon ame
au captif impatient de fa chaîne, & qui s'endort
enfin la veille du jour qui doit la voir brifer. Sa réfolution fut prife au même inftant. Il apperçut une
rue qui conduifoit à la Tamife; il marcha de ce
côté, ravi de fe trouver plus tranquille à mefure qu'il
avançoit.

Le défefpoir avoit fait prendre la même route à
un marchand de la Cité, nommé Kingfton. Sir
Damby, & le marchand fe rencontrent & fe heur-
tent. Les réflexions déchirantes qui les occupent, l'é-
paiffeur des ténebres les avoient empêchés de fe voir;
ils fe repouffent avec un mouvement d'impatience
mêlé de fureur. Quelques momens après, ils fe rejoi-
gnent encore; attachés à leur rêverie, ils ne peuvent fouffrir d'en être diftraits; ils fe reprochent avec
humeur l'embarras qu'ils fe caufent mutuellement.
Bientôt ils reconnoiffent qu'ils fuivent le même chemin. La préfence d'un fecond les fatigue; ils ne veu-
lent point avoir de témoin; tous deux fongent à fe
fouftraire aux regards d'un importun. La même idée
leur infpire le même deffein; ils précipitent leurs
pas pour fe fuir; ils parcourent les mêmes rues,
paffent par les mêmes détours, & s'arrêtent enfin avec
étonnement, furieux de ne pouvoir parvenir à fe
débarraffer l'un de l'autre.

Sir Damby ne conçoit pas pourquoi cet inconnu
s'obftine à l'accompagner; Kingfton, de fon côté,
voyant briller à travers l'obfcurité, la broderie qui
releve les habits du Lord, ne peut imaginer qu'il

veuille se rendre au terme fatal où le conduit son
égarement. Chacun commence à soupçonner l'autre de le suivre pour l'épier ; ils s'interrogent brus-
quement : ils se répondent avec aigreur.

Le pont qui traverse la Tamise, s'offre enfin devant eux ; Sir Damby s'approche aussi-tôt du para-
pet ; il semble mesurer des yeux l'endroit où il veut
se jetter ; mais la riviere ne lui paroît pas encore
assez profonde ; il se juge trop près du bord. Kingston qui a fait le même mouvement & la même
observation, est toujours sur ses pas. Ils arrivent au
milieu du pont ; chacun s'arrête pour laisser au fâcheux qui l'incommode le tems de s'éloigner. Enfin, pressés d'être seuls, ils s'impatientent de se voir
immobiles l'un & l'autre ; ils s'accusent réciproquement d'indiscrétion, & se proposent de la punir.

Sir Damby éleve la voix le premier : Pourquoi ne
poursuis-tu pas ton chemin ? — Qui t'empêche de
continuer le tien ? ma route finit ici. — C'est aussi
le terme de la mienne, reprend le Lord ; quel est
le motif qui peut t'y conduire ? Que t'importe, répond le marchand avec l'emportement du désespoir ? veux-tu mettre le comble à mon infortune,
en m'empêchant de la terminer ? Chaque question
que tu me fais, est un instant que tu me dérobes ;
tu prolonges mon existence & mes malheurs ; je ne
suis pas venu ici pour m'en plaindre, je suis venu
pour les finir.

A ces mots, il fait un mouvement pour s'élancer dans la riviere ; quoique prêt à s'y précipiter
lui-même, Sir Damby l'arrête. Kingston se débat
dans ses bras ; il menace, il prie tour-à-tour. Sir
Damby le retient, & lui demande la cause de son
désespoir. Une pitié secrete l'engage à s'en instruire ;
il jure de lui laisser la liberté de mourir, s'il en a
un juste sujet ; il ne lui cache même point qu'il est

auſſi déterminé à périr. Kingſton, laſſé par les vains efforts qu'il a faits, & trouvant quelque ſoulagement dans la compaſſion qu'on lui montre, ceſſe de ſe plaindre de cette violence, & juſtifie ainſi ſa réſolution.

C'eſt du ſein même du bonheur que je ſuis tombé dans l'abyme où vous me voyez; le ſouvenir de ma félicité paſſée rend ma ſituation actuelle plus douloureuſe. Des banqueroutes inattendues ont dérangé mes affaires, & m'ont ravi juſqu'à l'eſpérance de les relever un jour; elles me forcent à manquer moi-même à mes paiemens. J'étois connu honorablement dans le commerce; ma probité, mon honneur, ma fidélité, mon exactitude étoient eſtimés; on me citoit comme un exemple à tous nos négocians. Demain, cette réputation flatteuſe va s'anéantir; j'entraînerai pluſieurs infortunés dans ma perte; leurs plaintes n'accuſeront que moi de leurs déſaſtres. Malheureux, je ſerai cru coupable; je me verrai chargé du mépris public... Mylord, l'homme honnête peut ſe conſoler de l'infortune; mais qui peut ſupporter le mépris? le ſoutenir, c'eſt le mériter.

Une femme que j'aime, qui faiſoit le charme & la douceur de ma vie, une fille, unique fruit de mon hymen, vont tomber dans la miſere la plus affreuſe... On ne me permettra pas de l'adoucir. Conduit dans le fond d'un cachot, j'y gémirai de leurs maux, & l'impuiſſance de les ſoulager augmentera les miens. Tendre épouſe, fille infortunée! de quel œil verrois-je couler des larmes que mes mains ne pourroient eſſuyer? Mylord, je les ai laiſſées plongées dans la douleur la plus profonde; je viens de pleurer avec elles; je frémis d'être forcé de m'en ſéparer... & c'eſt dans leurs bras que j'ai formé la réſolution de mourir; je m'en ſuis arraché avec violence, ſous prétexte de tenter de nouveaux efforts.

efforts. Leurs gémissemens douloureux ont retenti dans mon cœur lorsque je les ai quittées... Elles ne me verront plus. J'ai tâché de leur inspirer un espoir que je n'avois pas ; elles s'y livrent peut-être : c'est un instant de calme & d'illusion dont elles jouissent... Il se dissipera bientôt. Je me représente déjà leur trouble & leur terreur lorsqu'elles verront passer l'heure de mon retour... Que deviendront-elles en apprenant... Ah! Mylord, permettez-moi de me délivrer de ces réflexions qui me déchirent.

Ce discours porta dans l'ame de Sir Danıby la compassion, l'attendrissement, l'horreur & l'effroi ; ses bras retenoient encore Kingston. Non, tu ne mourras point, s'écria-t-il, emporté par un sentiment rapide, tu vivras pour une femme qui t'aime, pour une fille à qui tu dois ton appui. Je bénis le ciel de t'avoir rencontré ; quitte ce projet funeste, il ne te convient plus ; les pertes de la fortune ne sont point irréparables ; tes maux vont trouver un remede ; il n'en est aucun pour les miens. Venu dans ce lieu pour y chercher la mort, je la différerai d'un instant ; ce sera pour assurer ta tranquillité ; je veux emporter au tombeau la douce consolation d'avoir fait encore un heureux : tu seras le dernier. Puisse-tu me chérir & songer à moi quelquefois pour me plaindre ! Viens, suis-moi ; ta femme & ta fille gémissent ; il est tems de tarir la source de leurs pleurs ; viens recevoir de quoi satisfaire à tes engagemens ; les momens me sont chers ; la nuit approche de sa fin ; il faut que je termine tes peines, & que je ne sois plus, avant le lever du soleil.

Kingston resta immobile d'étonnement & de joie ; il doutoit s'il veilloit, ou s'il étoit dans l'illusion d'un rêve agréable : il craignoit un réveil affreux ; il regardoit Mylord avec inquiétude, incer-

Tome III.   C

tain de ce qu'il devoit penfer, agité tour-à-tour par la défiance & par l'efpoir.

Sir Damby cependant le preffoit de le fuivre, & l'entraînoit après lui ; il le conduit à fon hôtel, le fait monter dans fon appartement, ouvre un porte-feuille, & lui remet une fomme confidérable en billets de banque.

Kingfton ne doute plus de fa félicité ; la violence de fes fentimens le rend muet ; mais fon filence même eft expreffif ; fon cœur eft foulagé d'un poids infupportable ; refferré long-tems par la douleur, il femble enfin s'étendre & recevoir une nouvelle vie. Il parle à la fois de fa reconnoiffance, de fa joie, de celle de fa famille ; il jette les yeux fur les bienfaits de Mylord ; fon admiration augmente ; il veut en rendre une partie ; la moitié fuffit à fes befoins. Le généreux Damby le force à garder tout comme une refource contre les malheurs à venir. La fortune peut vous pourfuivre encore, lui dit-il, & je ne pourrai plus vous fecourir ; je ne faurois faire un meilleur emploi de mes richeffes ; elles ne font pas épuifées : bientôt elles me deviendront inutiles.

Cette réflexion afflige le fenfible Kingfton ; il demande au ciel de ramener la paix dans cette ame généreufe, de détourner les effets de fon défefpoir, & de lui faire goûter le bonheur qu'elle procure aux autres. Il eft effrayé du projet de Sir Damby ; il ofe le conjurer d'y renoncer : tant de grandeur, de vertu, d'humanité, doivent-elles ne paroître qu'un inftant parmi les hommes ! Il le preffe de reprendre fes dons ou de vivre ; il vouloit périr avec lui ; Sir Damby lui rappelloit fes devoirs & le fouvenir de fa famille : Kingfton pleuroit, & tomboit à fes pieds.

La nuit avoit difparu pendant ces conteftations ;

déja le soleil fe levoit ; fon éclat fatiguoit Sir Damby ; il regrettoit les ténebres ; il accufoit Kingfton
de lui avoir fait perdre un tèms précieux. C'en eft
fait, s'écria ce dernier en foupirant ! Vous le voulez, il faut me rendre ; je ne combattrai plus votre
réfolution ; mais avant de l'exécuter, que j'obtienne
de vous une nouvelle grace ! elle me fera plus chere
que vos trefors. Mylord, je ne vous demande qu'un
jour, un feul jour ; accordez-moi celui-ci, ce fera
le plus beau des miens. Venez montrer mon bienfaiteur à ma famille ; venez recevoir les remerci-
mens de ceux qui vous doivent tout ; venez jouir un
inftant avec moi de cette vie que vous m'avez confervée ; foyez témoin de mon bonheur ; votre préfence l'augmentera ; que je préfente à ma femme,
à ma fille celui qui leur a rendu un pere, un mari !
venez, Mylord, la joie de trois cœurs heureux par
vos bienfaits, eft un fpectacle digne de vos regards.

Sir Damby ne put réfifter à ces prieres. Les difcours de Kingfton l'échauffoient infenfiblement ; il
fe raccommodoit avec l'humanité ; il s'applaudiffoit
d'avoir enfin trouvé une ame fenfible, & foupiroit
de l'avoir rencontrée fi tard. Preffé d'arriver au tombeau, il fe réjouiffoit cependant de voir une famille
vertueufe avant d'y defcendre ; il marche fur les pas
de Kingfton, & le prie de garder le filence fur le
projet irrévocable qu'il a formé.

L'époufe & la fille de Kingfton, Miftriff Betty
& Miff Nancy avoient paffé la nuit dans les larmes
& dans la priere ; ces deux cœurs juftes & vertueux
n'avoient pas ceffé d'implorer le ciel pour un pere
& pour un époux ; elles le conjuroient de lui donner la force de foutenir fes malheurs ; elles n'ofoient
pas en demander le remede : elles ne l'efpéroient plus.

Dans cet état douloureux & terrible, contre lequel
la raifon eft d'un foible fecours, elles voient paroître

le jour, & Kingſton n'arrive point encore. De
nouvelles alarmes ajoutent à l'horreur de leur ſituation. Un bruit léger ſe fait entendre ; elles écoutent
avec frémiſſement ; c'eſt Kingſton & Sir Damby
qui ſe préſentent. Trop occupées de leurs inquiétudes, elles n'apperçoivent point l'étranger ; elles ne
regardent que Kingſton ; elles cherchent à lire dans
ſes yeux ce qu'elles doivent eſpérer ou craindre.

Kingſton vole dans leurs bras : Réjouiſſez-vous, leur
dit-il ; toutes nos pertes ſont réparées ; remerciez le
ciel, & tombez avec moi aux genoux du dieu tutélaire
qui nous rend tous trois au bonheur. Ils ſe précipitent enſemble aux pieds de leur bienfaiteur. Mylord
veut en vain les retenir ; il leur préſente les mains
pour les relever : ils ſe ſaiſiſſent de ces mains bien-
faiſantes, les preſſent contre leurs levres, les mouil-
lent de leurs larmes, & leurs larmes en arrachent
à Sir Damby. On n'entend que des ſons confus,
des accens inarticulés, des mots interrompus, ſans
ſuite, ſans liaiſon ; mais ils portent au fond de l'ame
le ſentiment profond qu'ils expriment. Je vous dois
mon époux... vous me rendez mon pere... ah,
Mylord !... généreux Mylord !...

Sir Damby, pour la premiere fois, ſent le prix
de la vie ; jamais il n'éprouva des mouvemens plus
tendres, plus délicieux ; il ſe félicite de vivre
pour goûter un plaiſir qu'il ignoroit, ſon cœur
flétri eſt encore capable de jouir ; il ſe retourne ſur
lui-même avec une ſatisfaction ſecrete ; il reconnoît que l'homme juſte eſt heureux du bonheur d'autrui ; il eſt payé de ſes bienfaits.

Kingſton s'arrache à cette ivreſſe, à ces tranſports,
pour courir où l'appellent des devoirs indiſpenſables ;
il annonce à tous ceux qu'il rencontre ſa nouvelle
félicité : il voudroit faire connoître à l'univers entier
le bienfait & ſa reconnoiſſance ; on l'eſtimoit, on

le plaignoit ; on se rejouit de sa fortune. Empressé de retourner auprès de Mylord, il se hâte de terminer ses affaires. L'impatience lui donne des ailes ; il revole bientôt dans le sein de sa famille.

Elle s'empressoit autour de Sir Damby ; celui-ci se croyoit transporté dans un nouveau monde ; des esprits célestes lui sembloient l'habiter. Il ne pouvoit s'empêcher d'admirer Kingston & Betty ; ses regards cherchoient toujours leur fille ; dès qu'ils étoient tombés sur elle, ils ne pouvoient s'en détacher. Les larmes qu'elle avoit versées, rendoient sa beauté plus touchante ; les expressions naïves de sa reconnoissance portoient au fond de son cœur le trouble & le plaisir ; tout le flattoit, tout l'intéressoit.

Il n'est point de spectacle plus delicieux pour un homme bienfaisant, que celui de la vertu qu'il ranime. La journée s'écoula rapidement ; elle ne parut qu'un instant à Mylord ; l'heure où il devoit se retirer approchoit ; Kingston l'attendoit avec douleur ; il eût donné sa vie pour la retarder. Sir Damby ne vit pas arriver ce moment funeste sans éprouver quelques regrets ; ses yeux où brilloit la sérénité, se couvrirent tout-à-coup d'un nuage. Kingston, qui ne le perdoit pas de vue, regarda ce changement subit comme la suite des idées noires dont son bienfaiteur étoit occupé. Il savoit qu'il n'en avoit obtenu qu'un jour ; la nuit commençoit à paroître ; il alloit le perdre pour jamais. Je ne le verrai donc plus, disoit-il en lui-même & en soupirant ! Des larmes lui échappoient. Elles furent apperçues par Nancy. Ses regards inquiets se tournerent aussi-tôt sur Mylord ; elle étoit à peine remise des coups violens qui l'avoient accablée, tout étoit pour elle un sujet de terreur ; sa timidité cherchoit un appui.

Sir Damby, dans ce moment, venoit de se ré-

C 3

foudre à fortir ; Nancy le vit encore ému de l'effort
qu'il avoit fait fur lui-même. Mon pere pleure, Mylord eft troublé, s'écria-t-elle ! Ah ! parlez, que m'annonce ce que je vois ? C'en eft trop, interrompit
Kingfton, je n'y puis réfifter, cet horrible fecret me
pefe ; non Mylord, je ne puis le renfermer. Betty,
Nancy... Si vous faviez... Vous m'avez vû cette
nuit, courbé fous l'infortune, réduit au fort le plus
affreux... mais vous ignorez à quel excès mes maux
avoient égaré ma raifon. Un défefpoir aveugle me
conduifoit vers la Tamife... j'allois... ah ! Betty !
ah ! Nancy !

Les deux femmes frémiffent, & tremblantes encore d'un danger qui n'eft plus, elles s'élancent dans
fes bras, & femblent, en l'embraffant, chercher à
le retenir.

Ce n'eft pas fur moi que vous devez pleurer, ajouta
Kingfton ; non, pleurez fur Mylord ; c'eft lui qui
m'a arrêté fur le bord du précipice : c'eft lui qui veut
s'y plonger... il ne nous quitte que pour courir à
la mort. O Mylord ! ô mon bienfaiteur ! c'eft la
providence qui vous a fait venir fur mes pas ; elle
ne s'eft fervie de vous que pour me rendre à la vie :
fans doute, elle a les mêmes deffeins fur moi...
Betty, Nancy, joignez-vous à moi, uniffez vos
prieres aux miennes. O Mylord, écoutez des cœurs
fenfibles & reconnoiffans ! c'eft au nom de vos bienfaits que nous vous conjurons de vivre ! n'empoi-
fonnez pas le bonheur que nous vous devons ; nous
y renonçons s'il faut vous perdre. Fait pour fervir
d'exemple aux hommes, ne leur donnez pas celui
du défefpoir. Souvenez-vous, Mylord, qu'il vous refte
encore du bien à faire ; il eft encore des malheureux
qui réclament vos foins & vos fecours ; les aban-
donnerez-vous, démentirez-vous vos vertus ?

Ces mots étoient accompagnés de larmes ; Betty

exprimoit dans ses regards tout ce que disoit son
époux ; Nancy, à demi-défaillante, le conjuroit plus
tendrement encore. Vous voulez mourir, lui disoit-
elle ! pourquoi êtes-vous venu avec cette affreuse résolution ? Ah ! Mylord, il falloit nous fuir ; j'aurois
pleuré mon bienfaiteur... mais je ne l'aurois pas
connu.

Sir Damby avoit gardé le silence ; ses chagrins
étoient affoiblis ; il ne songeoit plus à l'ingratitude
humaine : le spectacle de la vertu étoit devant ses
yeux ; un sentiment plus doux succédoit à sa mélancolie !

Rassurez-vous, leur dit-il, je vivrai, je le dois ;
vous me faites aimer la vie. O Kingston ! je vous
ai rendu à vous-même, vous me rappellez à la raison ; vous me faites éprouver que l'amitié de l'homme de bien dédommage de la haine des méchans.
Le ciel, je le vois, a voulu nous sauver l'un par l'autre ; une nouvelle carriere se présente devant moi ;
vos mains peuvent me l'ouvrir. Kingston... Betty...
famille aimable & céleste !... adoptez-moi... Nancy, chere Nancy, modele d'innocence & de perfection, consentez...

Il n'ose poursuivre ; ses regards attachés sur Nancy, semblent la consulter ; elle baisse ses yeux timi-
des & soupire. L'étonnement de Kingston ne lui
permet pas de parler ; il les observe l'un & l'autre ;
c'est un pere, c'est un ami qui cherche à pénétrer
leurs sentimens les plus secrets. Le croirai-je, s'écriat-
t-il enfin ? ah ! Mylord, Nancy pourroit vous rendre heureux ! je trouverois un fils dans mon bienfaiteur ! cet honneur ne m'éblouit point : il a trop
souvent égaré mes pareils... Mais si la beauté n'a
pas besoin de naissance, si la vertu lui suffit... Je
connois la vôtre, Mylord ; élevez ma fille jusqu'à
vous, & recevez là des mains de la recounoissance.

Elle furpaffe mes bienfaits, reprend avec tranfport
Sir Damby. Nancy, belle Nancy, confentez à devenir mon époufe ; daignez confirmer mon bonheur.
Nancy leve fur lui des yeux remplis d'amour ; elle
voit dans ceux de Mylord qu'elle eft entendue, &
court, en rougiffant, cacher dans le fein de fa mere,
fa joie & fa confufion.

Cet hymen ne fut pas long-tems différé ! Kingfton quitta fon commerce ; le beau-pere & le gendre vécurent enfemble ; ils ne forment aujourd'hui
qu'une feule famille ; ils fe fignalent à l'envi par des
actes de bienfaifance ; ils ne foulagent aucun malheureux, fans fe féliciter de vivre encore, fans remercier le ciel de les avoir fauvés de leur défefpoir.

SAEB OU LE RÊVEUR,

Saëb avoit cherché par tout le bonheur ; il avoit essayé de tous les états de la vie, & il n'en avoit pas trouvé de plus doux que celui de dormir & de rêver. Né avec une fortune considérable, & un grand fond d'amour pour le repos, il n'avoit point songé à cultiver son esprit ; & selon la coutume des riches Babyloniens, il avoit su tous les usages auxquels on peut employer un corps, avant de se douter qu'il eut une ame.

On se dégoûte quelque fois du monde, parce qu'on le connoît trop ; Saëb s'en dégoûta parce qu'il ne le le connoissoit pas assez. Amant volage, ami peu sûr, il eut des maîtresses inconstantes & des amis faux. L'amour-propre qui se permet tout, & qui ne pardonne rien, lui ferma les yeux sur ses torts, & les lui ouvrit sur ceux des autres.

Saëb piqué, renonça à ses sociétés, s'exhala en plaintes ameres contre elles, les noircit un peu plus qu'elles ne le méritoient, mêlant aux accusations vraies, d'autres qui étoient vraisemblables, & s'imagina n'être que sensible. Bientôt, il regarda les hommes comme des monstres qu'il falloit fuir, & il se crut philosophe ; en conséquence, il vécut solitaire & retiré pendant quelques mois.

Les heures sont longues quand on est seul ; le tems qui coule si vite, & qui manque si souvent à nos projets, est le fléau du solitaire ; quelque court qu'il soit, il faut en perdre ; & le perdre c'est le remplir.

Saëb en détestant les hommes, sentoit le besoin

de la société ; la mauvaise humeur combattoit vainement ce besoin ; il trouvoit un vuide affreux dans
son cœur ; une inquiétude secrete l'agitoit sans cesse ;
le bonheur s'éloignoit de lui ; il ne le retrouvoit que
dans le sommeil. La félicité, cette douce chimere,
fille riante de l'imagination, qui la crée & la va-
rie selon nos penchants, se montroit à lui dans tous
ses songes ; il s'enivroit de ses délicieuses erreurs , &
en jouïssoit avec transport. Saëb étoit alors heureux ;
mais il ne pouvoit pas toujours dormir, & quand
il ne dormoit point , il falloit qu'il s'occupât.

Pour se distraire , il s'engagea dans l'étude ; c'est
la ressource la plus efficace contre l'ennui, lorsque
l'on sait s'en servir; cette science manquoit à Saëb.
La nature s'offroit par-tout à ses yeux, & ne disoit
rien à son cœur ; il ne la regarda seulement pas , &
il étudia dans les livres.

Dans le tems qu'il se livroit avec le plus d'ardeur
à cette occupation, il découvrit un traité sur les songes, composé par un bonze célebre , & le plus habile philosophe de Babylone ; il y développoit le grand
art de les expliquer. Saëb l'apprit avec joie, & les
siens lui fournirent les occasions de s'y perfectionner.
Il entrevit dès-lors en veillant, le bonheur, cette
agréable illusion qui l'avoit frappé si souvent pendant
son sommeil. Il le trouvoit dans le plaisir de dormir, dans celui de rêver , & dans celui de détester
les hommes.

Ayant commencé par en dire beaucoup de mal ,
il voulut finir par leur en faire. Plusieurs grandes
places vaquoient alors dans l'empire ; Saëb s'examina
dormit & rêva qu'il étoit capable de les remplir. Ses
richesses lui donnoit le droit d'y prétendre ; le grand
état qu'il tenoit, éblouissoit tout le monde. Un homme
qui ne sortoit que dans un char traîné par six chevaux, qui avoit eu , & qui pouvoit encore avoir cent

convives à fa table, qui payoit une nuit de la premiere danfeufe de Babylone, de ce qui auroit pu
foulager dix familles, avoit néceffairement le plus
rare mérite. C'eft ainfi que jugeoient les Babyloniens : ils étoient le peuple le plus policé de l'A-
fie ; les nations étrangeres fe moquoient de leurs
ufages, & les adoptoient ; elles prenoient chez eux
des cuifiniers, des perruquiers & des tailleurs ; les
Babyloniens en tiroient en échange des hommes
d'état, des guerriers, des favans, & ils les appelloient barbares.

Saëb acheta donc, car tout fe vendoit à Babylone, une de ces places importantes, fe conduifit en
conféquence de fes principes, & fut bientôt auffi
haï qu'il haïffoit.

L'ennemi des hommes ne peut pas vivre long-
tems avec eux ; le fort eft quelquefois la victime du
foible, dit le poëte ; le défefpoir qui flétrit le courage, l'augmente auffi fouvent ; & les vapeurs infen-
fibles, exhalées de la terre, condenfées par les vents,
portent le germe de la foudre.

Le peuple fouffroit & accufoit Saëb. Ses amis,
car il en avoit beaucoup depuis qu'il étoit en place,
admiroient devant lui la fublimité de fes talens, &
le peignoient au fouverain comme un fujet au-deffous
du médiocre. On alloit enfin lui ordonner de fe retirer, lorfqu'il penfa, qu'il feroit bien de demander fon
congé.

Son cœur inquiet, promenoit par-tout fon inconf-
tance ; ce qu'il n'avoit pas étoit l'objet de fes defirs
les plus ardens ; & ce qu'il poffédoit le fatiguoit bientôt. Au fein du repos, il cherchoit les affaires qu'il
quittoit bien vîte pour retourner au repos.

Il rêva un jour qu'il s'élançoit vers le foleil, qui
perdant de fa fplendeur, à mefure qu'il s'en approchoit, fut bientôt entiérement éclipfé, tandis que lui-

même revêtu des rayons de cet astre, répandoit une lumiere plus éclatante.

Ce rêve magnifique fut pendant quelque tems le sujet de ses réflexions. Il s'imagina qu'il devoit remplir l'univers de son nom par la guerre. La rougeur de l'astre annonçoit le sang que sa gloire feroit couler. Rien n'étoit plus noble que cette explication; l'ambition vint fixer son esprit irrésolu.

La guerre étoit déclarée depuis quelque tems entre Babylone & des peuples voisins. Saëb se hâta d'acheter, pour commencer, le commandement d'une troupe de quatre mille hommes. Il partit aussi-tôt pour l'armée; il trouva qu'on dormoit aussi bien sous la toile que sous des lambris; il n'en fut pas étonné; l'histoire de Babylone comptoit d'excellens généraux, habiles rêveurs, qu'on avoit été obligé de réveiller au moment de donner des batailles qu'ils gagnoient toujours. Le général Moabdilla, sous lequel servoit Saëb, ne gagnoit pas des batailles, à la vérité, mais il dormoit comme ces grands hommes; & c'étoit toujours quelque chose de leur ressembler en cela.

Avec les heureuses dispositions qu'il avoit, Saëb ne pouvoit manquer de devenir aussi un grand homme. L'illustre Moabdilla s'avisa de trouver mauvais qu'un officier inférieur dormît; c'étoit une des prérogatives d'un chef d'armée; il étoit très-jaloux de ses droits, & il remercia Saëb de ses services. Quelques jours après, ce fameux capitaine donna une bataille, la perdit, & fut créé chef d'un corps de satrapes; il en donna bientôt une seconde, qu'il gagna, & il fut rappellé sur le champ.

Saëb indigné contre son général, retourna à Babylone, revenu de son amour pour la gloire, méprisant le genre humain, & le détestant davantage. Il reprit son premier genre de vie, & s'y plut. Une

longue tranquillité, moins de commerce avec les
hommes, adoucirent l'aigreur de sa bile; il apprit
à se former des idées plus justes des choses; il ne
fut plus ce qu'il appelloit être philosophe, mais il
fut plus sage. Il renonça à toute occupation, &
vécut retiré jusqu'à l'âge de soixante & quinze ans,
ne faisant que dormir ou rêver, & il fut heureux.

Entouré de collatéraux impatiens de jouir de son
bien, il rêva que son âge ne lui ôtoit pas tout espoir de se faire des héritiers, & que par conséquent
il feroit bien de se marier; il rêva même qu'il devoit
prendre une femme fort jeune; il rêva qu'elle l'aimeroit, & qu'elle lui seroit fidelle : c'étoit un grand
rêveur que ce Saëb !

Il s'adressa donc à Fathmé. Fathmé jeune & belle,
avoit toutes les qualités qui rendent une femme aimable; il lui crut celles qui lui convenoient; il se trompa : c'est assez l'usage; on ne le plaignit point : c'est
un autre usage encore.

En lui donnant la main, en lui promettant de
l'aimer uniquement, Fathmé fit quelques restrictions
mentales. Sans avoir étudié les docteurs, elle étoit
très-versée dans la doctrine de la direction d'intention.
Elle fut coquette, ne se contraignit point, & Saëb
ne dormit plus.

Il étoit sur-tout étonné de la voir se refuser à ses
caresses. Vous ne m'aimez point, lui disoit-il quelquefois. Vous avez tort de vous plaindre, répondoit
Fathmé; vous avez fait ma fortune : je ne l'oublierai jamais; à l'égard de mon bonheur, c'est un
soin dont je me charge; votre âge vous dispense
de vous en occuper.

Il y avoit en ce tems à Babylone, un bonze qui
s'étoit rendu très-célebre; c'étoit la jeunesse & la
beauté jointes à toutes les graces qui les distinguent;
on eut dit que c'étoit l'amour même sous les habits

d'un bonze; ce n'étoit pas l'amour enfant : c'étoit l'amour dans l'âge de la force. Il paſſoit pour avoir beaucoup d'éloquence & d'onction ; il étoit couru de toute la ville, l'objet de la jalouſie de tous les maris, & le directeur de toutes les femmes. Fathmé avoit la plus grande confiance en lui.

Un jour, Saëb les vit conférer enſemble dans une attitude aſſez ſinguliere ; le zele brilloit dans leurs yeux & dans tous leurs mouvemens. Il ſe fâcha ; ſa femme lui dit qu'elle le conſultoit ; Saëb trouva mauvais qu'on la conſeillât de ſi près ; elle s'emporta ; Saëb s'emporta auſſi, & ils ſe brouillerent.

Deux jours après, Saëb ſe promenant dans ſes jardins, apperçut le jeune bonze qui conſeilloit encore ſa femme derriere une charmille & ſur un gazon ; les inſtructions qu'elle recevoit, n'étoient pas équivoques ; le feu monta à la tête de Saëb, & il alla ſur le champ porter ſes plaintes au ſatrape chargé de la police de Babylone.

Les loix étoient fort ſéveres dans ce tems contre les jeunes femmes qui ne ſe bornoient pas aux conſeils de leurs maris ; le juge voulut entendre Fathmé avant de la condamner : rien n'étoit plus équitable ; elle vint. Saëb s'apperçut au trouble du juge, à l'ordre qu'il lui donna de ſe retirer, aux regards qu'il jetoit ſur la délinquante, qu'il ne gagneroit pas ſon procès.

La loi puniſſoit de mort les coupables, ſi le crime étoit avéré ; s'il ne l'étoit pas, l'accuſateur recevoit une vigoureuſe baſtonade : on le traitoit comme un calomniateur. Ce code cruel avoit été dicté ſans doute, par un légiſlateur jaloux & barbare ; mais le peuple le plus galant de la terre l'avoit beaucoup adouci. Les juges interrogeoient toujours en particulier les femmes qui ſe trouvoient dans ce cas, & on ne ſe ſouvenoit pas qu'on en eut puni aucune quand elle étoit belle.

Une heure après, on vint dire au malheureux époux de Fathmé qu'il avoit mal vu, que ses soupçons étoient injustes, le bonze & sa femme innocens; lui, coupable d'une accusation fausse, & comme tel condamné à recevoir cent coups de bâton.

Saëb subit son supplice; il promit de ne plus se plaindre à l'avenir: il demanda pardon à sa chaste épouse, d'en avoir cru le témoignage de ses yeux, &, selon l'usage, il remercia ensuite le juge de sa clémence. Fathmé lui rendit graces de son équité; le satrape les reçut d'une maniere tout-à-fait galante, lui promit la même justice dans toutes les occasions, la pria de compter sur son amitié, & de revenir le voir souvent; Fathmé lui en donna sa parole & la tint. On ne refuse guere un juge à qui l'on a des obligations, & Fathmé étoit reconnoissante.

L'aventureux Saëb, désolé, meurtri, brisé, roulant dans son esprit mille projets de vengeance, se traînoit douloureusement dans les rues de Babylone. Le désespoir & la rage ranimerent bientôt ses forces; il courut chez le jeune bonze dans la résolution de l'assommer.

Sa révérence étoit alors dans sa cellule, les coudes appuyés sur son bréviaire, & à genoux devant un portrait de Fathmé. Cette circonstance fit changer de dessein à Saëb; on ne l'avoit condamné que faute de preuves; le portrait en offroit une qui lui parut convaincante: il pouvoit se venger plus sûrement & sans aucuns risques pour lui-même. Il saisit le bonze au collet, & l'entraîna chez le juge.

Le satrape étoit absent; sa femme se présenta; l'époux affligé lui demanda sa protection; elle la lui promit: jettant ensuite les yeux sur le bonze, elle en eut pitié; sa figure étoit intéressante; le crime dont on l'accusoit, ajoûtoit à cet intérêt. Les femmes sont curieuses; celle-ci voulut entendre aussi le bonze en

particulier. Ce ci va mal pour moi, dit en lui-même
Saëb. En effet, l'audience secrete fut longue ; la
femme du juge fit venir Saëb dans son cabinet lorfqu'elle fut finie. Vous êtes bien impudent, lui dit-
elle, de calomnier comme vous faites, un honnête
bonze, le directeur de votre époufe, & dont je
viens de faire le mien. Soyez plus circonspect à
l'avenir, mon ami ; car, au lieu de cent coups de
bâton que vous avez reçus, je vous en ferois donner mille.

Saëb fe retira après ce petit avertiffement. Qu'eft-ce
que le monde, s'écrioit-il ? où trouver la paix & le
bonheur ? L'envie nous fuit dans les places diftin-
guées ; les fottifes qu'on admire dans les grands, font
punies dans les petits : les premiers fe moquent des
miferes publiques, & trouvent tout bien quand ils
font bien. La balance de la juftice penche toujours
du côté d'une jolie femme. Tous les hommes font
des ferpens qui cherchent à fe dévorer mutuellement ; & moi... je fuis un fol : j'ai pris une femme ; elle étoit jeune, elle étoit jolie ; j'étois vieux ;
elle devoit être coquette. O fommeil ! qui faifois le
bonheur & la confolation de ma vie, t'ai-je perdu
pour toujours ? Divin brama ! jette un œil de pitié
fur mes peines.

Ses vœux étoient ardens, ils furent exaucés ; l'infortuné Saëb s'endormit : il fut heureux, car il rêva.

Il lui fembla qu'il étoit enlevé dans le vague im-
menfe des airs ; notre globe venoit de difparoître à
fes yeux ; les tourbillons infinis dont l'efpace eft rempli, frappoient de tous côtés fes regards.

Au-deffus de cette foule innombrable de mondes,
il apperçut un être qui ne reffembloit à rien, qui
n'étoit pas un homme, qui voyoit, quoiqu'il fut fans
yeux, & qui marchoit, qui touchoit, qui parloit,
qui entendoit, quoiqu'il n'eut ni pieds, ni mains,

ni

ni bouche, ni oreilles ; un être, enfin, composé de ce que les philosophes de Baylone appellent subsistance, pur esprit, qui n'est pas corps, dont tout le monde parle, & que personne ne connoît.

Une chaîne immense qui embrassoit l'univers dans toutes ses parties, aboutissoit à cet être dont elle recevoit un mouvement qui se communiquoit à ses extrémités. Cet être appella Saëb, & lui dit : Viens, mon fils, viens t'instruire, & cesse de te plaindre.

Saëb étonné de s'entendre parler sans savoir comment, & d'une maniere si différente de celle qui est en usage sur la terre, lui demanda humblement ce qu'il étoit ? Je suis ce que je suis, lui répondit la substance ; c'est moi qu'on appelle le centre & la circonférence, l'*Eliph* & l'*ye* (r). Viens voir la clef de tout ce qui t'étonne dans le monde ; suis des yeux cette chaîne, je vais t'éclaircir la vue.

Saëb s'inclina respectueusement ; ensuite il regarda, & il vit l'univers entier attaché à cette grande chaîne, de laquelle pendoit une infinité de chaînons, qui tenoient à toutes les différentes parties qui le composent. Ces parties étoient encore liées entre elles par d'autres chaînons subdivisés en un grand nombre de plus petits, qui, ainsi à l'infini, lioient imperceptiblement entre eux, tous les êtres de la création. La grande chaîne à laquelle tout aboutissoit, les faisoit mouvoir en tout sens, & forçoit chacun de ces êtres à recevoir telle ou telle direction. De ce point de vue on apperçoit un ordre admirable, qui en imposoit par sa magnificence.

Saëb enchanté de ce spectacle, admiroit l'ouvrage

_____

(I) La premiere & la derniere lettre de l'alphabet Arabe ; c'est comme si l'on disoit *Alpha & Omega*, A, &c

Tome III.   D

& en respectoit l'auteur. La substance lui fit changer de point de vue ; il n'apperçut plus qu'une confusion affreuse : quelques traits de perfection brilloient cependant de tems en tems au milieu des défauts les plus marqués ; le tout paroissoit être l'ouvrage d'un architecte supérieur, qui travailloit quelquefois pendant l'ivresse : il voyoit enfin le monde à-peu-près tel que nous le voyons.

Plus étonné de ce second spectacle, Saëb se tourna vers la substance, & lui demanda comment le même ouvrage pouvoit paroître si mauvais & si beau. C'est que tu ne vois plus, lui répondit-elle, que quelques parties du tout régulier que tu voyois. Tu apperçois les êtres sans les chaînons qui les gouvernent ; leurs mouvemens frappent tes yeux sans leurs causes. La plupart des objets te paroissent fort éloignés, fort disparates de ce second point de vue, parce que les liaisons, les nuances que tu découvrois du premier, t'échappent. Ici, ce sont les pieces éparses & confondues de plusieurs morceaux de sculpture ; de-là, ce sont ces mêmes pieces assemblées par un ouvrier habile. Mais profite des momens que je veux bien te donner ; retourne à ton premier point de vue.

Saëb obéit. La substance secoua sa chaîne par trois fois, & autant de fois Saëb vit face de la terre se renouveller. Les déserts se peuplent ; ses habitans multipliés vont se répandre & s'établir ailleurs. Du fond de leurs retraites sauvages, ils apportent de nouvelles mœurs, de nouvelles loix, de nouveaux cultes. Les connoissances se dispersent & se dissipent, la barbarie couvre la surface du globe ; le commerce est détruit, les arts s'enfuient ; les villes s'anéantissent, des déserts paroissent à leur place, Babylone n'est plus qu'un monceau de ruines. Les tremblemens de terre, les innondations, les pestes, les guerres plus cruelles encore,

les émigrations amenent ces évenemens qui se suc-
cédent avec rapidité, dans un ordre admirable &
constant. Chaque partie du monde s'éleve, brille &
s'évanouit tour-à-tour ; l'histoire de l'une est l'histoire de l'autre ; les noms & les tems sont les seules
différences qu'apperçoit Saëb.

Que cela est beau, s'écrioit-il ! les politiques de
Babylone disent cependant que ces révolutions célebres qui ont si souvent changé la face du monde,
ne peuvent plus arriver.

Tous les hommes sont sujets à se tromper, &
les politiques le sont encore davantage, lui répondit
la substance. Cette balance, qui fait la sûreté des états
voisins de Babylone, ne conservera pas toujours son
équilibre ; l'intérêt qu'ils ont chacun de ne pas laisser augmenter la puissance de l'autre sera quelquefois
oublié. La durée de ces états aura un terme ; ils se
détruiront comme l'empire de ce grand conquérant
que ses capitaines affoiblirent en le partageant entre
eux après sa mort, ou comme celui de ce peuple
qui commanda à toute la terre, & qui périt par sa
grandeur. Dans l'histoire de vos peres, vous voyez
celle de votre postérité. Les arts brillent ; ils rentre-
ront dans le néant pour en sortir encore, mour-
ront & renaîtront pour mourir de nouveau. Rien
de plus uniforme & de plus constant que ces vicissi-
tudes ; elles font partie de l'ordre qui constitue cet
univers ; tout ce qui s'y passe, en conséquence de
cet ordre, est non-seulement nécessaire, mais doit
arriver comme il arrive, & ne peut exister autrement. Tout est enchaîné, tout est lié, dépendant
dans les causes, dépendant & nécessaire dans les
effets. Les rayons de la lumiere devoient porter en
eux le principe des couleurs ; ils devoient être faits
de maniere que réfléchis par un objet, ils allassent
peindre cet objet sur une surface plane, ou sur la ré-

D 2

tine de l'œil ; & réciproquement la rétine de l'œil
& les surfaces planes devoient être difposées à recevoir cette image.

L'œil entraînoit l'exiftence de la lumiere pour voir,
& celle des objets pour être vus ; la main, celle
des chofes qui font à fon ufage. Anéantiffez une de
ces parties, les autres qui y ont rapport font inutiles. Comme tu vois, tout fe correfpond, tout eft
à fa place, tout eft bien.

Saëb fe fentoit encore des coups de bâton qu'il
avoit reçus ; il fe fouvenoit de la familiarité du bonze
avec fa femme, & ne comprenoit pas comment
tout cela étoit bien. Il retournoit examiner la chaîne,
s'en éloignoit, fe frottoit le dos & difoit à la fubftance :

Il faut convenir que votre ouvrage eft admirable ;
mais il me paroît que vous vous êtes peu embar-
raffée des détails, & que vous n'avez fongé qu'à
l'enfemble. Vous êtes un grand ouvrier ; cependant
ne manque-t-il rien à votre chef-d'œuvre ? pourquoi
n'eft-il pas auffi parfait dans toutes fes parties que
dans fon enfemble ? cela n'auroit-il pas été plus beau
& plus digne d'une main auffi habile, auffi puiffante
que la vôtre ?

Eft-ce à l'homme à juger mon ouvrage & à s'en
plaindre, répondit la fubftance ? fait-il quel a été
mon but ? Apprends des fecrets cachés à tous les mortels, quoiqu'ils fe vantent de les avoir pénétrés ; apprends à rire, avec moi, de l'orgueil, de l'ignorance & de la folie de ces petits infectes que j'ai
créés, en me jouant, fuperbes, ignorans & fous ;
qui me peignent d'une maniere fi gauche & fi ridicule, que j'en aurois honte, fi je n'étois pas ce
que je fuis ; qui me croient uniquement occupée
d'eux, qui s'imaginent agir & vouloir à leur choix,
comme fi la bille pouvoit fuivre une autre direc-

tion que celle que lui a fait prendre le joueur qui
l'a poussée. C'est à toi que je vais me communi-
quer, écoute . . .

Saëb redoubla d'attention ; la substance parla, &. . .
Saëb se réveilla.

L'AMITIÉ TRAHIE,

NOUVELLE ANGLOISE.

William & Johnson étoient nés dans le même comté, de parens différens, mais unis par le voisinage & par l'amitié. Ils furent élevés ensemble; on s'attacha sur-tout à leur inspirer l'amour de tous les devoirs envers Dieu & envers les hommes. On s'applaudissoit de leurs progrès; leur ame étoit faite pour la vertu; on espéroit tout de ces premieres impressions; le tems les fortifie ordinairement; on ne songeoit pas que les circonstances peuvent quelquefois les effacer.

William essuya des revers qui dérangerent sa fortune; la perspective de l'indigence, toujours affreuse dans la vieillesse, conduisit son pere au tombeau. Il trouva des consolations & de l'appui dans celui de Johnson; avec ses secours, il entra dans le commerce; le ciel bénit ses travaux. Occupé de son négoce; tout entier à ses affaires, il ne perdit jamais de vue les principes qu'il avoit reçus dans son enfance; sa droiture le fit respecter, & toutes les fois qu'on parloit de sa prospérité, il avouoit qu'il la devoit au pere de son ami.

Johnson destiné à jouer un rôle dans le monde, suivit une carriere différente. On l'envoya dans une ville voisine pour y perfectionner son éducation. La jeunesse a besoin d'un guide; on ne lui en donna point; on se persuada même qu'il lui seroit inutile; il fut la victime de la confiance aveugle de ses parens.

L'oifiveté lui fit bientôt contracter des liaifons dangereufes ; elles offrirent à fes regards un fpectacle nouveau pour lui ; il en fut d'abord étonné ; il ne concevoit pas qu'on pût fe vanter de fes défordres, fe faire un jeu de la féduction, porter en riant le trouble dans les familles, la division dans les menages, en tirer même une efpece de gloire. Il ne fut pas moins furpris d'entendre des hommes que l'âge devoit rendre graves, des femmes dont la vertu n'étoit point foupçonnée, plaifanter de ces actions, & appeller du nom de vices agréables ce qu'il avoit regardé jufqu'alors comme des crimes. Il s'accoutuma par degrés à cette maniere de voir. Il commença à penfer que fon premier étonnement étoit l'effet de fon manque d'ufage.

On ne ceffoit de lui répéter que le plaifir eft le bien fuprême ; que la nature conduit à le chercher par un penchant iréfiftible ; & qu'il faut obéir à fa loi fupérieure à toutes les loix. L'âge des paffions dans lequel il entroit, ouvroit fon cœur à ces maximes ; les railleries l'humilioient ; les exemples qu'il avoit devant les yeux, les partiés folles auxquelles il étoit appellé, tout concourut à l'égarer.

Dès qu'il eut franchi le premier pas, il n'eut pas befoin de guide pour en faire un fecond, un troifieme, & il ne tarda pas à égaler fes compagnons. Sa raifon obfcurcie ne lui prêta plus fon flambeau ; fes maximes & fa conduite furent une fuite de défordres & d'inconféquences. Au moment qu'il portoit le déshonneur dans une maifon, il fe piquoit d'être fidele à l'honneur ; il fe feroit coupé la gorge avec celui qui l'auroit foupçonné d'une action malhonnête.

Johnfon perdit fon pere & fa mere ; le plaifir de fe voir libre & maître de fes biens, étouffa fes regrets. Il fe rendit à Londres ; cette capitale fut le

D 4

nouveau théatre de ses déréglemens. Il n'y fut pas
long-temps sans déranger sa fortune ; peu soigneux
de compter avec lui-même , il ne mesura pas sa dépense à son revenu. Les avances qu'il avoit tirées
plusieurs fois de ses fermiers, ne lui permirent bientôt plus d'en attendre de nouvelles ; il emprunta de
tous côtés. Ses créanciers craignant sa ruine totale,
se hâterent de la prévenir ; ils userent de leurs droits,
& obtinrent un ordre pour s'assurer de sa personne.
Il fut arrêté en plein jour, malgré sa résistance.

Le bon William revenant de la Bourse , & se
retirant dans sa maison, se trouva , par hasard , sur
le chemin qu'on lui faisoit prendre. Compatissant aux
peines d'autrui , toujours prêt à les soulager , il perça
la foule qui s'étoit amassée. Quelle fut sa surprise
quand il crut reconnoître l'ancien ami de son enfance, le fils de son bienfaiteur ! Il cautionna Johnson
& vola dans ses bras , en lui rappellant son nom,
& se plaignant de ce qu'il l'avoit négligé. Vous êtes
à Londres, lui disoit-il, & je l'ignorois ! Vous étiez
forcé de recourir à des emprunts, & vous ne songiez
pas à votre ami ! Sa fortune n'est-elle pas la vôtre ?

Johnson ne pouvoit être insensible à un service
rendu si à propos & avec tant de générosité. Il se
ressouvint de leur ancienne amitié ; ce fut avec chaleur qu'il s'empressa de la renouveller : il céda sans
efforts à la priere que lui fit William de ne pas le
quitter de la journée.

Cet honnête marchand étoit marié depuis deux
ans ; il avoit choisi une compagne aimable & douce,
avec laquelle il passoit des jours heureux. Johnson
trouva mille charmes à Mistriss Lucy ; la reconnoissance & l'amitié ne le défendirent point contre les
impressions de ses sens ; peu accoutumé à les combattre, il oublia ce qu'il devoit à William ; & tandis que celui-ci le serroit dans ses bras , & se féli-

citoit de l'avoir retrouvé, ses regards enflammés tomboient sur Lucy; il méditoit au fond de son cœur le projet de séduire la femme de son ami.

N'écoutant que sa passion, il accepta avec transport l'appartement que William lui offrit dans sa maison; il s'y établit avec les espérances qu'il avoit conçues. Il sut se rendre agréable; bientôt il devint nécessaire. Toutes les fois que William étoit forcé de sortir pour les affaires de son commerce, il tenoit compagnie à Lucy. Ses soins, son assiduité furent vus avec plaisir; il employa tout l'art & toute l'adresse dont il étoit capable, pour la détacher d'un époux qui mettoit son bonheur dans sa fidélité.

La présence de William étoit cependant un obstacle aux progrès de Johnson; il eût bien voulu pouvoir l'éloigner; le hasard lui en fournit les moyens.

Un homme dont le crédit égaloit le rang, venoit de faire une perte considérable au jeu; il disposoit d'une place à la cour: on avoit lieu d'espérer de l'obtenir en réparant sa perte; ces sortes de marchés ne sont pas délicats, & la manière dont sont remplis la plupart des emplois, prouve assez qu'ils ne sont que trop communs. Cette place convenoit à Johnson; mais il ne pouvoit pas se présenter avec mille guinées; il consulta son ami. Empressé de contribuer à son avancement, celui-ci lui promit de trouver cette somme; il entreprit même un voyage exprès pour la recueillir. Johnson ne vit dans cette nouvelle marque de tendresse, qu'une circonstance favorable à son ambition & à ses desseins; & pendant que son ami alloit travailler à sa fortune, il ne songea qu'à le deshonorer; il mit à profit son absence, & consomma le crime sans remords.

William réussit dans son voyage; il revint à Londres avec les mille guinées; il les porta sur le champ au lord, avant de se rendre chez lui; il vouloit, en embraffant fon ami, pouvoit lui apprendre, qu'il avoit la place qu'il defiroit. Dès qu'il eut fini cette affaire, il fe rendit dans fa maifon ; il ne s'entretenoit en chemin que de la furprife agréable qu'il alloit caufer. Johnfon lui en préparoit une autre ; il fe livroit dans cet inftant à toute l'ivreffe de fa paffion criminelle. William arrive fans être attendu ; il retient les cris de joie de fes domeftiques ; il veut s'annoncer lui-même ; il monte... Quel fpectacle pour un époux ! Il demeure immobile d'étonnement & d'horreur. Lucy s'évanouit ; Johnfon interdit, n'efpérant point de grace, tire fon épée, réfolu de la plonger dans le fein de celui qu'il vient d'outrager, s'il s'oppofe à fa fuite ; mais l'accablement de William ne lui permet pas d'y penfer. Il en profite, & fort de cette maifon qu'il a remplie de douleur & d'opprobre, défefpéré de voir fon intrigue découverte, mais fans regret de l'avoir formée.

Le malheureux époux de Lucy ne revient à lui-même que pour tomber dans l'état le plus affreux. Son ame honnête, généreufe & fenfible n'a que des pleurs à donner à fon infortune ; le défefpoir la déchire, mais elle eft incapable de fureur. Il fuit dans un appartement retiré ; il y laiffe couler en liberté des larmes qui ne le foulagent point ; des réflexions accablantes leur fuccédent & les renouvellent. Il eft trahi par fa femme & par fon ami ; cette idée eft affreufe, il ne peut la foutenir ; fes maux font irréparables ; chaque inftant en accroît la violence ; il ne fent fon exiftence que pour la détefter.

Plufieurs jours s'écoulent dans cette fituation terrible ; enfin il fe détermine à en fortir ; il médite un projet dont il fera lui-même la victime, mais qui peut effrayer les ingrats.

William avoit une maifon de campagne à quelques milles de Londres ; elle étoit fituée dans un

endroit écarté ; il y fit conduire la coupable Lucy,
à laquelle il n'avoit fait aucun reproche, & qui reconnoissant l'abyme où elle venoit de se plonger,
pleuroit sa foiblesse & son infidélité. Il avoit fait
chercher en même tems son indigne ami : on lui
apprit qu'il s'abandonnoit à ses dissipations ordinaires. Ce rapport fit couler de nouveau ses larmes ;
quelque criminel que fut Johnson, il ne pouvoit oublier qu'il l'avoit aimé ; il se seroit senti soulagé s'il
eût pu soupçonner qu'il avoit des regrets. Le cruel,
s'écrioit-il ! il m'a percé le cœur, & le sien peut être
tranquille ! Il ne fit que se confirmer dans sa funeste
résolution. Le même soir, il fit arrêter Johnson par
ses émissaires : on lui lia les mains après l'avoir dé-
sarmé, & on le conduisit dans la maison de campagne où Lucy étoit déjà renfermée.

Johnson ne savoit que penser de cette aventure ;
en vain il interrogea ses guides ; ils observerent le
silence qui leur étoit prescrit. Il arrive enfin dans un
appartement qui lui est inconnu ; quelques chaises &
une table sur laquelle il voit un poignard, en font
tout l'ameublement ; un seul flambeau y jette une
clarté douteuse ; à sa lueur il apperçoit Lucy qui
fondoit en larmes. Il frémit ; une porte s'ouvre ;
William paroît : l'effroi de Johnson redouble ; il
prévoit ce qu'il doit attendre d'un époux offensé ; il
ne doute pas que sa derniere heure ne soit venue.

William s'avança sans rien dire ; ses yeux humi-
des s'arrêterent un instant sur les coupables. Malheureux, leur dit-il enfin ! Ingrats, qui fûtes si chers à
ce cœur que vous déchirez ! vous frémissez en ma
présence ; ce sont des remords que vous devriez me
montrer. Johnson ! tu sais ce que j'ai fait pour toi !
tu sais combien je t'aimois ! avec quelle chaleur je
m'occupois de ton bonheur !... le mien est an-
néanti... & c'est ton ouvrage ! de quel prix affreux

as-tu payé mes services?... Ah! si je pouvois à
mon tour oublier les bienfaits de ton pere!... Ne
trembles tu pas de l'exemple & des droits que tu m'as
donnés? mais le crime n'autorise jamais le crime.
Je suis fidele à cette amitié que tu trahis, à la vertu
que tu méprises, à l'honneur que tu ne connois pas.
Je pourrois réclamer les loix & me venger; mais
je respecte la mémoire de ton pere; j'ai pitié du
respectable auteur des jours de Lucy; j'épargnerai cet
opprobre à sa vieillesse. Je ne publierai point votre
déshonneur... oui, c'est le vôtre plutôt que le mien.
D'autres moyens me sont offerts pour briser des noeuds
odieux. Vous vivez; graces au ciel, votre sang n'a
point souillé mes mains; mon malheur ne m'a point
rendu coupable. Réduit à desirer la mort, je l'attends de toi, Johnson; je ne t'ai fait amener ici
que pour m'offrir à tes coups. Qui voulut m'ôter
l'honneur, ne doit pas respecter ma vie; frappe,
perce ce coeur désespéré de ton ingratitude, & qui
frémit de l'obligation que tu lui as imposée de te
haïr.

A ces mots, il ôte ses liens à Johnson, lui met
le poignard entre les mains, & lui montre la place
où il doit frapper.

Johnson ému, rempli d'étonnement, d'horreur
& d'effroi, ne peut soutenir ce spectacle; il rejette
ce fer dont on vient de l'armer; immobile, éperdu,
il tombe sur un siège voisin.

Lucy fondante en larmes, se jette aux pieds de
William; sa pâleur, ses traits, ses accens, tout annonce la douleur, le repentir & le désespoir. William la regarde & paroît attendri; il semble se
pencher vers elle, pour s'élancer dans ses bras; un
frémissement secret l'en éloigne; ses yeux se fixent
sur la terre; il s'écrie en se tournant vers Johnson,
après un moment de silence: Envisage, cruel! l'état

horrible où tu m'as réduit ! c'en est donc fait ! je n'ai
plus d'épouse ! je vois ses larmes, ses sanglots, son
désespoir... ses remords ; ils viennent du fond de
son cœur ; ils retentissent jusqu'au mien tout outragé
qu'il est... l'amour me parle en sa faveur... il ne
m'est plus permis de l'écouter. Le souvenir de sa
foiblesse, celui de mon bonheur passé, ton ingratitude, ton crime, le sien, nous séparent éternellement.

Un soupir lui échappe en achevant ces mots ; il
se tait un moment, & faisant un effort sur lui-
même : dans l'accablement où je suis, ajoute-t-il,
je me sens la force de vous pardonner... mais je
n'ai pas celle de vivre. Vous avez empoisonné mes
jours ; ils me sont devenus odieux, & je vais chercher dans la mort cette paix que vous m'avez ravie.
Je vous abandonne à vos remords ; quelque soient
les tourmens qu'ils puissent vous causer, ils n'égale-
ront jamais les miens.

Dans l'instant, William ramasse le poignard &
l'enfonce dans son sein. Ce mouvement est si rapide
qu'on ne peut y mettre obstacle ; son épouse & Johnson poussent un cri, & se jettent sur son corps expirant ; ils tâchent d'arrêter son sang, de fermer sa
blessure. William ouvre les yeux pour la derniere
fois, les détourne loin d'eux après les avoir vus,
ramasse ses forces pour repousser leurs soins, & le
dernier gémissement qu'il fait entendre, semble les
accuser encore de son infortune.

Johnson & Lucy restent anéantis auprès de lui :
revenus à eux-mêmes, ils sentent toute l'horreur de
leur crime ; leurs regards effrayés semblent se chercher en gémissant ; ils ne se rencontrent qu'en se
croisant sur le corps glacé de William, & s'en éloi-
gnent avec terreur. Tous deux se levent précipitamment, ils se fuient, ils s'évitent l'un l'autre.

Lucy retourna dans le sein de sa famille. Ses regrets & sa douleur précipitèrent ses pas vers la tombe.

Johnson renonça au monde, & se retira dans ses terres, détestant ses anciens égaremens, & se rappellant sans cesse l'aventure affreuse qui l'avoit éclairé. Là, sombre, farouche, & solitaire, il verse des larmes sur sa vie criminelle; jamais il n'apperçoit deux époux, qu'il ne songe aussi-tôt à l'infortuné William. Ce souvenir déchirant est toujours présent à sa pensée, & ses remords font son supplice.

L'HÉROISME DU REMORDS,

NOUVELLE ESPAGNOLE.

La famille de Don Alvar, & celle de Don Sanche, étoient les plus puissantes du royaume de Léon ; l'ambition les avoit divisées ; jalouses de la faveur du souverain, redoutant la concurrence l'une de l'autre, elles ne s'étoient occupées que des moyens de s'écarter & de se nuire mutuellement. Les Don Sanche étoient parvenus à établir leur crédit sur la ruine de celui des Alvar, qui, pendant long-tems, languirent dans l'obscurité, tentant d'inutiles efforts pour en sortir, & trouvant toujours des rivaux redoutables qui les forçoient d'y rentrer. Ce fut sous le regne d'Alphonse le Grand, que le dernir rejeton de cette famille infortunée la rétablit dans son ancienne splendeur ; il commença par servir sa patrie dans les derniers emplois militaires ; une valeur peu commune, un genie supérieur le porterent bientôt aux premiers. Il fit respecter aux Sarrasins les armes de Léon, le royaume lui dût sa tranquillité ; les bienfaits d'Alphonse, & son économie lui procurerent une fortune considérable ; l'estime publique fut sur-tout la récompense la plus précieuse de ses travaux ; & lorsque l'âge le contraignit de les suspendre, il vit son fils Don Juan, marcher sur ses traces, & le remplacer dignement dans la carriere qu'il quittoit. Tout lui promettoit une vieillesse tranquille, sur laquelle la gloire de sa vie avoit répandu de l'éclat ; l'envie l'attendoit au bord du tombeau ;

elle fema l'infortune fur l'intervalle qui l'en féparoit encore.

Don Sanche, fidele aux principes de fes ancêtres, avoit hérité de leur haine; l'élévation de Don Alvar n'avoit fait que l'augmenter; fon ambition jaloufe ne lui permit point de fentir la générofité d'un rival qui n'ufoit pas du pouvoir de fe venger; cette nobleffe de fentimens lui parut une imprudence: il réfolut d'en profiter. C'eft en vain qu'il entreprit de le perdre pendant la vie d'Alphonfe; fes fervices étoient trop récens; le fucceffeur de ce prince les oublia. Des intrigues adroites, préparées dans le filence, rendirent Don Alvar fufpect au roi Garcias: on lui fit un crime de fa fortune; on ofa la regarder comme le prix des trahifons; celui qui fi fouvent avoit vaincu les Sarrafins, fut accufé d'avoir-été d'intelligence avec eux. Privé de fes charges, dépouillé de fes richeffes, il ne conferva la vie que comme une grace; la liberté de repouffer la calomnie lui fut refufée; des foldats vinrent l'arracher de fa maifon; ils le conduifirent à quelque diftance de la capitale, où il lui fut défendu de reparoître.

Don Alvar foutint ce revers avec conftance; il calma les transports impatiens de fon fils, qui ne refpiroit que la vengeance, & qui, dans fon défefpoir, vouloit aller offrir fon bras aux ennemis de Garcias.

Mon fils, lui dit le vieillard, foyons affez grands pour pardonner l'outrage; forçons notre patrie à rougir de fon injuftice; nous fommes innocens, ne nous rendons pas criminels. Ces richeffes, ces grandeurs que tu regrettes, furent le prix de mes fervices; elles ne font point le bonheur; la fortune qui les donne, peut les ôter; viens, elle nous laiffe la vertu, l'honneur & un nom: la calomnie veut en vain les noircir; les bons citoyens réclameront contre elle; nos
ennemis

ennemis seuls nous accusent ; eh, qu'importe qu'ils
nous condamnent quand notre cœur nous justifie !

La fermeté de Don Alvar ranima celle de Don
Juan ; tous deux se consolerent de leur exil ; ils chercherent un asyle sur une des frontieres de Léon :
celle qui étoit la plus exposée aux invasions des Sarrasins, fut préférée : l'espoir d'être encore utiles à leur
pays, ou de mourir en le servant, fut l'unique motif de ce choix. Des débris de leur fortune, ils se
procurerent une retraite à la campagne, & un revenu modique qui suffit à leur subsistance. Ils passe-
serent sans s'étonner, de l'aisance à la médiocrité :
en bornant leurs besoins, ils se mirent en état de
soulager ceux des malheureux ; ils oublierent la cour
& l'éclat dans lequel ils avoient vécu ; ils trouverent
dans l'obscurité l'indépendance & le bonheur.

Parmi les habitans du hameau où ils s'étoient établis, Don Alvar trouva des sociétés dignes de lui ;
il distingua, sur-tout, celle de Dona Figuerrés ; cette
femme respectable vivoit dans l'indigence ; la naissance n'en garantit pas, & la rend toujours plus
pénible. Son époux depuis quelque tems, avoit perdu
la vie dans un combat contre les Sarrasins ; il lui avoit
laissé une fille dont l'éducation faisoit son occupation
la plus tendre & la plus chere. Elvire répondoit à la
tendresse de sa mere ; elle la consoloit de ses malheurs ;
ses soins carressans les lui rendoient plus légers.

Ce couple vertueux & paisible attiroit l'admiration
de Don Alvar ; Don Juan, à ce sentiment, en
joignit bientôt un nouveau ; son cœur avoit été libre
jusqu'à ce moment ; les charmes naissans d'Elvire,
égaloient la beauté de son ame ; il la voyoit oublier
sa propre infortune, pour s'attendrir sur les siennes ;
cette compassion touchante, dont il étoit l'objet,
l'embellissoit à ses yeux, & la rendoit plus intéressante ; il se fit une douce habitude de passer une

Tome III. E

partie des journées auprès d'elle ; cette habitude devint bientôt un besoin ; il ne pouvoit quitter Elvire; par-tout où elle n'étoit pas, il souhaitoit quelque chose; il ne desiroit plus rien où elle étoit. Cet attrait invincible fut un charme pour lui, tant qu'il en ignora la cause ; il frémit dès qu'il la connut. L'amour lui parut un surcroît à ses peines ; malheureux, poursuivi par la calomnie, abandonné de la terre entiere, étoit-il fait pour éprouver cette passion? De quel front oseroit-il adresser ses vœux à Elvire ? De quel œil recevroit-elle l'hommage d'un proscrit ? Ces idées douloureuses agitoient sans cesse son ame ; elles en repoussoient l'espoir ; ses yeux égarés parcouroient sa demeure ; tout y présentoit le tableau de l'infortune & de l'indigence. C'est donc là, s'écrioit-il, ce que je puis offrir à Elvire ! sa naissance & sa beauté méritent un sort plus heureux; elle le trouvera sans-doute ; hélas! il fut un tems où le mien étoit digne d'elle, où le don de mon cœur eut pû flatter son orgueil.

Il sentit pour la premiere fois le poids de sa disgrace ; il pleura la perte de ses grandeurs ; son abaissement lui devint insupportable. Quelquefois ses vœux inquiets s'élançoient dans l'avenir, & cherchoient à s'y nourrir d'espérances trompeuses ; la raison les rejetoit ; elle dissipoit son égarement, & rendoit ses regrets plus amers.

Craignant qu'Elvire ne fut malheureuse en devenant sensible, il se fit un devoir de lui cacher sa passion ; cette résolution lui coûta ; il se crut capable de la tenir ; pour éviter de se trahir, il se promit de cesser de la voir. Dès le même jour, il voulut commencer à exécuter ce projet ; que de combats n'essuya-t-il point? vingt fois ses pas se porterent vers l'endroit où elle demeuroit ; autant de fois il fit un effort sur lui-même pour se détourner. Ce triomphe fut pénible, il l'obtint, mais il ne dura qu'un jour.

Le lendemain il succomba ; il chercha même à se justifier. Pourquoi la fuir, se disoit-il ? dois-je me priver de la seule consolation qui me reste ? je puis jouir de sa vue ; ce bonheur me suffit ; je renonce à tout autre espoir ; je me tairai facilement.

Satisfait de cette réflexion, il vole chez Elvire ; il la trouve seule ; il remarque un air de tristesse répandu sur son front ; sa tendresse s'en alarme ; il alloit en demander la cause, lorsqu'il se voit interrogé lui-même sur celle qui l'a retenu la veille. On lui témoigne qu'on l'a desiré ; il sent tout ce que ce souhait a de flatteur ; il oublie ses résolutions, & les malheurs qui les lui ont inspirées ; emporté malgré lui, il tombe aux pieds d'Elvire ; il lui peint à la fois son amour & ses craintes, avec cette vivacité, cette chaleur qui n'excluent point le respect, mais qui annoncent un cœur véritablement pénétré.

Elvire étonnée, mais sensible, n'oppose point un faste inutile de vertu à un aveu qui lui plaît : Don Juan mérite sa franchise ; il jouit de l'estime de Dona Figuerrés ; il est incapable de la tromper ; elle ne lui laisse pas ignorer que son cœur l'avoit déja choisi.

Tout change de face aux yeux de Don Juan ; ses inquiétudes s'évanouissent, il oublie ses malheurs ; en connoît-on quand on est aimé ? Sa joie n'éclate que par des transports ; il veut parler ; aucune expression ne peut rendre ses sentimens. Accablé de l'excès même de son bonheur, il se tait, & son silence est entendu.

Dona Figuerrés, & Don Alvar arrivent dans ce moment ; leur surprise les rend immobiles ; Don Juan est encore aux pieds d'Elvire ; elle baisse en rougissant, ses yeux confus ; son amant se relève : Pardonnez, dit-il à Dona Figuerrés, pardonnez, mon père ; nous n'avons point prétendu vous cacher nos sentimens, ils sont trop purs pour craindre d'écla-

ter devant vous, Elvire vient de connoître les miens;
j'ai lu dans le fond de son cœur; votre aveu seul
manque à ma félicité. ... Hélas! il n'y a qu'un instant que je n'aurois osé le demander.

Dona Figuerrés regarda sa fille; elle vint se jetter
dans son sein; les bras maternels la reçurent; un
souris dissipa sa crainte sans diminuer sa confusion.
Sa mere consulta d'un coup d'œil Don Alvar; celui-ci
lui présenta son fils; elle embrassa son gendre; elle
unit les mains du couple heureux; le vieillard le bénit
avec elle; tous deux se prêterent à l'impatience des
amans, en fixant le jour de leur hymen.

Pendant que Don Juan s'abandonnoit aux plus
douces espérances, le persécuteur de son pere & le
sien, avoit été frappé de la mort; son fils, Don
Sanche, héritier de son rang, de sa fortune & de
ses dignités, venoit d'être chargé de la visite des
frontieres du royaume que les Sarrasins menaçoient
de nouveau. Il fut obligé de passer vers la retraite de
Don Alvar; quoiqu'élevé dans la haine de ses peres
contre cette maison, il sentit quelque regret d'être
forcé de se montrer à des infortunés à qui sa présence devoit être odieuse. Don Juan tout entier à
l'amour, l'attendoit sans chagrin & sans répugnance;
il ne lui imputoit pas les torts de son pere, & c'étoit
d'ailleurs à ces torts qu'il devoit le bonheur dont il
alloit jouir.

Don Sanche, dont l'intention n'étoit pas de s'arrêter dans ce lieu, y fut retenu par les charmes d'Elvire; ils lui parurent plus séduisans que toutes les beautés de la cour de Léon. Son ambition lui défendoit
de songer à l'élever au rang de son épouse; accoutumé à des triomphes faciles, il forma des projets
criminels; il osa même se flatter du succès.

Un de ces êtres méprisables, qui ne vivent que
des foiblesses des grands, & qui sont intéressés à

les entretenir pour se rendre plus long-temps nécessaires, possédoit toute la confiance de Don Sanche.
Il avoit servi le pere dans ses noirceurs ; il servoit
le fils dans ses plaisirs. On le nommoit Henriqués ;
il s'apperçut de la passion naissante de son maître ;
il ne songea qu'à l'entretenir dans l'espoir de lui devenir utile.

Don Sanche, animé par ses conseils, tenta tout
pour séduire Elvire ; la résistance irrita son amour ;
il détesta Don Juan dès qu'il sut qu'il étoit aimé ;
la pitié qu'il avoit d'abord paru lui inspirer s'évanouit ; la jalousie ralluma sa haîne.

Don Juan, de son côté, ne vit point ses as-
siduités sans inquiétude ; quoiqu'il fut sûr du cœur
de son amante, il ne pouvoit souffrir les espérances de Don Sanche ; il avoit oublié qu'il étoit le fils
de son persécuteur ; mais il étoit son rival ; il le
regarda comme son ennemi le plus cruel.

Deux esprits bouillants, impétueux, remplis d'une
même passion, se craignant l'un & l'autre, ne furent pas long-tems sans se témoigner leur mécontentement réciproque ; tous deux fiers, tous deux
irrités, ils se chercherent mutuellement & se trouverent bientôt. Dom Sanche mit le premier l'épée
à la main ; Don Juan, piqué de s'être laissé prévenir, tire la sienne, pare le coup que lui porte
Don Sanche, le désarme & le renverse à ses pieds
sans le blesser. Maître de ses jours, il suspend sa
vengeance. La fortune n'est pas toujours injuste,
lui dit-il ; tu vois qu'elle est pour moi ; comment
userois-tu de ses faveurs ? Qui t'empêche d'en profiter, puisque tu le peux, lui répondit Don Sanche furieux de sa chûte ? Penses-tu m'effrayer &
me forcer à une lâcheté ?... Imite-moi, je t'aurois
percé le sein. Et moi, repliqua Don Juan, je me

E 3

contente de mon triomphe ; souviens-toi que tu dois la vie à l'ennemi que ton pere opprima.

Il s'éloigne en achevant ces mots. Don Sanche confondu admire, en frémissant, la générosité de son rival ; il rougit de l'avoir éprouvée ; elle ajoute encore à son humiliation. Il voudroit égaler Don Juan, le surpasser même ; & bientôt l'affront d'être vaincu le fait songer à s'en venger. Henriqués s'offre alors à sa vue. Le monstre frémit en apprenant que son maître a pu balancer un instant entre l'honneur & le crime ; il ne doit sa faveur qu'au dernier ; il se hâte d'y rappeller Don Sanche ; il lui fait sentir la honte de sa défaite ; il lui peint avec art Don Juan auprès de sa maîtresse ; se vantant de sa victoire, & jouissant de l'opprobre de son rival. Ses discours aigrissent un cœur fier & sensible ; ils raniment son amour, sa jalousie, sa fureur & sa haine. Don Sanche s'abandonne à ses conseils. Le scélérat s'applaudit de son succès ; fertile en ressources dès qu'il s'agit de commettre une atrocité, il jure sur sa vie que Don Juan ne jouira pas long-tems de son triomphe ; il se charge d'enlever Elvire ; les mesures qu'il se propose de prendre, seront si sûres, si sécretes, que les soupçons ne tomberont jamais sur lui. Don Sanche, transporté de ces espérances, le presse d'en précipiter l'effet. Henriqués ne lui demande pas d'autre délai que jusqu'à la nuit du lendemain ; seul, il se charge des préparatifs & de l'exécution.

Don Juan ne soupçonne pas ce complot ; le jour même qui précede la nuit choisie pour le consommer, il ne s'occupe que de son hymen ; il fait un voyage à la ville voisine pour y chercher les dispenses nécessaires. Il n'en revient que sur le soir. Au moment qu'il se dispose à rentrer dans sa maison, un inconnu s'avance, lui remet un billet, & disparoît aussi-tôt. Don Juan l'ouvre & lit ces mots. :

» Un ami qui vous plaint & qui veut détour-
» ner les malheurs qui vous menacent, vous con-
» jure de vous rendre au milieu de la nuit dans la
» forêt voisine ; il a des secrets importans à vous
» révéler. Epié de tous côtés, craignant d'être décou-
» vert, il est forcé de choisir cette heure & ce lieu ;
» venez, il y va de vos jours, de ceux de votre
» pere, la vie même d'Elvire y est intéressée... «.

Ce billet le jette dans l'étonnement le plus profond ; tremblant pour Don Alvar, tremblant pour
Elvire, il vole vers la forêt sans entrer chez lui ; il
aime mieux attendre long-tems au rendez-vous que
de s'exposer à manquer celui qui doit l'éclairer.

Henriqués cependant, empressé de tenir sa promesse, venoit de quitter Don Sanche, en le priant
de l'attendre dans le lieu où il le laissoit, l'assurant
qu'il ne tarderoit pas à l'y joindre avec sa proie, &
le conjurant sur-tout de ne pas s'en écarter. Impatient de posséder Elvire, ce jeune homme fougueux
se proposoit de la conduire dans une terre éloignée ;
il ne s'occupoit que de sa félicité prochaine, se promettant bien d'obtenir de la violence ce que l'on refuseroit à l'amour ; en même tems, il se représente
le désespoir de Don Juan, & jouit d'avance de ce
barbare plaisir.

Dans cette disposition d'esprit, il compte les heures & les instans ; la nuit est déjà bien avancée ;
Henriqués ne paroît point ; ce retard l'inquiete ; il
craint qu'il n'ait trouvé des obstacles ; peut-être il
a besoin de ses secours. Chaque moment qui s'é-
coule, ajoute à son impatience ; il y cede ; il ordonne à un domestique d'attendre à sa place, &
tourne son cheval du côté de la maison d'Elvire ;
il traverse une partie de la forêt pour abréger son
chemin. A peine a-t-il fait quelques pas, qu'il se voit
attaqué par six scélérats ; il se défend avec courage ;

E 4

il en fait tomber un ; mais il alloit succomber sous le nombre, quand Don Juan, qui erroit dans les environs, cherchant l'auteur du billet qu'il avoit reçu, arrive attiré par le bruit. Il voit ce combat inégal & vole au secours du foible. De trois coups, il renverse trois des brigands ; les autres prennent la fuite.

Pénétré de reconnoissance, & frémissant encore du danger qu'il a couru, Don Sanche court pour embrasser son libérateur ; il recule de surprise & d'effroi en reconnoissant son rival. Don Juan qui l'a reconnu à son tour, sans s'embarrasser de ses remerçimens, considere les meurtriers étendus à ses pieds, & baignés dans leur sang. Un seul respire encore ; il l'interroge ; ce malheureux lui répond d'une voix mourante : Nous avons été payés pour assassiner un homme qui devoit se rendre ici au milieu de la nuit. Henriqués... Sa voix s'eteint à ce mot ; il rend le dernier soupir sans pouvoir s'expliquer davantage.

Don Sanche seul est éclairé sur ce mystere horrible. Il voit tout ce qu'avoit projetté le barbare Henriqués ; il croyoit qu'il se borneroit à l'enlevement d'Elvire ; il ne s'attendoit pas à cette nouvelle lâcheté ; elle réjaillit sur lui ; on peut l'en croire complice ; l'erreur des assassins alloit l'en rendre la victime, sans le secours de l'ennemi qu'elle devoit faire périr. Son étonnement & son indignation le rendent muet ; il ne peut soutenir la vue de Don Juan, & s'éloigne à toute bride pour lui cacher sa confusion.

Don Juan ne devine pas quel peut être celui qui vouloit attenter à sa vie ; le nom d'Henriqués lui est inconnu ; il ne doute plus que le billet qu'on lui a écrit n'ait été un piege ; il auroit soupçonné Don Sanche, s'il ne l'avoit pas vu prêt à tomber lui-mê-

me fous les coups des meurtriers : fe feroient-ils tournés contre lui, s'il les eut armés ?

Pendant que ces réflexions l'occupent & le tour-
mentent fans l'éclairer, il prend le chemin de la
maifon d'Elvire ; fon efpérance n'étoit pas de la voir
alors ; il étoit tard ; elle repofoit fans doute ; mais il
trouvoit une certaine douceur à voir feulement les
murs qu'elle habitoit. Tout eft charme, tout eft jouif-
fance pour le véritable amour. Une inquiétude fecrète
lui rend encore cette fatisfaction néceffaire ; il fort
de la forêt.

Des flammes épaiffes qui s'élancent dans les airs,
& réfléchiffent une clarté fombre fur les nuages,
viennent frapper fes regards. Elles annoncent un
incendie ; la maifon de fon amante n'en eft point
éloignée ; l'effroi l'aura réveillée fans doute ; c'eft lui
qui doit la raffurer. Il précipite fes pas, il arrive &
voit avec terreur la demeure de ce qu'il aime, em-
brafée de toutes parts.

Une foule nombreufe gémit auprès, retenue par
la crainte, & fe borne à regarder un défaftre contre lequel il n'y a point de remede. Il s'informe
d'Elvire, de Dona Figuerrés ; on ne les a point vues.
Elles expirent fans doute !... & vous les laiffez périr, s'écria-t-il, lâches !... Il jette un regard furieux
fur cette multitude, fpectatrice immobile de l'incendie, & s'élance au milieu des flammes.

Il marche fur des poutres ardentes, traverfe plufieurs appartemens en feu, dont le parquet à demi-
confumé, menace à chaque inftant de s'écrouler fous
fes pas. Il appelle Elvire & Dona Figuerrés ; il
croit entendre leurs cris dans l'éloignement ; quelque foit le danger, il ne délibere pas. Une voix
foible, mais diftincte, frappe tout-à-coup fes oreilles : Grand Dieu, s'écrie-t-elle ! ta juftice a compté
mes jours ; reprends la vie que tu m'as donnée, &
prends pitié de mon fils.

Don Juan s'arrête, immobile d'horreur. Dans ces accens plaintifs, il croit reconnoître la voix de son pere. — Ciel ! seroit-il dans cette maison ?... Il impute à son imagination troublée les sons qui l'ont effrayé. Il veut voler à la chambre d'Elvire ; de nouveaux cris l'arrêtent. Deux fois il reconnoît les gémissemens de Don Alvar ; il s'avance vers l'endroit d'où ils partent ; il apperçoit son pere au milieu des flammes qui l'environnent de toutes parts. Ses yeux s'arrêtent encore du côté de l'appartement d'Elvire ; il paroît un instant irrésolu ; un soupir lui échappe ; il vole au vieillard, le saisit dans ses bras & l'emporte. Impatient de retourner à sa maîtresse, craignant de perdre un seul moment, il cherche de l'œil en courant, une place sûre où il puisse déposer son pere. Tout est en feu ; les planchers s'écroulent par-tout derriere lui ; d'autres vont lui fermer le passage ; il précipite ses pas, & parvient à sortir de la maison qui s'abyme aussitôt avec fracas. La flamme s'éteint faute d'alimens, & ne laisse voir après elle qu'une fournaise brûlante. Don Juan la mesure en tremblant ; il voudroit s'y jetter ; mais son pere affoibli a besoin de ses secours.

Le vieillard avoit passé ce jour où son fils étoit absent, auprès de Dona Figuerrès. Une foiblesse subite l'avoit forcé d'y reste cette nuit. Don Juan le transporte en gémissant dans sa demeure ; il le rappelle à la vie. Mon pere, mon pere, s'écrie-t-il ; vous vivez, j'ai sauvé vos jours, je vous possede encore... Mais, Elvire !... Elvire.., je ne la verrai plus ; elle est perdue pour moi ; elle a été la proie des feux destructeurs.... Si près de notre hymen ; à la veille de mon bonheur !... Elvire !... chere Elvire !...

Ses sanglots étouffoient sa voix ; il ne voyoit que l'étendue de sa perte ; l'excès de ses maux égaroit sa raison ; il gémissoit de ce que son père s'étoit trouvé dans cet incendie ; occupé d'Elvire seule, n'ayant point à partager ses soins, il l'auroit secourue sans doute ; il auroit pu l'arracher à la mort ; il en auroit eu le tems. Il se la représentoit luttant contre la flamme, implorant son amant, l'accusant peut-être... cette idée lui arrachoit des cris, & augmentoit son désespoir.

Don Alvar le regardoit avec attendrissement, il lisoit au fond de son cœur ; il voyoit ses mouvemens les plus secrets ; il en partageoit l'amertume. Ah ! pourquoi, disoit-il en pleurant, n'ai-je pas péri seul ! mon fils ! pourquoi as-tu prolongé mes jours ? que me font quelques instans de plus à traîner sur la terre, témoin de tes larmes, de tes plaintes & de ton désespoir ? mes maux alloient être finis, Elvire t'eut consolé de la perte d'un père.

Ces mots porterent l'effroi dans l'ame de Don Juan ; le sentiment qu'ils exprimoient le fit frémir, ses larmes se sécherent tout-à-coup. Elvire eut pu le consoler ! ah ! la nature doit être aussi puissante que l'amour. C'est ainsi que raisonnoit Don Juan ; mais ce raisonnement étoit accompagné de larmes. En gémissant du sacrifice qu'il avoit dû faire, il eut été prêt à le répéter. Pour ne pas affliger Don Alvar, il essaya de lui cacher sa douleur ; il fuyoit ses regards ; tous les jours il portoit son désespoir au fond de la forêt ; là, il se livroit au seul plaisir qu'il pouvoit goûter ; il y versoit en liberté des pleurs dont personne n'étoit le témoin.

Un mois s'écoula dans cet état terrible ; affoibli par ses maux, succombant sous leur poids, il appelloit la mort avec l'impatience d'un malheureux qui ne voit plus d'autre espoir ni d'autre asyle ; accusant sa lenteur, il alloit la hâter ; la vue de Dom Alvar retint le coup qu'il alloit se porter. C'étoit plonger le poignard dans le sein de son pere. Il le voyoit suivant par-tout ses pas, lui prodiguer ces soins tendres & empressés que la nature rend si touchans, & ranimer une vie presque éteinte pour soutenir celle de son fils.

Don Juan résolut de vivre. Un jour qu'il s'affermissoit dans cette résolution, & qu'il consoloit Don Alvar par cette promesse, il entendit monter quelqu'un à son appartement. La porte s'ouvre, & Don Sanche s'offre à ses yeux.

Le vieillard pousse un cri. Que venez-vous chercher dans le séjour de l'infortune, lui dit Don Juan ? Voulez-vous jouir de la nôtre & lui insulter ? Je viens la finir, interrompit Don Sanche. Don Juan, Don Alvar, sortez de votre étonnement; l'ennemi de votre famille a cessé de l'être. Ecoutez-moi : voyez quels sont les sentimens que vous lui destinez. Apprenez auparavant ses crimes; vous ne les connoissez pas tous.

Egaré par un amour ardent, livré aux conseils d'un scélérat, j'ai voulu, Don Juan, vous ravir votre amante. Le monstre chargé de cet enlevement, l'exécuta au milieu du trouble, & de la confusion causés par un incendie qu'il avoit allumé. Dans le même tems, il avoit armé contre vous les assassins dont l'erreur alloit m'être funeste, si vous n'étiez pas venu à mon secours. Je vous avois quitté dans une confusion égale à ma reconnoissance; le perfide Henriqués me présenta bientôt Elvire; Dona Figuerrés l'accompagnoit; attirée par ses cris, elle avoit contraint le ravisseur de l'emmener avec elle. Sa fermeté, les larmes de sa fille, porterent dans mon cœur l'admiration & le repentir. Accablé du poids de vos bienfaits, indigné de la bassesse de celui qui me servoit, déshonoré à mes propres yeux, en horreur à moi-même, je détestois la vie; j'étois prêt à

la quitter ; je l'ai confervée pour celui à qui je la
dois ; j'ai puni le traître qui faifoit mon opprobre ;
j'ai conduit les deux victimes de ma paffion furieufe
dans un de ces afyles confacrés à l'innocence & à
la piété. Avant de les remettre dans vos bras , j'ai
voulu réparer les torts de mon pere & les miens ;
j'ai volé aux pieds de Don Garcias ; j'ai dévoilé à
fes yeux les trames odieufes qui fervirent à votre perte ;
le fouvenir de ce que je devois à l'auteur de mes
jours , n'a pu m'arrêter ; il avoit opprimé l'innocence ; mon premier devoir étoit de la juftifier. J'ai
demandé juftice pour vous ; j'ai imploré grace pour
la mémoire de mon pere ; j'ai compté même fur la
générofité dont vous m'avez donné tant de preuves ,
en l'implorant en votre nom.

Refpectable vieillard, votre honneur eft reconnu ;
on vous rend vos biens ; vous êtes rétabli dans votre
rang ; recevez de ma main l'ordre du roi qui vous
rappelle. Don Juan, je fus votre rival ; je veux
être votre ami ; que je doive ce titre à mes remords , & au facrifice que je vous fais. Dona
Figuerrés, Elvire, approchez & venez parler en
ma faveur.

La mere & la fille accoururent auffi-tôt ; elles
attendoient dans une piece voifine. Revenus de l'é-
tonnement où les avoit jettés le difcours de Don
Sanche, Don Alvar & Don Juan doutent s'ils
veillent encore ; ils embraffent Dona Figuerrés ; ils
embraffent Elvire ; leurs larmes, leurs foupirs fe con-
fondent ; leur joie ne leur permet pas d'autre expref-
fion. Ce bonheur inefpéré eft le bienfait de Don
Sanche ; ils le preffent auffi dans leurs bras ; ce n'eft
plus leur perfécuteur : c'eft leur ami le plus tendre.
Ils reprennent enfemble le chemin de Léon.

Don Alvar retrouve au pied du trône la confiance
& la confidération dues à la vertu. Don Juan goutte

le plaisir d'enrichir Elvire. La plus vive reconnoiſſance l'attache à Don Sanche, qui le remercie à
ſon tour de l'avoir remis dans la route de l'honneur ;
& tous deux s'aiment & le chériſſent autant que
s'étoient haïs leurs peres.

L'ÉCOLE DE LA PIÉTÉ FILIALE,

NOUVELLE ORIENTALE.

Pourquoi chercher toujours dans l'ordre le plus élevé, les leçons que l'on veut donner aux hommes? On en a besoin dans tous les états. Locman & Pilpaï puisoient les leurs chez les animaux. La philosophie embrasse le genre humain; l'inégalité disparoît à ses regards; elle dépouille le monarque des ornemens de la souveraine puissance; elle ôte la charrue au laboureur, & ce ne sont plus que deux hommes à ses yeux.

Dans ces contrées où l'on ne voit que deux rangs, le despote & ses esclaves; où les distinctions sont personnelles; où le fils n'hérite pas des dignités de ses ancêtres; où le visir est souvent arraché à la terre qu'il cultive, pour prendre les rênes de l'empire : les richesses sont le seul signe de l'inégalité.

Mehemet, né dans la plus extrême pauvreté, tiroit à peine d'un travail assidu, de quoi fournir à sa propre subsistance, & à celle du vieillard octogenaire qui lui avoit donné le jour. Il ne craignit point cependant de s'associer une compagne; il lui confia le soin de son pere, & celui de l'humble réduit qu'il habitoit. Tous les soirs, il venoit se délasser auprès d'elle des fatigues de la journée, & lui remettre ses profits.

Fatime, c'étoit le nom de son épouse, lui donna bientôt un fils. Mehemet, au milieu de la joie que lui causa sa naissance, réfléchit sur son infortune que cet enfant alloit partager. Il n'avoit point eu d'ambition jufqu'alors ; il eut celle de lui faire un fort plus heureux ; pour cela , il falloit acquérir quelque aifance ; mais comment y parvenir avec un gain tel que le fien ?

Pendant qu'il s'occupoit ainfi de ces idées , fes regards tomberent fur fon pere que l'âge rendoit incapable de le foulager ; il fentit pour la premiere fois que c'étoit une charge pour lui, qui le mettoit dans l'impoffibilité de faire des épargnes. Il ne le vit plus que comme un vieillard infirme & chagrin, fe plaignant fans ceffe, exigeant les plus grandes attentions; il oublia qu'il avoit le droit de les exiger. Devenu pere, il ne fe fouvint plus qu'il étoit fils.

La magnificence & la piété des fultans , avoient fondé des afyles publics pour la vieilleffe indigente. La richeffe de ces monumens hofpitaliers étoit connue ; mais le pauvre qui en étoit l'objet, n'en profitoit pas. L'avarice des adminiftrateurs détournoit à leur profit les tréfors deftinés à la charité. L'infortuné, réduit à recourir à ces demeures, ne s'y rendoit qu'en tremblant , fûr d'y paffer fes triftes jours dans une un malaife qui les abrégeroit.

Mehemet, qui n'avoit jamais regardé fans frémir ces retraites de l'indigence , penfa qu'elles étoient ouvertes à fon pere. Preffé de fe débarraffer des foins qu'il lui devoit , aigri par quelques-uns de ces caprices ordinaires à l'âge, par cette humeur qui accompagne toujours l'inquiétude & les infirmités , il lui annonça qu'il falloit fe féparer.

Le vieillard foupira fans répondre, il n'étoit pas en état de le fuivre ; Mehemet le chargea fur fes épaules , & prit le chemin de l'hofpice de la pauvreté. Il eut befoin de fe repofer dans la route qui étoit longue & fatigante ; il dépofa fon fardeau au coin d'une rue , & s'affit à fes côtés pour reprendre haleine.   Depuis

Depuis qu'il étoit sorti de sa maison, le vieillard n'avoit pas cessé de gémir & de verser des larmes; elles s'arrêterent tout-à-coup; il parut plongé pendant quelques momens dans une rêverie profonde; bien-tôt il se pencha vers son fils, & le serrant dans ses bras : je te le pardonne, lui dit-il, j'ai mérité le traitement que tu me fais; je le reçois comme un châtiment qui m'est dû. Dieu voit au fond de nos cœurs; nos mouvemens les plus secrets lui sont connus; il tient un registre exact de toutes nos actions, & dans le tems, il les récompense ou les punit. Il y a quarante-cinq ans, ajouta-t-il, que j'ai conduit ton ayeul dans le séjour où tu me conduis; je fus ingrat : tu le deviens : ton fils le sera peut-être.... Dieu est juste.... que son saint nom soit béni. A ces mots, il se prosterna sur la terre, qu'il baisa hum-blement, s'humilia devant l'Etre des êtres, & l'adora.

Mehemet l'entendit avec étonnement; un trait de lumiere passa dans son ame; il ne répondit point; mais remettant le vieillard sur son dos, il reprit avec lui le chemin de sa maison.

Le projet qu'il avoit formé, lui fit horreur; il en temoigna son repentir par un redoublement de ten-dresse & de soins; il ne s'apperçut plus que son pere lui fût à charge; son activité se ranima; ses gains augmenterent; tout lui prospéra. Le tems & son éco-nomie lui procurerent l'aisance qu'il avoit desirée, & il éprouva enfin, que le ciel bénit & récompense toujours l'amour filial.

IL ÉTOIT TEMPS,

OÙ

LA RECONNOISSANCE A PROPOS.

Dorval étoit né avec toutes les qualités qui rendent un homme aimable ; il avoit celles qui le font estimer ; mais il en fit moins de cas que des précédentes, & par conséquent peu d'usage. Il perdit ses parens de bonne heure, & se trouva riche & maître de lui-même à cet âge où les passions s'éveillent, où la jeunesse a réellement besoin d'un guide : il n'en eut point ; son jugement, son caractere, n'étoient pas encore mûrs ; des amis faux, des liaisons formées & entretenues par le plaisir, ne tarderent pas à l'égarer, à effacer de son esprit les principes de vertu qu'il avoit reçus dans son enfance, & qui n'avoient pas eu le tems de germer ; ils l'étourdirent sur le vice, qu'ils lui présenterent sous les images les plus séduisantes. Dorval s'y livra avec transport ; il passa sa jeunesse dans toutes les dissipations & tous les désordres. Ses amis applaudissoient à sa conduite, lorsqu'elle méritoit les plus grands reproches ; il n'est pas étonnant après cela qu'il en tirât vanité ; il se faisoit un jeu de la séduction ; il l'avoit réduite en art ; ses succès contre l'innocence & la vertu intéressoient autant son amour-propre que ses sens, & l'éloge qui le flattoit le plus, étoit qu'aucune femme ne pouvoit lui résister.

Cette ivresse dura long-tems ; mais enfin son tempérament s'altéra ; il sentit affoiblir des forces dont il avoit trop abufé. Le dégoût fuit la fatiété ; on peut quelquefois le mettre à profit, & revenir à la fageffe ; l'épuifement parle fouvent mieux que les moraliftes. Dorval réfolut de changer de vie ; il crut être réformé ; il ne l'étoit point. Il voulut fe borner à une feule maîtreffe ; il méprifoit la plupart de celles qui auroient confenti de vivre avec lui fous ce titre ; il en chercha une qui pût l'aimer, qui oubliât fes richeffes, & qui s'attachât à lui par tendreffe & par inclination : on conçoit bien qu'il eût de la peine à rencontrer ce qu'il defiroit.

Il étoit allé paffer quelque tems à la campagne, pour rétablir fa fanté ; la fille d'un de fes fermiers attira fon attention ; elle avoit l'air le plus tendre & le plus intéreffant, toute la fraîcheur & l'éclat de la jeuneffe ; fes graces étoient naïves & touchantes ; la candeur & l'innocence brilloient dans fes regards ; lorfqu'il lui parloit, il la voyoit rougir ; cette timidité l'embelliffoit encore. Dorval fentit pour elle, ce qu'aucune femme ne lui avoit infpiré jufqu'à ce moment ; il crut que la belle Dorothée, (c'eft ainfi qu'on l'appelloit) étoit la maîtreffe qu'il cherchoit ; il réfolut de n'en avoir pas d'autre ; il attaqua ce cœur fimple ; il en trouva le côté fenfible, & ne tarda pas à fe faire aimer.

Dorothée étoit vertueufe ; elle ne pouvoit pas fe flatter d'être un jour l'époufe de fon maître ; elle ne fongeoit point à le devenir ; elle penfoit qu'elle feroit affez heureufe de l'aimer, & d'en être aimée ; elle ne voyoit rien au-delà ; elle étoit fatisfaite ; elle imaginoit que Dorval le feroit ; mais les defirs de cet homme avoient un autre but : l'innocence de Dorothée ne lui permettoit ni de le prévoir, ni de le détourner.

Dorval l'entretenoit fans ceffe des plaifirs de la capitale, de ceux qu'il pouvoit lui procurer, du bonheur dont il jouiroit avec elle, si elle consentoit à le suivre ; il les faisoit souhaiter à Dorothée ; mais il falloit qu'elle quittât son pere ; il falloit même qu'elle partît sans son aveu; elle concevoit qu'elle ne l'obtiendroit jamais ; elle balançoit cependant.

Dorval avoit respecté jusques-là sa vertu ; c'étoit avec peine qu'il avoit contenu l'amour qui l'embrâsoit. En différant son triomphe, il n'avoit voulu que le rendre plus vif ; jusqu'à ce moment, il n'avoit jamais eu le tems de desirer ; c'est un plaisir qu'il goûtoit pour la premiere fois, & il aimoit à le prolonger.

Pour déterminer l'aimable Dorothée à le suivre, il vit qu'il falloit lui rendre ce parti nécessaire ; il cessa, en conséquence, de contraindre ses desirs. Il la suivit un jour dans la campagne, où elle étoit allée s'occuper de ses travaux ordinaires ; elle étoit seule. Les bleds qu'on n'avoit point encore recueillis, étoient dans leur plus haute élévation ; ils pouvoient servir d'asyle à l'amour, & dérober ses jouissances à tous les yeux. Le tems, le lieu, l'objet, tout étoit nouveau pour Dorval, & devoit ajouter à son bonheur.

Il joignit Dorothée ; elle rougit à sa vue, & ne put se défendre d'éprouver un trouble secret qui n'étoit pas sans douceur. Dorval lui fit quitter une occupation qui ne lui paroissoit pas faite pour elle ; il lui parla plus vivement de sa tendresse, jouit de la naïveté de ses réponses, prit des libertés qu'on ne repoussa point, parce qu'on en ignoroit les suites. Il n'eut pas besoin d'art pour s'assurer de sa victoire ; l'amour seul en fit tous les frais, & il crut n'en avoir jamais obtenu de plus belle.

Dorothée revenue de l'ivresse & de l'égarement où son amant l'avoit plongée, baissoit les yeux avec confusion ; elle n'osoit regarder Dorval, que son embarras rendoit encore plus heureux ; elle ne lui fit point des reproches : elle avoit partagé ses transports.

Il diffipa fa timidité, fa honte, & elle l'aima davantage.

Dans ce moment, elle n'eut plus la force de réfifter aux inftances qu'il lui fit de l'accompagner à
Paris ; elle ne fongea plus à la douleur dans laquelle
elle plongeroit fon pere ; cette idée l'avoit toujours
arrêtée ; fa foibleffe ne lui permit plus de l'écouter.
Dorval l'avoit prévu ; il prit, fur le champ, avec
elle, les mefures qu'exigeoient fon départ. Depuis
quelque tems, il parloit du fien : on ne devoit pas
être étonné de lui en voir faire les préparatifs ; il fit
précéder celui de Dorothée ; elle étoit bien aife qu'il
reftât après elle pour confoler fon pere : Dorval feignit de fe charger de ce foin, & elle s'éloigna avec
moins de regret.

Que devint le vieux fermier lorfqu'il ne retrouva
plus fa fille ! fon état eft plus aifé à imaginer qu'à
décrire ; il n'ofa point fe préfenter devant fon feigneur, à qui le fpectacle de fa douleur auroit peut-
être donné des remords ; il ne le foupçonnoit pas
d'être l'auteur de fon infortune ; il pleuroit la perte
de Dorothée, fans favoir ce qu'elle étoit devenue,
ni ce qu'il avoit à efpérer ou à craindre pour elle.
Dorval ne s'embarraffa guere de fes larmes. Enchanté
des charmes de Dorothée, ne pouvant fupporter une
plus longue abfence, il la fuivit deux jours après, &
ne manqua pas de fe faire un mérite auprès d'elle,
des confolations qu'il fe vanta d'avoir données au
vieillard qu'il n'avoit pas même daigné voir. La fenfible Dorothée lui en marqua fa reconnoiffance par
les témoignages les plus vifs du plus tendre amour.

Dorval vécut avec elle dans une douce union ; il
renonça à fes anciens égaremens ; il fe contenta du
cœur qu'il poffédoit ; il lui tint lieu de tout ; il étoit
fûr d'être aimé pour lui-même. Cette efpece de ré-
forme, ce changement de conduite rétablirent fa ré-

F 3

putation; ils effacerent les mauvaifes impreffions que
fes premiers défordres avoient faites. On condamne
la débauche groffiere ; mais on pardonne un attachement. Dorval en fit l'expérience! Ses parens qui l'a-
voient abandonné pendant le cours de fes déregle-
mens, le revirent dès qu'ils le crurent moins diffipé.
Ils s'intéreflerent à fa fortune, à fon avancement ;
ils le produifirent auprès du miniftre ; fes talens na-
turels furent apperçus ; on crut qu'on pourroit les
employer avec fruit. Il paroiffoit, fur-tout, propre
aux négociations ; on le chargea de quelques com-
miffions délicates, dont il rendit le meilleur compte.
Dès-lors, on conçut de lui les plus grandes efpérances, & l'on finit par l'envoyer dans une cour
étrangere.

Ce ne fut pas fans regret que Dorval fe vit obligé
de quitter fa chere Dorothée ; elle ne pouvoit le
fuivre, fon état ne le permettoit pas ; elle alloit être
bientôt mere. Dorval enchanté, attendoit avec impatience l'enfant qu'elle alloit lui donner. Ne pouvant
différer fon départ, il fit tous les arrangemens néceffaires pour affurer à fa maîtreffe les commodités dont elle auroit befoin jufqu'à fes couches, &
celles qu'il lui faudroit encore pour venir le joindre, auffi-tôt qu'elle le pourroit fans danger.

Tranquille fur ce point, il partit avec moins de
regret. Il arriva à la cour où fon miniftere l'appelloit ; les affaires dont il étoit chargé, firent une forte
de diverfion dans fon cœur ; l'amour s'éteignit par
degrés ; Dorothée n'étoit plus prefente pour le ral-
lumer & l'entretenir ; une nouvelle paffion lui fit
oublier la premiere ; il crut trouver plus de charmes
dans une femme du pays qu'il habitoit. Il apprit que
fa chere maîtreffe étoit morte des fuites de fa cou-
che, & il n'en fut que médiocrement affecté ; on
ne lui dit point quel enfant elle avoit mis au monde,

ni ce qu'il étoit devenu ; il ne songea pas même à s'en informer. Dix ans entiers qu'il passa dans cette cour, l'effacerent absolument de son souvenir ; pendant ce tems, il céda à ses penchans ordinaires ; s'attachant à toutes les femmes, & volant de l'une à l'autre. Il donna aux étrangers des exemples d'inconstance qu'ils ne soupçonnoient pas ; les dames du nord virent avec douleur, en lui, le plus aimable & le plus léger des hommes.

Son goût pour les plaisirs ne le détourna point des affaires ; il sut le concilier avec elles. On blâmoit sa conduite, mais on lui pardonnoit en faveur de ses talens & de ses succès. Cette négociation fut suivie d'une autre qui ne dura que cinq ans. Après cet intervalle, il revint dans sa patrie, qu'il revit avec plaisir, & qu'il se proposa de ne plus quitter. Il y renouvella ses anciennes connoissances, en fit de nouvelles, & se livra à la dissipation comme auparavant. Les emplois dont il avoit été honoré sembloient avoir jetté sur sa personne un lustre qui s'étendit jusques sur ses désordres. On l'avoit condamné autrefois comme un homme perdu dans la débauche la plus crapuleuse : on ne le voyoit plus que comme un libertin aimable ; en l'applaudissant, on approfondissoit l'abyme ouvert sous ses pas; il fallut un événement qui sortoit de l'ordre ordinaire des choses, pour l'en tirer.

Il y avoit trois ans qu'il étoit de retour à Paris ; un jour il étoit dans une petite maison de campagne qu'il avoit auprès de cette capitale, & dans laquelle il rassembloit souvent ses amis & ses maîtresses. Il donnoit à dîner à une compagnie nombreuse ; un laquais vint lui annoncer une femme déjà âgée, qui demandoit avec beaucoup d'empressement la faveur de lui parler un instant. Que veut-elle, s'écria Dorval ? pourquoi venir me relancer jusqu'ici ? allez lui dire que je n'y suis pas. Mais, Mon-

fieur, reprit le laquais.... Faites ce que je veux,
interrompit le maître. Lui auriez-vous par hafard dit
le contraire ? La confufion du laquais lui fit connoître qu'il avoit deviné ; il alloit s'emporter, lorfque le
domeftique lui apprit que cette vieille femme étoit
accompagnée d'une perfonne très-jeune & très-aima-
ble. Cette circonftance radoucit Dorval ; il ordonna
qu'on introduisît les deux dames. On ne fit pas attention à la premiere ; fes yeux & ceux de fes amis
fe fixerent fur la jeune ; elle étoit habillée d'une maniere fimple & décente ; elle baiffa les yeux en entrant. Sa conductrice fit des excufes à Dorval & à
toute la compagnie ; mais elle avoit un procès confidérable, dont le jugement n'étoit pas éloigné ; &
les follicitations de Dorval pouvoient le lui rendre
favorable. Elle entra dans les détails de ce procès ;
perfonne ne l'écouta ; chacun occupé de fa jeune
compagne, formant des projets fecrets fur elle, n'é-
toit plus en état de prêter fon attention à quelque autre
chofe. On s'apperçut qu'elle avoit fini fon hiftoire,
lorfqu'elle ceffa de parler. Dorval qui n'avoit pas été
plus attentif que les autres, jugea que le gain de ce
procès étoit fûr, qu'il n'y avoit rien de plus clair,
& promit fa protection. La vieille dame le remercia, & le fupplia de lui accorder une audience particuliere, parce qu'elle avoit quelque chofe à ajouter
encore, qu'elle ne pouvoit dire qu'à lui feul. Dorval
regarda la jeune perfonne, & conduifit fur le champ
la vieille dans fon cabinet.

Monfieur, lui dit celle-ci, je n'ai point de procès ; j'ai cherché à m'introduire chez vous, & je n'ai
pas trouvé d'autre prétexte ; tout ce que je vous ai
conté eft une fable ; mais la jeune fille que vous avez
vue avec moi eft une réalité ; je crois qu'elle a fait
quelque impreffion fur votre cœur ; elle eft jeune,
elle eft belle, je vous garantis fon innocence ; con-
fultez-vous, j'attends votre réponfe.

Cette démarche, ce difcours, cette propofition n'é-
tonnerent point Dorval; depuis long-tems il étoit accoutumé à de pareilles aventures; il remercia Madame Janam, c'étoit le nom de cette femme. Il
convint qu'il avoit trouvé fa pupille aimable; & ban-
niffant les façons, ainfi qu'elle avoit fait, il fit fes
offres; elles annonçoient un homme preffé de conclure, & qui craignoit que quelque autre n'allât fur
fon marché. Il demanda fi l'on feroit content d'un
contrat de deux mille écus de rente: Madame Janam fut fatisfaite. A demain, dit-elle à Dorval;
fignez l'acte dans la matinée, & le foir nous fou-
perons avec vous.

Elle rentra dans la falle où étoit la compagnie,
en achevant ces mots, fit de nouvelles excufes, fe
plaignit encore de fon procès; fe retira, & reprit
avec fa pupille le chemin de Paris; il falloit inf-
truire celle-ci de l'affaire qu'elle venoit de conclure;
il falloit la déterminer à en remplir les conditions
effentielles; Madame Janam ne s'attendoit pas à
des difficultés; elle employa cependant des détours
pour s'expliquer; elle commença par fe plaindre
de la modicité de fa fortune; elle vanta beaucoup
les agrémens dont cette médiocrité même la pri-
voit, & elle finit par annoncer à fa jeune compagne qu'elle venoit de lui affurer une aifance honnête
& indépendante; elle fe flattoit que des ouvertures
de ce genre étonneroient cette jeune perfonne; elle
prévoyoit qu'elle lui feroit des queftions qui lui don-
neroient la facilité de développer la maniere dont
elle lui faifoit un fi beau tableau; elle fe trompa;
Sophie (c'eft ainfi que s'appelloit fa pupille) montra la furprife la plus vive & garda le filence; Madame Janam fut obligée de continuer fon difcours,
& de la préparer à ce qu'elle attendoit d'elle, en
lui expliquant clairement ce qu'elle en exigeoit.

Sophie avoit des principes, de la fageffe & des mœurs ; Madame Janam auroit parlé plus long-tems fans qu'elle eut pu fonger à l'interrompre ; fa rougeur & fes larmes furent fa première réponfe. Qu'ai-je entendu, s'écria-t-elle enfin ! qu'avez-vous fait ? quel marché honteux !... ma mere, ô ma mere ! avez-vous pu démentir un moment votre ca-ractere, vous abandonner à ces indignes extrémités, vendre votre fille !... avez-vous oublié cette vertu dans laquelle vous m'avez élevée ? Après l'avoir fait naître, eft-ce à vous de chercher à la détruire ? quelle conduite étrange & cruelle ! Je me rappelle encore avec tranfport, les leçons de fageffe que j'ai reçues de vous ; elles ont fait mon bonheur, & vous préparez à préfent mon malheur & mon oppro-bre ! Le refpect que j'avois pour vous étoit un fen-timent délicieux auquel j'aimois à me livrer ; main-tenant... mais, quelle eft mon erreur ? ah, fans doute, ce que vous venez de me dire n'a rien de réel ; vous avez voulu éprouver ma vertu ; votre dé-fiance m'afflige ; mais je dois la refpecter dans ma mere, & je ne puis ceffer de l'eftimer.

Madame Janam ne s'attendoit pas à une réponfe fi vive de la part de Sophie ; elle garda quelque tems le filence, & prit enfin le parti de lui parler plus ouvertement qu'elle ne l'avoit jamais fait.

Sophie, lui dit-elle, fors de l'erreur où je te vois, où je t'ai laiffée trop long-tems ; tu n'es point ma fille ; ta mere te confia à mes foins au moment de ta naiffance ; autant que j'en puis juger par les apparences, tu es le fruit d'un amour que l'hymen n'a point légitimé. Je ne fais pas à qui tu peux être ; le fort de ta mere m'eft inconnu ; j'ignore quel eft fon rang. Peu de tems après qu'elle t'eut remife en-tre mes mains, elle vint te voir une fois, & je n'ai plus entendu parler d'elle. Je pris de l'amitié pour

toi ; je réfolus de t'élever comme ma fille ; tu n'as
point à te plaindre de ma tendreffe & de mes
foins ; tu fais tout ce que j'ai fait pour toi. Je n'ai
épargné aucune dépenfe pour te donner une éducation convenable : tu en as profité ; mais il eft jufte
que je recueille le fruit de mes peines ; je ne prétends pas les avoir prifes inutilement. Tu me dois
tout ; la fortune t'offre les moyens de t'acquitter avec
moi, tu es une ingrate fi tu les refufes : tu manques
à la fois à moi qui t'ai fervi de mere, qui me fuis
ruinée pour remplir les devoirs que m'impofoit ce
titre ; à toi-même qui te trouveras réduite à l'indigence la plus affreufe, & qui fera d'autant plus infupportable qu'il n'aura dépendu que de toi de
l'éviter.

Vous n'êtes point ma mere, répondit Sophie
confternée & confufe ! c'eft à votre générofité que
je dois la vie jufqu'à ce moment ! quel horrible
bienfait, fi telles étoient vos vues, lorfque vous m'a-
vez donné vos foins ! ah ! Madame, que ne m'a-
bandonniez-vous ! n'y-a-t-il pas des retraites defti-
nées à recevoir les infortunées qui, comme moi,
font rejettées de leurs parens au moment de leur
naiffance, & qu'on repouffe comme le temoin
odieux d'une foibleffe honteufe ! quelque humilians
que foient ces afyles, mon innocence & ma vertu
y euffent été en fûreté ; j'y aurois paffé des jours
obfcurs & tranquilles, tels qu'ils conviennent à ceux
qui font nés auffi malheureufement que moi. Ah !
pourquoi m'avez-vous gardée auprès de vous ? Ne
cherchez pas à me perfuader que c'eft la tendreffe
& la pitié ; vous n'y réuffirez point ; vous m'avez
éclairée fur vos coupables projets. Je vois, en fré-
miffant, que le deffein dont vous m'entretenez étoit
prémédité depuis long-tems ; vous l'aviez conçu fans
doute au moment que ma mere m'abandonna. Dès

que vous crûtes voir que la nature m'avoit donné
quelques foibles agrémens, vous résolûtes d'en tirer
un parti affreux. Depuis que je suis entre vos mains,
vous méditez la ruine de mon innocence; ces foibles attraits que vous avez cherché à développer,
ces talens que vous avez cultivés, ceux que vous m'a-
vez procurés, sont autant de fleurs dont vous avez
tâché de parer votre victime. N'appellez pas à votre
secours ma reconnoissance; elle ne vous aidera point
à me séduire; je sais ce que je vous dois; vous
avez empoisonné tout ce que vous avez fait pour
moi : vos projets coupables me dispensent de toute
gratitude, & celle que vous osez desirer est un crime. Ah! si vous me destiniez à ces horreurs, pourquoi me parliez-vous le langage de la vertu? pourquoi m'appreniez-vous à l'aimer? plus je sonde vos
motifs, plus mon effroi, ma surprise & mon mépris augmentent; vous vouliez que cette vertu me
servit de sauve-garde jusqu'au moment où vous trou-
veriez votre avantage à me la faire perdre.

Ce discours jetta Madame Janam dans la cons-
ternation & dans la douleur; Sophie avoit pénétré
son ame toute entiere; cette femme ne pouvoit rien
dire pour se justifier; aussi ne l'entreprit-elle pas;
elle ne s'occupa que du soin de corrompre son éleve;
elle employa tous les ressorts de la séduction; elle
lui représenta les richesses dont elle jouiroit, les plaisirs qui s'empresseroient autour d'elle; elle essaya
même de lui prouver que sa vertu s'alarmoit en vain,
que ce qu'on exigeoit d'elle étoit permis; elle se
servit enfin de la morale inventée par le libertinage; elle ne put parvenir à convaincre Sophie. Vous
me parliez différemment autrefois, lui dit-elle; je
me souviens encore de vos premieres leçons : elles
sont gravées au fond de mon cœur; il les suivra sans
cesse; il y trouve son plaisir.

Ces conteſtations , qu'on peut appeller le combat de la vertu contre le vice , continuerent pendant toute la route ; la vieille reprit ſes exhortations à ſon arrivée à Paris , & ne les interrompit que lorſ- que le beſoin du repos la força de ſe retirer. Sophie, dit-elle à ſa pupille, ne diſputez plus , couchez-vous , & réfléchiſſez ſur tout ce que je vous ai dit. Prépa- rez-vous à l'obéiſſance, vous m'en remercierez un jour ; ſouvenez-vous que ce dernier ſervice n'eſt pas le moindre de ceux que je vous ai rendus.

Sophie ne répondit pas ; elle avoit pris le parti de ſe taire , en s'appercevant que le cri du ſenti- ment & de l'honneur ne pouvoit trouver un paſſage dans ce cœur nourri de vices , endurci à l'opprobre. Elle paſſa la nuit dans les larmes & dans les inquié- tudes. La ſituation dans laquelle elle ſe trouvoit étoit terrible pour une perſonne de ſon âge & de ſon ca- ractere. Elle réfléchit long-tems ſur les moyens de ſe ſauver du danger qui la menaçoit ; aucun ne ſe préſentoit à ſon eſprit. Le lendemain , le jour la trouva les yeux encore ouverts ; elle s'habilla triſte- ment. Madame Janam voulut renouveller les diſ- cours de la veille ; elle la conjura de ſe taire ; celle- ci crut devoir lui donner cette ſatisfaction , & elle ſortit pour aller terminer l'affaire du contrat avec Dorval.

Sophie reſta ſeule dans la maiſon , livrée aux plus triſtes réflexions , & formant des réſolutions plus triſtes encore , pour ſe délivrer du ſort qui la mena- çoit. Parmi les idées qui ſe préſentoient à ſon eſprit, il y en eut une à laquelle elle ſe fixa. Madame Janam étoit abſente ; elle avoit la liberté qui lui étoit néceſ- ſaire ; elle ſortit & ſe rendit chez un magiſtrat reſ- pectable. Il étoit encore de bonne heure ; on ne voulut pas d'abord la laiſſer entrer, on lui dit d'attendre ; elle avoit peu de momens à perdre ; elle demanda avec tant d'inftance la grace d'être admife fur le champ, qu'on ne pût lui refufer de l'annoncer ; fes graces touchantes gagnoient promptement les cœurs. Un domeftique alla dire au magiftrat qu'une jeune perfonne, qui paroiffoit fort affligée, le conjuroit de lui accorder une audience particuliere. Cet homme refpectable, intéreffé par cette annonce, ordonna qu'on l'introduisît. Il fit fortir tous ceux qui étoient dans fon cabinet. Sophie fe jetta à fes pieds, & fondant en larmes, lui raconta fa malheureufe hiftoire, & implora fes fecours contre la perfécution qu'elle éprouvoit.

Le magiftrat l'écouta avec bonté ; ce fpectacle l'émut ; la vertu pourfuivie n'imploroit pas fon appui en vain ; il la confola, il diffipa fes craintes.

Ne vous affligez pas, lui dit-il, raffurez-vous, ma chere enfant ; foyez toujours auffi fage que belle ; les protections ne vous manqueront pas ; vous vivrez heureufe & tranquille. Quant à l'affaire qui vous amene ici, croyez que vous en ferez quitte pour vos frayeurs ; retournez dans votre maifon ; tâchez d'empêcher qu'on ne foupçonne que vous êtes fortie ; & fi cela n'eft pas poffible, ayez foin du moins qu'on n'imagine pas que vous êtes venue ici. Quand votre prétendue mere vous parlera de M. Dorval, n'affectez plus ni dégoût, ni dédain ; fuivez-la paifiblement, & fans vous plaindre, lorfqu'elle vous conduira chez lui ; ne montrez ni inquiétude, ni effroi ; je vous donne ma parole qu'il n'arrivera rien qui puiffe alarmer votre honneur, ni bleffer votre délicateffe. Comptez fur moi, répéta-t-il, en la voyant inquiéte de l'ordre qu'il lui donnoit de fe rendre chez Dorval ; comptez fur les foins, fur les mefures que je vais prendre ; vous m'avez inftruit, vous m'avez appellé à votre fecours ; je ferois coupable de votre perte, & plus criminel que la Janam, fi je vous le refufois, & même fi je le différois.

Sophie raſſurée promit de ſuivre le conſeil du magiſtrat, & de faire exactement tout ce qu'il lui re-
commandoit. Elle reprit le chemin de la maiſon
de la Janam ; elle y arriva avant elle, rentra ſans
être apperçue, & ſe mit à ſon clavecin, comme
s'il n'étoit rien arrivé. La vieille dame, à ſon retour,
n'eut pas le moindre ſoupçon qu'elle fût ſortie. Elle
fut ſeulement étonnée de la voir ſi tranquille ; mais
elle ſe garda bien de lui en demander la cauſe. La
moindre diſcuſſion pouvoit renouveller ſon trouble, ranimer les alarmes de la veille, & aigrir ſon
eſprit, dont il ſeroit alors plus difficile de ſe rendre
maître. Elle crut entrevoir dans ce calme une ame
laſſe de combattre, réſolue de céder, ou que du
moins il ſeroit aiſé de vaincre. Dans cette confiance,
elle prit un air plus libre, elle vaqua à ſes affaires
comme à l'ordinaire, adreſſant de moment à autre
quelques paroles flatteuſes à ſa pupille, vantant les agrémens & la fraîcheur de ſon teint. Elle haſarda dans
la ſuite quelque choſe de plus ; elle parla de M. Dorval, loua ſon mérite, ſes bonnes qualités ; elle s'étendit principalement ſur ſes richeſſes & ſur ſa générofité. Sophie gardoit le ſilence ; elle tâchoit de contenir l'indignation que ces propos lui inſpiroient ; elle
s'attachoit ſur-tout à ne laiſſer voir dans ſes yeux aucune marque d'aveu, ni de déſaveu.

Madame Janam, qui l'obſervoit avec ſoin, ne
douta plus que ſes leçons n'euſſent opéré ſur l'eſprit de
Sophie ; elle regarda les reproches amers qu'elle en
avoit reçu la veille comme l'effet des terreurs de l'innocence & de la vertu, qu'une première propoſition
alarme ; elle ſe perſuada que c'en étoient les derniers
ſoupirs ; elle crut devoir ne pas revenir ſur le paſſé ;
après un combat long & opiniâtre, on a honte de
céder ; la réſiſtance qui continue n'eſt pas celle de la
vertu, c'eſt celle de l'amour-propre. C'eſt ainſi que

raisonnoit Madame Janam, & sa politique lui imposoit le silence.

L'heure du rendez-vous approchoit ; elle proposa à
Sophie de s'habiller ; elle ne la vit point s'opposer au
desir qu'elle avoit de la parer. Dès que la toilette fut
finie, elle monta en carrosse avec elle, & elles ne
tarderent pas à arriver à la maison de campagne de
Dorval.

Dorval les attendoit avec impatience ; il avoit
assemblé un nombre choisi de ses amis, à qui il vouloit faire voir sa nouvelle conquête ; les temoins de
son bonheur sembloient devoir l'augmenter. Parmi
ces amis, il y en avoit quelques-uns qui ne s'étoient
pas trouvés chez lui la veille ; Sophie leur étoit absolument inconnue : ils pousserent un cri d'admiration
en la voyant ; ils féliciterent Dorval d'une si charmante possession ; il n'y en eut point qui ne fût jaloux de son marché, & qui n'espérât de partager un
jour avec lui les bonnes graces d'une si jolie personne. Tous, en vantant la félicité de Dorval, lais-
serent entrevoir leurs desirs & leurs espérances. La
conversation s'anima. Sophie, peu faite aux propos
qu'elle entendoit, rougissoit à chaque instant. Sa confusion, au lieu d'arrêter les plaisanteries & les prétendus bons mots de la compagnie, les multiplia ;
on l'imputa à tout autre motif qu'à ceux qui la cau-
soient réellement, la modestie & l'innocence. Sa situation étoit pénible ; elle attendoit avec impatience
que le magistrat l'en délivrât. Elle ne voyoit venir
personne ; elle en frémissoit ; ses yeux, à chaque mi-
nute, se tournoient du côté de la porte ; elle prêtoit
l'oreille au moindre bruit ; rien ne paroissoit ; elle
soupiroit en secret ; elle avoit de la peine à se défendre de quelque défiance. Les promesses qu'on lui avoit
faites la rassuroient cependant ; mais elle craignoit
qu'on ne les exécutât trop tard. Dans quel embarras

un

un délai pouvoit-il la jetter! elle étoit déterminée à se défendre, à mourir, plutôt que de mériter les avantages qu'on lui proposoit; mais quelle est la résistance d'une jeune fille? comment repoussera t-elle la force à un homme qui a été capable de l'acheter respectera-t-il un bien qu'il croit à lui? n'aura-t-il pas même la lâcheté d'employer la violence?

Ces réflexions l'agitoient sans cesse, & augmentoient son inquiétude. On se mit à table. Les discours libres des convives n'étoient pas capables de la rassurer: elle ne devoit pas espérer d'y trouver un protecteur; il n'en étoit aucun qui n'eût payé bien cher le bonheur d'être un instant à la place de Dorval.

Les heures s'écouloient cependant; le souper approchoit de sa fin: l'impatient Dorval vouloit hâter le moment de ses plaisirs. Mes amis, disoit-il à ses convives, votre présence m'a toujours été agréable; elle me le sera beaucoup demain; mais pour aujourd'hui, vous me permettrez d'en agir sans façon: mon excuse est devant vos yeux; je vous garantis ma complaisance quand vous serez dans le même cas: ayez-en un peu pour moi.

On plaisanta beaucoup de ce compliment; à la fin, on le trouva raisonnable; on se disposoit à satisfaire Dorval; Sophie etoit remplie de trouble & d'effroi: cet état ne dura pas long-tems.

Un inconnu s'avance, il entre, sans se faire annoncer, dans l'appartement où la compagnie étoit assemblée, & se préparoit à prendre congé. Sa présence étonne tout le monde; Dorval se plaint de ce qu'on vient le troubler dans sa maison de campagne; il parle avec aigreur à cet homme, en lui demandant quelle raison peut l'amener chez lui à cette heure? L'inconnu ne lui répond point, il se contente de lui

Tome III. G

préfenter un papier ; Dorval l'ouvre, y trouve un ordre du Roi, qui lui défend de troubler dans la
commiffion dont il eft chargé, l'exempt qui fe préfente chez lui. Etonné de cet ordre & de cette vifite, Dorval demande avec inquiétude de quoi il eft
queftion.

Monfieur, répond l'exempt, vous êtes le maître
de recevoir chez vous toutes les perfonnes que vous
voulez ; ma commiffion regarde cette vieille dame
& cette jeune demoifelle ; fans doute, ce n'eft pas
ici que je ferois venu les chercher, fi vous les aviez
mieux connues ; j'ai ordre de les arrêter toutes les
deux ; mais, afin que vous ne les confondiez pas enfemble, je vous expliquerai mes ordres avec un peu
plus de détails. Je vais conduire Madame, ajouta-t-il,
en défignant la Janam, dans une maifon de force,
où elle expiera les crimes qu'elle a commis fans doute, & principalement le dernier dont elle a voulu fe
rendre coupable. Le tems, les lieux, les circonftances dépofent en faveur des éclairciffemens qu'on a
reçus. Quant à Mademoifelle, continua-t-il en montrant Sophie, elle n'a qu'à choifir le couvent qui lui
conviendra le mieux ; j'aurai l'honneur de l'y accompagner ; elle n'y manquera de rien, elle fera la maîtreffe de le quitter quand il lui plaira ; & fi elle a
quelques vues pour fe marier, elle ne donnera pas feulement à fon époux une femme aimable & refpectable par fa vertu, elle lui portera encore une dot
que la bienfaifance doit à la fageffe qu'elle a mon-
trée.

Toute la compagnie refta interdite à ce difcours ;
Dorval ne put voir fans douleur l'obftacle qu'on mettoit à fes plaifirs ; il regarda Sophie ; l'air de fatif-
faction répandu fur fon vifage, lui apprit qu'il avoit
d'abord mal jugé d'elle. Voyant qu'il n'y avoit point
de remede, il voulut fe faire un mérite de fa fou-

miſſion ; il s'approcha d'elle, & lui fit des excuſes de ce qui s'étoit paſſé.

Vous n'avez pas beſoin de vous juſtifier, lui dit l'exempt ; vous n'avez fait que ce que tout autre auroit fait ſans doute, à votre place. Il y a peu d'hommes qui euſſent eu le courage de refuſer le bien qu'on vous avoit offert ; vous ne deviez pas être plus dé-licat qu'une mere. Cette femme ſeroit un monſtre, ſi elle étoit réellement celle de Sophie, & cette aimable fille ſeroit trop malheureuſe, ſi elle lui de-voit le jour ; mais la Janam n'a fait que l'élever ; je ſaurai d'elle de qui elle tient Sophie ; ſes indices pourront peut-être me faire parvenir à découvrir les parens barbares qui ont abandonné un enfant qu'ils ne méritoient pas, & l'ont livrée à une ſcélérate, qui la gardoit pour la proſtituer.

La Janam, tremblante & demi-morte de peur, répéta ce qu'elle avoit déja dit à ſa pupille, en jurant qu'elle n'en ſavoit pas davantage. On lui demanda le nom de la mere de Sophie, qu'il paroiſſoit im-poſſible qu'elle ignorât. Je ne ſais quel étoit ſon état, répondit-elle ; la ſage-femme qui l'accoucha, me remit ſon enfant ; elle vint me voir une fois avec elle ; on m'a aſſuré enſuite qu'elle étoit mor-te ; je ne l'ai entendu appeller que du nom de Dorothée.

Dorothée, s'écria Dorval ! quel nom dites-vous ! ... Sophie ... ſe pourroit-il ? .. Achevez Madame Janam ; dans quel tems reçûtes-vous cette enfant ? Il y a dix-huit ans, répondit-elle ; elle ne faiſoit alors que de naître ; ſa mere dans la viſite qu'elle me fit, ôta de ſon cou le collier que vous lui voyez actuelle-ment, & l'attacha à celui de Sophie ; c'eſt une pa-rure que je lui ai toujours conſervée.

Dorval porta les yeux ſur ce collier ; il pria So-phie de le lui laiſſer examiner de plus près ; cette aimable personne le détacha en rougissant. Je n'en puis douter, s'écria Dorval; oui, c'est le même ornement que je donnai a Dorothée la veille de mon départ; les diamans sont les mêmes; on n'a rien changé à la monture... Sophie! Sophie, ajoutât-il en se tournant vers elle, vous êtes ma fille! mon cœur m'en assure, & mes yeux trouvent en vous les traits qui m'avoient charmé dans votre mere!

Sophie interdite ne savoit si elle veilloit; elle trouvoit un pere dans celui qu'elle avoit regardé jusques-là comme son persécuteur; elle tomba à ses pieds, lui prit les mains, les mouilla de ses larmes, & répondit à ses caresses.

Cette scene touchante attendrit tous ceux qui étoient présents. O ma fille, s'écrioit Dorval en la serrant dans ses bras! en quel tems retrouves-tu ton pere? dans quelle circonstance! dans un moment, où égaré par ses passions, il se proposoit de te presser de ses bras incestueux. O Monsieur, disoit-il à l'exempt, votre arrivée m'a paru d'abord désagréable; je la bénis à présent; je bénis les lumieres que vous m'avez apportées, & qu'il étoit tems que je reçusse: ma fille, ma chere Sophie, tu n'as connu encore que les foiblesses & les erreurs d'un pere; tu en éprouveras la tendresse; ta vertu n'aura plus à rougir de moi; elle passe dans mon cœur, elle le pénetre; tu m'arracheras à mes égaremens; ce sera ton triomphe, celui de la nature.

L'exempt conduisit la fausse mere dans une maison de force; il laissa Sophie auprès de son pere, & il alla rendre compte au magistrat de ce qui venoit de se passer sous ses yeux.

Dorval, en perdant une maîtresse, retrouva une fille tendre, & gagna beaucoup à cet échange. La vertu, la délicatesse & le bon sens de Sophie firent son bonheur; il travailla à lui assurer son nom & ses richesses; il, la reconnut publiquement pour sa fille & pour son héritiere; il revêtit cet acte de toutes les formalités nécessaires. Elle méritoit ce bonheur, & tout le monde applaudit aux démarches que fit Dorval pour l'assurer.

LES SOUHAITS,

CONTE ARABE.

Se contenter de son état, quel qu'il soit, vivre sans ambition & sans desirs, se reposer sur la providence de ce qui nous convient, c'est la véritable science du bonheur, & celle qui manque à la plupart des hommes.

Sadak étoit né dans ce défert qui fépare la Mecque de Médine : des hommes charitables s'y étoient établis pour donner l'hospitalité aux dévots Musulmans, qui le traverfoient fouvent pour aller vifiter le tombeau du prophete. L'efprit de charité des fondateurs s'étoient perpétué parmi les habitans; Sadak fe diftinguoit par fon zele; tous les jours, il parcouroit ce défert, pour remettre dans leur route les voyageurs qui s'étoient égarés, & pour recueillir chez lui ceux que la fatigue obligeoit d'interrompre leur courfe, & de chercher le repos. Ses foins fecourables lui attiroient des bénédictions; fes voifins l'eftimoient, & le prenoient pour modele. Il étoit heureux; il ne le fut pas long-tems.

La vue des riches que le hafard faifoit paffer auprès de fa demeure, le fpectacle des commodités qu'ils traînoient après eux, l'étonnerent d'abord; il admira leur condition, imagina qu'elle étoit douce, & ne tarda pas à la defirer. Dès cet inftant, il fut agité d'une inquiétude fecrete; il éclata bientôt en murmures, & ceffa d'être charitable.

Un jour qu'il pleuroit amérement fur fa mifere, il entendit frapper à fa porte. Il ouvre; un vieillard vénérable se présente à ses yeux, & lui demande l'hospitalité. Je vous recevrai mal, lui dit Sadak, vous auriez pu mieux vous adresser. Je n'ai besoin que d'un asyle, répondit le vieillard, & les restes de votre repas me suffiront. — Vous ne les trouverez pas abondants. — Qui a peu, donne peu; le bon cœur en fait tout le prix. Le ciel est plus touché de l'offrande du pauvre, que de celle du riche, & la récompense en est plus sûre. — Je ne sais quelle sera la mienne; mais il y a long-tems que j'exerce l'hospitalité, & les épidémies détruisent mon troupeau; le soleil séche les fruits de mon jardin, au lieu de les mûrir. — Il vous reste du moins quelque chose; Alla ne vous a pas tout ôté. — Il me fait beaucoup de graces! en vérité, le sort est bien injuste! il y a tant de riches qui ne vivent que pour eux, & dont les trésors ne font qu'augmenter! que je suis malheureux! — Vous croyez l'être? — Mon pere, examinez mon état, voyez ma demeure; les ouragans la renversent souvent, & me forcent à la relever; c'est à la sueur de mon front que j'arrache à la terre avare quelques alimens grossiers. — Le travail est nécessaire à l'homme; il entretient sa force & sa santé. — Mais pourquoi faut-il que je travaille? — Pourquoi es-tu né? — Je vous demanderai à mon tour; s'il valoit la peine de naître? — Ta question outrage la Providence; elle ne fait rien que de juste; elle veille à notre existence; elle s'occupe de notre bonheur. — Vous voyez comme elle fait le mien; je ne sais si elle s'en occupe; mais il me semble qu'elle s'en acquitte assez mal. — Qui le feroit mieux à sa place? — Moi. — Vous! & savez-vous ce qui vous convient? — Tout état où j'aurai moins de peine. — Ce que tu dis est un crime. — En feroit-ce un que de souhaiter d'être mieux? — Oui, c'est être mécontent de l'ordre établi par la Providence.

G 4

Sadak ne répondit pas ; il leva les épaules, en regardant sa cabane onverte de tous côtés., & quelques légumes grossiers qui devoient faire son repas & celui de son hôte. Aussi-tôt le vieillard disparut à ses yeux ; on vit à sa place un jeune homme très-beau, très-bien fait, resplendissant de lumieres, & dont le dos étoit chargé de quatre paires d'ailes brillantes. C'étoit le génie de Sadak.

Il y a long-tems, lui dit-il, que j'ai entendu tes plaintes & tes murmures. Alla, prêt à te punir, s'est ressouvenu de ta vertu passée ; il daigne te pardonner ta défiance, & se prêter à tes desirs. Regle toi-même ta destinée ; éprouve si tu feras mieux que lui pour ton bonheur ; il m'a permis de remplir sept de tes souhaits. Sept, s'écria Sadak ! ah, remplis en un seul ; je n'en ai pas davantage à former. Ne restreins pas son bienfait, reprit le génie, tu pourrois t'en repentir.

Sadak ne résista pas ; il souhaita d'être riche. Tu le seras, dit le génie. Mais pour te faire sentir le prix des richesses, je voudrois te les faire acquérir. Sais-tu écrire, chiffrer, calculer ? Oui, répondit Sadak. — Ta fortune est donc faite.

A ces mots, il l'enleve dans ses bras, le transporte à Balsora, & prenant la figure d'une jolie Circassienne, il va le présenter à un trésorier des revenus du sultan. La Dame étoit trop belle, pour que son protégé ne fût pas employé ; Sadak le fut. Le génie le fit passer rapidement par toutes les humiliations de ce nouvel état ; le commis se forma ; son imagination active enfanta mille projets, qui multiplierent les sommes levées sur les peuples, sans grossir les trésors du sultan, & qui l'enrichirent ; aussi-tôt il quitta sa place, & ne voulut plus avoir d'autre état que celui d'homme opulent.

Sadak étala le luxe le plus brillant ; il eut une ta-

ble délicate, un ferrail choifi, des efclaves nombreux, des équipages fuperbes; il jouit enfin de toutes
les commodités & de tous les plaifirs qu'il avoit fou-
haités. Bientôt ces agrémens lui parurent moins vifs;
il éprouva la fatiété qui corrompt le bonheur, & qui
l'anéantit. Les femmes de fon ferrail étoient char-
mantes; mais elles étoient fes efclaves; elles ne
voyoient qu'un maître dans un homme qui defiroit
être aimé; les oififs de Baffora, affidus à fa table,
étoient plus attirés par fon cuifinier, que par lui-
même.

Sadak ennuyé, fouhaita de jouir d'une confidération perfonnelle; il voulut humilier les beaux efprits,
qui le méprifoient, en devenant bel efprit lui-même.
Il appella fon génie, & lui demanda le don des vers.

Tu n'as pas befoin de moi, lui dit le génie, tu es
riche, imite les grands qui t'entourent, & qui ont
la réputation de faire les plus jolis vers du monde;
fais les faire. Je pourrois avoir un poëte à mes gages, dit Sadak; mais je veux produire de l'excellent, & le génie ne fe vend point; d'ailleurs, j'ai la
délicateffe de vouloir être l'auteur de mes ouvrages.

Le génie ne répondit point, & foufla fur Sadak;
il eut auffi-tôt toutes les connoiffances poffibles, fans
avoir jamais étudié. Son imagination fermenta; il
fe retira dans fon cabinet, où il écrivit fur le champ
un poëme de deux mille vers, & fi beau qu'il parût
très-court.

Il fe hâta d'affembler un nombre prodigieux de
convives, qui à l'iffue d'un grand repas, ne furent
pas peu furpris de fe voir priés d'entendre une lecture. Sadak auteur leur parut une chofe plaifante.
S'ils fourirent à cette nouvelle; ils frémirent à la vue
du volume. Sadak commença, felon l'ufage, par demander de l'indulgence pour une mufe naiffante; il
parla de la foibleffe de fes poumons, qui ne lui per-

mettant pas d'élever la voix, exigeoit du silence &
de l'attention de la part de ses auditeurs, & il lut
l'ouvrage toute d'une haleine, & d'une voix de Sten-
tor. Le poëme fut admiré de bonne foi ; les beaux-
esprits se regardoient avec surprise, & sembloient
chercher à découvrir parmi eux celui qui avoit prêté
sa muse à Sadak ; ils ne lui firent pas l'honneur de
croire qu'il en eût une. Plusieurs autres productions
aussi sublimes les détromperent, & exciterent leur
envie. Ils s'occuperent à ternir la gloire du nouveau
poëte, à flétrir ses lauriers. Ne pouvant déprimer ses
talens, ils attaquerent ses mœurs ; ils affligerent Sadak. Hélas ! s'écrioit-il, le bonheur n'est pas le partage des lettres, j'étois plus heureux dans ma premiere
obscurité. Il se dégoûta de la gloire littéraire, & renonça aux muses par de beaux vers qui redoublerent
la confusion & la haine de ses ennemis.

Le premier visir mourut peu de tems après. Sadak
souhaita sa place ; son génie fut prompt à le servir.
Dans le cours de ses travaux littéraires, Sadak s'étoit
distingué par quelques ouvrages politiques ; le Sultan
les avoit lus & goûtés. La voix publique en appelloit
l'auteur à la premiere place auprès du trône. Le monarque l'y éleva. Sadak y porta les lumieres qu'ont eues
souvent les grands ministres, & la sagesse & la philosophie qu'ils n'ont pas eues toujours. Son administration fut un chef-d'œuvre de politique & de bienfaisance. Elle offrit des nouveautés intéressantes, qu'on
n'avoit jamais vues avant, & qu'on ne vit plus après
lui. Ses prédécesseurs n'avoient su que ruiner le peuple pour enrichir le souverain, & n'étoient parvenus qu'à les ruiner en effet l'un & l'autre. Il trouva le
secret de diminuer les impôts, & d'augmenter en
même tems les revenus du prince. Ce beau secret, dont
il laissa la recette dans les archives où ses successeurs
pouvoient le prendre, ne fut jamais employé depuis.

Les sujets de Balsora, partagés en factions, & divisés par des opinions, devinrent paisibles, soumis & tolérans ; Sadak força même les santons & les derviches à le paroître, s'il ne put réussir à les rendre tels.

Un jour qu'il étoit au conseil avec le Sultan, & qu'il développoit des principes admirables de gouvernement, il vit entrer une troupe de ces santons. Leur chef, après s'être prosterné au pied du trône, dit au monarque, d'un air effrayé, qu'il étoit tems de servir la religion & la divinité, en rendant le culte uniforme, & de sévir contre une partie de la nation qui outrageoit le ciel, en priant les yeux tournés au midi, au lieu de l'être vers l'orient, debout & non pas prosternés.

Le conseil frémit ; les vieillards qui le composoient poussèrent un cri d'horreur ; plusieurs même furent sur le point de déchirer leurs vêtemens, & l'auroient fait sans doute, si on les avoit assurés que les coupables étoient en état de les payer. Après un bourdonnement confus, on entendit distinctement le mot *Feu*, dont toute la salle retentit. Le Sultan alloit ratifier cette décision, lorsque Sadak se leva, & le conjura de suspendre pour un moment la condamnation qu'il alloit prononcer. Le monarque y consentit, incertain de ce qu'il alloit faire.

Le ministre fit venir deux hommes de différentes nations, accueillis par le prince, chargés de ses bienfaits, & qui se disposoient à retourner dans leur patrie. Ils s'avancèrent au pied du trône ; l'un se prosterna, & frappa trois fois le marchepied de son front ; l'autre, d'un air noble & modeste, s'inclina respectueusement en serrant les mains contre sa poitrine, & tous deux lui dirent en substance, d'un ton pénétré, & qui partoit du cœur : Magnanime Empereur, honneur des nations, félicité de ton peuple ! nous venons te remercier de tes bienfaits, & nous retournons dans nos patries , pénétrés de la plus vive reconnoiffance , faire des vœux pour la profpérité de ton regne. L'air & le ton dont ils dirent ces paroles touchèrent le Sultan , qui les renvoya avec bonté. Sadak lui dit alors : Tu viens de recevoir les vives effufions du cœur de ces étrangers. Tous deux , avec la même reconnoiffance , t'ont approché différemment, l'un profterné , l'autre incliné , fuivant l'ufage de leur pays ; tous deux t'ont tenu le même langage ; quel eft celui dont l'hommage t'a paru mériter d'être préféré ? Je fuis touché, dit le Sultan, de la reconnoiffance de l'un & de l'autre : leurs cœurs parloient ; que m'importe la fituation différente de leurs corps ? Me fera-t-il permis, repliqua fur le champ Sadak , de te fupplier d'examiner encore l'affaire de cette portion de tes fujets que je t'ai vu prêt à condamner ?

Le Sultan avoit de l'efprit ; il remercia fon miniftre de la manière dont il venoit de l'éclairer ; il figna un bel édit de tolérance, que Sadak avoit rédigé depuis quelque tems ; & c'eft le premier qui ait été donné au moment même où des fantons en étoient venus folliciter un contraire.

C'eft ainfi que , dépofitaire de la confiance & de l'autorité du defpote, Sadak s'en fervoit pour rendre le peuple heureux ; mais il ne le fut pas lui-même. Il ne plaça que le mérite, rejetta tout ce qui ne lui en montroit pas , & fit beaucoup de mécontens. Ceux-ci crierent. Le miniftre étoit honnête ; ils le trouverent dur. Les fantons, parce qu'il étoit humain & tolérant , calomnierent fa religion ; les uns & les autres pafferent des murmures aux libelles ; il fe répandit des fatyres contre le miniftre. On les méprifa d'abord ; elles fe multiplierent, furent lues, & firent enfin fenfation. La populace aveugle , inquiéte , inconftante, s'accoutuma à rire de fon idole , & bientôt l'infulta.

Sadak, en faisant tout pour le mieux, mécontentoit tout le monde. Favorisoit-il quelques grands ? le peuple murmuroit. Soulageoit-il le peuple ? les grands l'accusoient auprès du souverain de chercher à se faire des partisans. Toutes ses démarches étoient calomniées ; il ne savoit plus quel parti prendre ; il prit celui de se retirer, & il eut le chagrin de voir le public en témoigner une joie insultante.

Le successeur de Sadak crut ne pouvoir assurer son autorité qu'en occupant le peuple. Il engagea son maître à déclarer la guerre au Sultan de Bagdat. Les triomphes de l'empire firent bénir son administration.

Sadak apprenoit avec transport les succès des armes du Sultan : la joie du peuple, ses acclamations à la nouvelle d'une victoire, les éloges qu'il prodiguoit au général échaufferent son ame ; il envia cette espece de gloire : sans doute, s'écrioit-il dans son nouvel enthousiasme, sans doute, elle est la plus pure ! il recourut à son génie, & vola à l'armée. Son mérite, sa valeur, sa conduite le firent bientôt connoître ; le général l'employa utilement, lui donna sa confiance, & l'éleva aux premiers grades. Sadak acquit une grande réputation & l'estime des troupes, dont il obtint le commandement à la mort de son général, qui fut tué. Ses armes furent heureuses ; il défit le roi de Bagdat dans une bataille, où ce prince infortuné trouva la mort ; il conquit son royaume, fit sa fille unique prisonniere, & l'emmena à la cour de son maître, dont la reconnoissance le combla des honneurs dûs au guerrier, qui joignoit une seconde couronne à celle qu'il possédoit.

La princesse de Bagdat étoit jeune, & la plus belle princesse du monde. Sadak n'avoit pu la voir sans l'aimer ; les rebuts augmenterent sa passion ; il implora son génie. J'adore la princesse, lui dit-il ; il n'est

point de bonheur pour moi sans sa possession ; il faut
qu'elle m'aime, qu'elle consente à m'épouser. O génie, rends-moi encore ce service ; ce sera le dernier ;
heureux par cet hymen, je n'aurai plus de vœux à
former.

Le génie lui applanit les difficultés. Sadak osa demander la princesse pour prix de ses services ; elle
lui fut accordée ; elle passa même sans répugnance
dans les bras de son vainqueur.

Tant que ses premiers transports durerent, Sadak
fut heureux ; la jouissance éteignit enfin l'amour ; il
ne cherchoit plus son épouse avec le même empressement ; l'ennui vint le saisir auprès d'elle. La princesse le trouvant moins tendre, le devint moins à
son tour ; elle se souvint de l'orgueil de sa naissance,
& que son époux étoit fort au dessous d'elle. Elle le
fit sentir à Sadak, qui en fut humilié. Il gémit de
s'être marié, & sur-tout d'avoir épousé une princesse.
Il lui devoit des ménagements ; il ne pouvoit pas la
répudier comme une autre ; il se consumoit dans la
douleur & dans le désespoir. Son génie lui apparut
encore.

Je suis bien malheureux, lui dit Sadak ; n'as-tu
point de remede pour consoler un époux qui gémit
de l'être ? Ta femme est de ton choix, repliqua le
génie. — J'aimois, j'étois aveugle ; je suis éclairé
maintenant. . . . Il n'y a donc que la mort qui puisse
nous séparer ! — Il t'est défendu de desirer la sienne. Je
ne te la demande pas non plus, répondit-il en soupirant... mais ne peux-tu rien ? — Je puis t'en délivrer
sans la faire périr ; mais mon pouvoir est borné dans
cette occasion, il ne va point jusqu'à te garantir de bien
de malheurs qui en seront la suite. — Je les brave ;
il n'en est point de semblable à celui de vivre avec
elle. Sers-moi encore, mon cher génie. Ah ! ce dernier bienfait surpassera tous les autres.

Les ennemis de Sadak travailloient depuis long-
tems à fa perte. Ils ne ceffoient de répéter au Sultan
qu'il étoit imprudent de lui laiffer une époufe qui
avoit au trône de Bagdat des droits qu'elle tranf-
mettoit à fon mari, & qu'un homme tel que Sadak
pouvoit faire valoir. Le prince avoit d'abord négligé
ces avis; il les écouta enfin; il fit arrêter Sadak. Des
gens de loi vinrent lui apporter dans fa prifon un ordre de répudier la princeffe, que le monarque vouloit époufer. Sadak reconnut les bons offices de fon
génie, figna l'acte avec tranfport, & fut confolé de
fes fers. La princeffe devenue fultane, voulut fe venger des mépris d'un homme qui avoit ofé devenir
fon époux. Elle prolongea fa captivité, & la rendit
plus dure.

L'infortuné Sadak regretta bientôt la liberté. Il fe
rappelloit fa vie paffée, les bienfaits d'Alla, & ne
favoit plus que defirer. Il appella cependant fon
génie.

Que veux-tu, lui demanda celui-ci? Te confulter,
répondit Sadak; je me fuis trompé jufqu'à préfent;
fais mon bonheur, fi cela eft poffible; je n'ofe plus
m'en mêler. — Je n'ai plus qu'un dernier fouhait à
remplir. Choifis cette fois, & choifis bien. — Ah!
fais ce choix pour moi; je me fuis fi mal trouvé de
ceux que j'ai faits! — Je te l'ai dit; mon pouvoir ne
va pas jufques là; le choix doit être le tien. — Je vois
bien que j'ai eu tort de me mettre à la place de la
Providence, répondit Sadak, après avoir rêvé quelque tems; j'aurois dû m'en rapporter à elle. Remets-
moi dans la cabane d'où tu m'as tiré! Le génie l'y
tranfporta auffi-tôt.

Sadak retrouva fa demeure telle qu'il l'avoit laiffée. Ses voifins vinrent le féliciter de fon retour, &
lui firent l'accueil le plus tendre & le plus vrai; il
en fut touché. Il reprit avec plaifir fes anciennes oc-

cupations. Le même foir, en parcourant le défert,
il fut attiré par des cris au bord d'un précipice ; un
malheureux prêt à y tomber, fe tenoit encore à quelques branches d'arbres, implorant le ciel, & sûr de
périr auffi-tôt que les forces lui manqueroient. Sadak
accourt, & le délivre, non fans peine & fans danger. Le voyageur reconnoiffant le comble de bénédictions ; Sadak les entend, & jouit d'une joie pure
qu'il n'avoit pas goûté depuis long-tems ; il fe jette à
genoux, adore la Providence, & remercie fon génie.

LA

LA PROBITÉ VILLAGEOISE.

Perrin étoit né en Bretagne, dans un village auprès de Vitré; la pauvreté environna son berceau; il perdit son pere & sa mere avant d'en pouvoir bégayer les noms; il dut sa subsistance à la charité publique; il apprit à lire & à écrire; son éducation ne s'étendit pas plus loin. A l'âge de quinze ans, il servit dans une petite ferme; on lui confia le soin des troupeaux.

Lucette, jeune paysanne du voisinage, fut, presque dans le même tems, chargée de ceux de son pere; elle les conduisoit dans les pâturages, où elle voyoit souvent Perrin qui lui rendoit tous les services qu'on peut rendre à son âge & dans sa situation. L'habitude de se voir, leurs occupations, leur bonté mutuelle, leurs soins officieux les attacherent l'un à l'autre; ils aimoient à être ensemble; ils attendoient chaque jour avec impatience le moment où ils se réunissoient dans la prairie; ils la quittoient avec regret, parce qu'il falloit se séparer. Leurs jeunes cœurs étoient sensibles; ils éprouvoient déjà l'amour, sans savoir ce que c'étoit que cette passion.

Cinq ans s'écoulerent dans des jeux innocens; leurs sentimens devinrent plus vifs; ils ne s'aborderent plus sans trouble; leurs caresses naïves ne servoient qu'à l'augmenter; Lucette les refusoit, & regrettoit en secret ses refus; Perrin, en gémissant, imitoit aussi sa retenue. Ils soupirerent tous deux après leur union; ils la desirerent, & se communiquerent leurs desirs: c'est le but de tous les amours de village; on n'y connoît pas la séduction; on n'y cherche point à s'en défendre.

Perrin se proposa de demander Lucette à son pere; il le dit à son amante, qui rougit de cette résolution, lui en sut gré, & le lui avoua franchement;
mais elle ne voulut pas être présente; elle devoit aller le lendemain à la ville; elle pria son amant de
choisir le tems de son absence, & de venir le soir
au-devant d'elle pour lui apprendre comment il auroit été reçu.

Le jeune homme, au tems marqué, vola chez le
pere de sa maîtresse. Il lui parla librement; on ignore l'art & les détours au village; mais on y compte
aussi bien qu'à la ville; il déclara avec franchise qu'il
aimoit Lucette. Tu aimes ma fille, interrompit brus-
quement le vieillard; tu voudrois l'épouser! y son-
ges-tu, Perrin? Comment feras-tu? as-tu des habits
à lui donner, une maison pour la recevoir, & du
bien pour la nourrir? Tu sers; tu n'as rien. Lucette
n'est pas assez riche pour fournir à ton entretien & au
sien. Perrin, ce n'est pas ainsi qu'on se met en ménage. —J'ai des bras; je suis fort; on ne manque jamais de travail, quand on l'aime; & que ne ferai-je
point quand il s'agira de soutenir Lucette? Jusqu'à
présent, j'ai gagné cinq écus tous les ans; j'en ai ra-
massé vingt-cinq; ils feront les frais de la nôce; je
travaillerai davantage; mes épargnes augmenteront;
je pourrai prendre une petite ferme; les plus riches
habitans de notre village ont commencé comme
moi, pourquoi ne réussirois-je pas comme eux? —
Eh bien, tu es jeune; tu peux attendre encore; deviens riche, & ma fille est à toi; mais jusqu'à ce
moment ne m'en parle pas.

Perrin ne put obtenir d'autre réponse. Il courut chercher Lucette; il la rencontra bientôt; il étoit triste;
elle lut sur son visage la nouvelle qu'il venoit lui annoncer. — Mon pere t'a donc refusé? —Ah! Lucette, que je suis malheureux d'être né si pauvre!...

Mais je n'ai pas perdu toute efpérance ; ma fituation peut changer ; ton mari n'auroit rien épargné pour te procurer l'aifance ; ton amant fera-t-il moins pour devenir ton époux ? Nous ferons unis un jour ; j'aime à m'en flatter ; conferve-moi toujours ton cœur ; fouviens-toi que tu me l'as donné ; fi ton pere te propofoit un établiffement.... Lucette... je ne crains que ce malheur, j'en mourrois...—Et moi, Perrin, vivrois-je pour un autre ? non, je ferai ta femme, ou je ne ferai celle de perfonne.

En parlant ainfi, ils étoient toujours fur le chemin de Vitré ; la nuit qui s'avançoit, les preffoit de regagner leurs maifons. Le tems étoit très-fombre ; Perrin fait un faux pas, & tombe ; en fe relevant, fes mains cherchent ce qui a caufé fa chûte ; c'étoit un fac affez pefant ; il le ramaffe ; curieux de voir ce qu'il contient, il entre avec Lucette dans un champ où brûloient encore des racines auxquelles les laboureurs avoient mis le feu pendant le jour. A la clarté qu'elles fourniffent, il ouvre le fac, & y trouve de l'or. Que vois-je, s'écria Lucette ! ah, Perrin, tu es devenu riche ! — Quoi, je pourrois te pofféder ! le ciel favorable à nos amours, m'auroit-il envoyé de quoi fatisfaire ton pere, & nous rendre heureux ?

Cette idée répand la joie dans leurs ames ; ils contemplent avidement cet or, & ne le quittent que pour fe regarder enfuite avec plus de tendreffe. Ils comptent la fomme qu'ils ont trouvée ; elle eft de douze mille francs. Ils font dans une efpece d'enchantement. Ah ! Lucette, s'écria Perrin, ton pere ne pourra plus te refufer à mes vœux. Lucette ne lui répond pas ; fes yeux font plus animés ; elle prend la main de fon amant qu'elle preffe avec tranfport. Perrin ne doute plus de leur union prochaine ; cette félicité le remplit tout entier. Emporté par un mouvement rapide, il preffe fa maîtreffe dans fes

H 2

bras. — Chere Lucette, que cette fortune me devient chere! nous la partagerons enfemble.

Ils refferrent leur tréfor, & fe mettent en chemin pour aller fur le champ le montrer au vieillard; ils étoient déjà près de fa maifon, lorfque Perrin s'arrête — Nous n'attendons notre bonheur que de cet or; mais eft-il à nous? Sans doute, il appartient à quelque voyageur; la foire de Vitré vient de finir; un marchand, en retournant chez lui, l'a vraifemblablement perdu. Dans ce moment, où nous nous livrons à la joie, il eft peut-être en proie au defefpoir le plus affreux. — Ah! Perrin, ta réflexion eft terrible; le malheureux gémit fans doute; pouvons-nous jouir de fon bien? Le hafard nous l'a fait trouver; mais le retenir eft un vol. — Tu me fais frémir. Nous allions le porter à ton pere; il nous auroit rendu heureux; mais peut-on l'être du malheur d'autrui? Allons voir M. le recteur, (c'eft le nom que les Bretons donnent à leurs curés); il a toujours eu mille bontés pour moi; il m'a placé dans la ferme où je fers; je ne dois rien faire fans le confulter.

Le recteur étoit chez lui; Perrin lui remit le fac qu'il avoit trouvé, & avoua qu'il l'avoit regardé d'abord comme un préfent du ciel; il ne cacha point fon amour pour Lucette, & l'obftacle que fa pauvreté oppofoit à leur union. Le pafteur l'écoute avec bonté; il les regarde l'un & l'autre; leur procédé l'attendrit; il voit toute l'ardeur de leur paffion mutuelle, & admire la probité qui lui eft encore fupérieure; il applaudit à leur action. — Perrin conferve toujours les mêmes fentimens; le ciel te bénira; nous retrouverons le maître de cet or; il récompenfera ta probité; j'y joindrai quelques-unes de mes épargnes; tu poffederas Lucette; je me charge d'obtenir l'aveu de fon pere; vous méritez d'être l'un à l'autre. Si l'argent que tu déposes entre mes mains, n'est point réclamé, c'est un bien qui appartient aux pauvres ; tu l'es ; je croirai suivre l'ordre du ciel en te le rendant ; il en a déjà disposé en ta faveur.

Les deux jeunes gens se retirerent satisfaits d'avoir fait leur devoir, & remplis des douces espérances qu'on leur donnoit. Le recteur fit crier dans sa paroisse le sac qu'on avoit perdu ; il le fit afficher ensuite à Vitré & dans tous les villages voisins. Plusieurs hommes avides & intéressés se présenterent ; mais aucun n'indiqua la somme, ni l'espece de monnoie, ni le sac qui la contenoit.

Pendant ce tems, le recteur n'oublia pas qu'il avoit promis à Perrin de s'occuper de son bonheur ; il lui fit avoir une petite ferme, la monta des bestiaux & des instrumens nécessaires au labourage, &, deux mois après, il le maria avec Lucette. Les deux époux, au comble de leurs vœux, remercioient sans cesse le ciel & le recteur. Perrin étoit laborieux. Lucette s'occupoit de son ménage ; ils étoient exacts à payer le propriétaire de leur ferme ; ils vivoient médiocrement du surplus, ils se trouvoient heureux.

L'or perdu ne fut point réclamé durant trois ans ; le recteur ne jugea pas qu'il fallut attendre davantage pour en disposer ; il le porta au couple vertueux qu'il avoit uni. Mes enfans, leur dit-il, jouissez du bienfait de la providence, & n'en abusez pas ; ces douze mille francs sont actuellement sans produit ; vous pouvez en faire usage. Si, par hasard, vous en découvriez le maître, vous devriez sans doute les lui rendre ; faites-en un emploi qui les changeant seulement de nature, n'en diminue point la valeur. Perrin suivit ce conseil ; il se proposa d'acquérir la ferme qu'il tenoit à bail ; elle étoit à vendre ; on l'estimoit un peu plus de douze mille francs ; mais,

en payant comptant, on pouvoit efpérer de l'avoir
à ce prix. Cet argent qu'il ne regardoit que comme
un dépôt, ne pouvoit être mieux placé, & fi le maître fe retrouvoit un jour, il n'auroit pas à fe plaindre.

Le recteur approuva ce projet ; l'acquifition fut
bientôt faite ; le fermier, devenu propriétaire, donna une plus grande valeur à fon terrein ; fes champs
mieux entretenus, mieux cultivés devinrent plus fer-
tiles ; il vécut dans cette douce aifance qu'il avoit
eu l'ambition de procurer à Lucette. Deux enfans
bénirent fucceffivement leur union ; ils prenoient
plaifir à fe voir revivre dans ces tendres gages de
leur amour. En revenant des champs, Perrin trouvoit fa femme qui venoit au devant de lui, & lui
préfentoit fes enfans ; il les embraffoit l'un & l'autre, & ne les quittoit que pour ferrer fon époufe
dans fes bras ; les tendres fruits de fon hymen s'em-
preffoient autour de lui ; l'un effuyoit la fueur dont
fon front étoit couvert ; l'autre effayoit de le foulager du poids du hoyau qu'il portoit. Perrin fourioit
de fes foibles efforts, le careffoit de nouveau, &
rendoit graces au ciel qui lui avoit donné une époufe
tendre & des enfans qui lui reffembloient.

Quelques années après, le vieux recteur mourut.
Perrin & Lucette le pleurerent ; ils fongeoient avec
attendriffement à ce qu'ils lui devoient. Cet événement les fit réfléchir fur eux-mêmes. Nous mourrons
auffi, difoient-ils ; notre ferme reftera à nos enfans ;
nous favons cependant qu'elle n'eft pas à nous ; fi
celui à qui elle appartient, revenoit après nous, il
en feroit privé pour jamais, nous emporterions le
bien d'autrui au tombeau.

Ils ne pouvoient foutenir cette idée ; leur délicateffe leur fit écrire une déclaration qu'ils firent figner
par les plus notables habitans du village, & qu'ils
dépoferent entre les mains du nouveau recteur. Cette

précaution qu'ils jugeoient nécessaire pour assurer une restitution à laquelle ils croyoient leur enfans obligés, les tranquillisa.

Il y avoit dix ans qu'ils étoient établis. Perrin, après un travail pénible, revenoit un jour dîner avec son épouse ; il vit passer sur la grande route, deux hommes dans une voiture, qui versa à quelques pas de lui. Il courut porter du secours ; il offrit les chevaux de sa charrue pour transporter les malles, & pria les voyageurs de venir se reposer chez lui. Ils n'étoient point blessés. Ce lieu-ci m'est bien funeste, s'écria l'un d'eux ; je ne puis y passer sans éprouver des malheurs. J'y ai fait, il y a douze ans, une perte assez considérable ; je revenois de la foire de Vitré ; j'emportois douze mille francs en or, que j'y ai perdus. Comment ; lui dit Perrin, qui l'écoutoit avec attention, avez-vous négligé de faire des recherches pour les retrouver ? — Cela ne me fut pas possible ; je me rendois à l'Orient, où je devois m'embarquer pour les Indes ; le tems pressoit ; le vaisseau prêt à mettre à la voile, ne m'auroit point attendu ; je ne pus faire des perquisitions sans doute inutiles, qui, en retardant mon départ, m'auroient apporté un préjudice beaucoup plus grand encore que la perte que j'avois faite.

Ce discours fait tressaillir Perrin ; il s'empresse davantage auprès du voyageur ; il le conjure de nouveau d'accepter l'asyle qu'il lui offre ; sa maison étoit la plus prochaine & la plus propre habitation du lieu. On cede à ses instances ; il marche le premier pour montrer le chemin. Il rencontre bientôt sa femme, qui, selon son usage, venoit au devant de lui ; il lui dit d'aller promptement préparer un dîner pour ses hôtes ; en attendant le repas, il leur présente des rafraîchissemens, & fait retomber la conversation sur la perte dont l'un s'est plaint. Il ne doute plus que

ce ne foit à lui qu'il doit une reftitution ; il va chercher le nouveau recteur, l'informe de ce qu'il vient
d'apprendre, l'invite à partager le dîner de fes hôtes, & à leur tenir compagnie. Celui-ci l'accompagne, & ne cefse d'admirer la joie que ce bon payfan
a d'une découverte qui doit le ruiner.

On dîne ; les voyageurs fatisfaits ne favent comment reconnoître l'accueil que leur fait Perrin ; ils
admirent fon petit ménage, fon bon cœur, fa franchife, l'air ouvert de Lucette, fa candeur, fon activité ; ils careffent les enfans. Perrin, après le repas, leur montre fa maifon, fon potager, fa ber-
gerie, fes beftiaux, les entretient de fes champs
& de leur produit. Tout cela vous appartient, dit-
il enfuite au premier voyageur. L'or que vous avez
perdu, eft tombé entre mes mains ; voyant qu'il
n'étoit point réclamé, j'en ai acheté cette ferme
dans le deffein de la remettre un jour à celui qui
y a des véritables droits. Elle eft à vous, fi j'étois
mort avant de vous rencontrer, M. le recteur a entre les mains un écrit qui conftate votre propriété.

L'étranger, furpris, lit l'écrit qu'on lui remet ; il
regarde Perrin, Lucette & fes enfans. Où fuis-je,
s'écrie-t-il enfin ? Quel procédé, quelle vertu, quelle
nobleffe ! Avez-vous quelque autre bien que cette
ferme, ajouta-t-il ? --- Non ; mais fi vous ne la
vendez point, vous aurez befoin d'un fermier, &
j'efpere que vous me donnerez la préférence. — Votre probité mérite une autre récompenfe. Il y a
douze ans que j'ai perdu la fomme que vous avez
trouvée. Depuis ce tems, Dieu a béni mon commerce ; il s'eft étendu ; il a profpéré ; je ne me fuis
pas reffenti long-tems de ma perte. Cette reftitution
aujourd'hui ne me rendroit pas plus riche ; vous méritez cette petite fortune ; la Providence vous en a
fait préfent ; ce feroit l'offenfer que de vous l'ôter ;

conservez-la, elle vous appartient, & s'il le faut, je vous la donne. Vous pouviez la garder; je ne la réclamois point; quel homme eût agi comme vous.

Il déchira aussi-tôt l'écrit qu'il tenoit dans ses mains; une si belle action, ajouta-t-il, ne doit pas être ignorée; il n'est pas besoin d'un nouvel acte pour assurer ma cession, votre propriété & celle de vos enfans; je le ferai cependant écrire pour perpétuer le souvenir de vos sentimens & de votre honnêteté.

Perrin & Lucette tomberent aux pieds du voyageur; il les releva; & les embrassa; un notaire qui fut appellé, écrivit cet acte le plus beau qu'il eut rédigé dans sa vie. Perrin versoit des larmes de tendresse & de joie. Mes enfans, s'écrioit-il, baisez la main de votre bienfaiteur. Lucette, ce bien est à nous, & nous pouvons en jouir sans trouble & sans remords.

ABOUZAID.

Morad, fils d'Hanut, occupa long-tems le premier rang parmi les Vifirs & les Emirs, enfans du courage & de la fageffe qui environnent le trône de Deli, & forment les confeils, ou dirigent les armées de la poftérité de Timur. Après s'être fignalé dans plufieurs guerres, il avoit été récompenfé par le gouvernement d'une province. Bientôt la reconnoiffance des peuples qu'il rendoit heureux par fa fageffe & fa juftice, porta fon nom jufqu'à la porte du palais de Deli. L'empereur l'appella au pied du trône, & dépofa dans fes mains la clef de fes tréfors & le cimeterre de fa puiffance. Dès cet inftant, la voix de Morad & fes ordres fuprêmes furent entendus du fommet du Taurus jufqu'aux bords de l'Océan. Toutes les bouches refterent muettes, & tous les yeux fe baifferent devant lui.

Morad vécut plufieurs années dans la profpérité; chaque jour ajoutoit à fes richeffes & à fon pouvoir. Les fages répétoient fes maximes; des milliers de guerriers obéiffoient à fa voix; l'ambition déconcertée s'étoit retirée dans l'antre de l'envie, & le mécontentement effrayé trembloit de murmurer. Mais les grandeurs humaines font de peu de durée; elles fe diffipent comme l'odeur des parfums qu'on ne renouvelle pas dans le feu qui les confume. Le foleil fe laffa de briller fur les palais de Morad; des nuages de la difgrace s'affemblerent fur fa tête; & la tempête de la haine qui s'étoit formée lentement, fe groffit & éclata tout-à-coup.

Morad vit fa ruine s'avancer à pas précipités. Les

premiers de ſes flatteurs qui prirent la fuite, furent
ſes poëtes. Tous les artiſtes qu'il avoit récompenſés
d'avoir contribué à ſes plaiſirs, les imiterent ; & il
n'apperçut auprès de lui que le petit nombre de ceux
dont un mérite réel avoit été un titre à ſa faveur. Il
ſentit le danger qui le menaçoit, & ſe proſterna au
pied du trône. Ses ennemis parloient avec hauteur
& avec confiance ; ſes amis muets obſervoient une
froide neutralité ; & la voix timide de la vérité
étoit étouffée par des clameurs bruyantes. Il fût
dépouillé de ſon pouvoir, privé des richeſſes qu'il
avoit acquiſes, & condamné à paſſer le reſte
de ſa vie ſur le bien de ſes peres, qu'on daigna
lui laiſſer.

Morad avoit été ſi long-tems accoutumé au tumulte
des affaires, à répondre à la foule empreſſée des ſup-
plians & des flatteurs, que la ſolitude lui devint à
charge. L'ennui ſe répandit ſur ſon long loiſir, dont
les heures s'écouloient avec une lenteur faſtidieuſe &
pénible. Il voyoit avec regret le ſoleil, en ſe levant,
forcer ſes yeux à s'ouvrir à un nouveau jour, dont il ne
ſavoit comment remplir la durée. Il envioit le ſort du
Sauvage errant dans les forêts, à qui les beſoins de
la nature ne laiſſent aucun moment vuide, & dont
la vie ſe paſſe à chercher ſa proie, à la dévorer, &
à dormir.

Le chagrin & l'ennui altérerent ſa conſtitution ;
il tomba malade, refuſa tout remede, négligea
l'exercice, & végéta triſtement dans une ſituation
ſinguliere & terrible, craignant de mourir, & ne
deſirant pas de vivre. Ses gens, pendant quelque tems,
redoublerent de zele & d'aſſiduités. Mais voyant que
leurs ſervices étoient dédaignés, que leurs ſoins ne
faiſoient que l'aigrir, qu'il leur ſavoit même peu
de gré de leur attention & de leur exactitude, ils
devinrent négligens ; & celui qui naguere, com-

mandoit à tant de nations, languit souvent abandonné dans sa chambre, sans avoir un seul esclave
auprès de lui.

Dans cet état fâcheux, qui empiroit tous les jours,
il dépêcha des messagers à Abouzaïd, son fils, qui
étoit à l'armée. Abouzaïd effrayé de la maladie de
son pere, se hâta de se mettre en route pour se
rendre auprès de lui. Morad vivoit encore; il sentit ses forces se ranimer un instant en serrant son
fils dans ses bras. Après les premieres caresses, il
lui ordonna de s'asseoir à côté de son lit, & lui
parla en ces termes :

Abouzaïd, dit-il, ton pere n'a bientôt plus rien
à espérer ni à craindre des habitans de la terre. La
main de lange de la mort est étendue sur lui, &
le tombeau qui l'appelle, s'ouvre déjà pour englou-
tir sa proie. Ecoute les derniers avis d'une longue
expérience; & que la voix de l'instruction ne frappe pas inutilement ton oreille.

Tu m'as vu heureux & malheureux. Tu as été
témoin de mon élévation & de ma chûte. Mon pouvoir est dans les mains de mes ennemis; mes trésors dans celles de mes accusateurs; mais la clémence de l'empereur a épargné l'héritage de mes
peres, & son courroux n'a pu m'enlever ma sagesse.
Tourne les yeux autour de toi : tout ce qu'ils apperçoivent t'appartiendra dans peu de momens. Ecoute mes conseils; ils peuvent t'apprendre à te contenter de tes possessions; elles suffisent pour te rendre
heureux.

O mon fils, n'aspire point aux honneurs publics;
ne mets jamais le pied dans les palais des rois.
Ton bien te mettra à l'abri des humiliations insé-
parables de la misere, & ta modération te préser-
vera de l'envie. Contente-toi de vivre en particulier; fais jouir tes amis de tes richesses; sois bien-

faisant. La plus douce jouissance du cœur est d'être aimé de tous ceux dont on est connu : recherche-là. Dans le tems de ma gloire & de ma prospérité, voyant tous les mortels au dessous de moi, & un seul au dessus, je disois à la calomnie : qui t'écoutera ? & à l'artifice : que peux-tu ? mon fils, ne méprise jamais la malice du foible ; souviens-toi que le venin supplée à la force, & que le lion peut périr de la piquûre d'un reptile.

Morad expira peu de momens après avoir tenu ce discours. Le tems du deuil étant écoulé, Abouzaïd réglant sa conduite sur les conseils de son pere, ne s'occupa qu'à mériter l'estime & l'amitié générales, par tout ce qu'il jugea propre à se les concilier. Il pensa sagement qu'il devoit commencer par assurer son bonheur domestique. Personne, en effet, ne peut nous faire autant de bien & autant de mal que ceux qui nous environnant sans cesse, sont témoins de nos négligences, écoutent les saillies d'une gaieté quelquefois inconsidérée, & épient les mouvemens des passions, que l'on ne contraint pas toujours devant eux. Il augmenta, en conséquence, le salaire de tous ses gens ; & il crut exciter leur émulation, & fortifier leur attachement par les gratifications extraordinaires dont il payoit les services rendus par le zele de ceux qui ne se contentoient pas de remplir leur devoir.

Pendant qu'il se félicitoit de la fidélité & de l'affection de ses domestiques, des voleurs se glisserent un soir dans sa maison. Ils furent découverts, poursuivis & saisis. Ils déclarerent qu'un valet les avoit introduits ; & ce valet, interrogé, avoua qu'il leur avoit ouvert la porte, par dépit de ce qu'on en avoit confié la clef à un autre, qu'il n'avoit pas cru mériter plus de confiance que lui.

Abouzaïd lui pardonna ; mais il reconnut avec

peine qu'il n'est pas aisé de faire un ami de son valet, & que parmi les hommes qui étant dans notre
dépendance aspirent au premier rang dans notre faveur, on ne peut en préférer un sans se faire des
ennemis de tous les autres.

Il résolut de rechercher ses égaux, qui seuls pouvoient lui offrir des amis ; & il choisit des compagnons de sa solitude & de ses plaisirs parmi les
principaux habitans de sa province. Il eut d'abord
lieu d'être satisfait de sa nouvelle société. Il vécut
heureux avec elle pendant quelque tems. Mais ce
tems ne dura que jusqu'à ce que la familiarité eut
chassé la réserve, & que chacun se jugea libre de
donner carriere à ses volontés, à ses caprices & à
ses opinions. Alors ils se troublerent mutuellement,
par leurs goûts contraires & l'opposition de leurs
sentimens. Abouzaïd se vit dans la nécessité d'en dégoûter plusieurs, en se déclarant pour quelques-uns,
ou de les mécontenter tous, en ne prenant aucun
parti.

Il crut devoir éviter toute liaison trop étroite avec
des êtres d'une nature si discordante, & se répandre dans un plus grand cercle. On le vit, en conséquence, prendre le sourire d'une politesse générale,
inviter tout le monde à sa table, mais se dispenser
d'admettre aucun de ses convives dans la solitude
de son cabinet. Plusieurs personnes piquées d'avoir
été dédaignées, lorsqu'il fit le premier choix de ses
amis, refuserent de se lier avec lui. Ceux que l'a-
bondance, la magnificence & la délicatesse attiroient à sa table, aspirerent bientôt à son intimité ;
& chacun, se voyant traité comme les autres, mur-
mura de ne l'être pas avec une distinction qu'il
croyoit mériter. Par degrés, tous firent des avances. Abouzaïd, fidele à son plan, n'en reçut aucune, & voulut conserver l'égalité. Tous le quitte-

rent bientôt. Sa table se couvrit vainement des mets les plus exquis ; une musique délicieuse se faisoit entendre dans son palais désert. Il se vit abandonné, & libre de former dans sa solitude de nouveaux plans de bonheur & de plaisir.

Il résolut d'essayer la force de la reconnoissance ; & s'informant des savans & des artistes dont le mérite languissoit dans la pauvreté, il les appella auprès de lui, & s'empressa de réparer à leur égard l'injustice de la fortune. Sa maison fut bientôt remplie de poëtes, de peintres & de sculpteurs attirés par l'abondance, & empressés d'employer leurs talens à célébrer leur protecteur. Mais, en peu de tems, ils oublièrent la misere dont il les avoit tirés. Ils commencerent à ne regarder leur patron que comme un homme d'une intelligence bornée, devenu grand & riche par le hasard de la naissance, & qui étoit plus que payé de ses bienfaits par leur condescendance à les accepter. Abouzaïd les entendit un jour, & n'eut rien de plus pressé que de les renvoyer. Ses yeux, dès ce moment, cesserent de voir le coloris brillant des tableaux où on l'avoit peint, tendant une main protectrice aux beaux-arts ; & son oreille se ferma pour jamais aux éloges.

Pendant que les enfans des muses & des arts le menaçoient de le couvrir d'une infâmie éternelle, & s'éloignoient avec une rage que devoient bientôt remplacer les regrets, Abouzaïd, qui étoit sur sa porte, appella le poëte Hamet.

Hamet, lui dit-il, j'avois des espérances cheres à mon cœur ; ton ingratitude & celle de tes compagnons les ont détruites, & mettent fin à mes expériences. Je vois, à présent, la vanité des efforts de l'homme droit, qui aspire à la bienveillance universelle. Je me contenterai à l'avenir de

faire le bien , & d'éviter le mal , sans m'embarrasser de l'opinion des hommes ; & je ne vais plus
m'occuper qu'à mériter les bontés de cet être à qui
seul nous sommes sûrs de nous rendre agréables,
en cherchant à lui plaire.

LA LEÇON.

Digby depuis quarante ans rempliſſoit avec intégrité les fonctions de juge de paix dans le Whiltshire.
Il n'avoit qu'un fils unique qui devoit hériter de ſes
biens ; il l'aimoit avec une tendreſſe qu'il ne lui témoignoit pas ; il le traitoit au contraire avec une
ſévérité repouſſante, dont ſon fils gémiſſoit ſouvent
en ſecret. Digby croyoit par cette conduite rendre
ſon fils plus timide, plus reſpectueux, & le préſerver,
par la crainte qu'il lui inſpiroit, de bien des écarts
trop communs à la jeuneſſe, & qui l'auroient affligé.
Il ſe trompa, & il le pouſſa à une faute par ces principes mêmes de ſévérité qu'il avoit jugé propres à la
prévenir.

Le jeune homme chercha dans le voiſinage des
conſolations aux chagrins qu'il trouvoit dans la maiſon paternelle. Miſſ Jenni lui en offrit ; elle étoit
jeune, aimable & ſenſible comme lui ; il ne tarda
pas à l'aimer & à s'en faire aimer. Il n'aſpiroit qu'à
s'unir à elle par des nœuds éternels ; mais il n'oſoit
les former à l'inſu de ſon pere ; & comment obtenir
ſon conſentement ? Miſſ Jenni n'avoit point de
fortune.

L'amour du jeune Digby augmentoit cependant ;
ſa maîtreſſe y répondoit ; il la voyoit tous les jours ;
on ne veilloit point exactement ſur eux ; on leur laiſ-
ſoit une trop grande liberté, & ils en abuſerent. Le
bonheur de Digby lui donna bientôt des remords ;
les larmes de Jenni l'empoiſonnerent ; il ne pouvoit
les ſécher qu'en lui donnant le titre de ſon épouſe ;
il ſurmonta ſa timidité, & alla ſe jetter aux pieds

de son pere. Le vieillard qu'il s'étoit flatté d'attendrir, ne voulut pas entendre parler d'un pareil hymen ; en vain son fils lui avoua la foiblesse qui le rendoit nécessaire ; il fut inflexible, & il le menaça de le déshériter s'il osoit l'accomplir.

Dans le moment qu'il rebutoit le jeune homme avec dureté, il fut appellé à son tribunal, où l'on avoit conduit une femme d'un certain âge, accusée de vol, & sur-tout d'avoir porté l'opprobre dans plusieurs familles, en séduisant de jeunes personnes, & les arrachant des bras de leurs meres, pour les livrer au crime & à l'infamie. Le vieux Digby examina les chargés, & interrogea la coupable, qui répondit en pleurant ; il signa l'arrêt qui la condamnoit.

On alloit la conduire en prison, en attendant le jour de son supplice, lorsque levant les yeux sur son juge, elle le supplia de vouloir bien l'entendre en particulier, parce qu'elle avoit, disoit-elle, des secrets qu'elle ne pouvoit révéler qu'à lui.

Tout le monde sortit. Je suis coupable, dit-elle, dès qu'elle se vit seule avec lui. Vous me condamnez, vous le devez. Ma douleur est de périr en ces lieux, & que ce soit vous qui m'envoyez à la mort. Ciel ! s'écria Digby, en l'examinant ; me trompé - je ? seroit-ce vous ?... — Oui, je suis Lucie Watson, cette infortunée que vous avez aimée, que vous avez séduite & abandonée à la misere, à l'opprobre, & aux crimes que vous punissez. Je ne pus rester dans ma patrie après ma foiblesse, après le refus que vous fîtes de la réparer. Je me rendis à Londres, j'y grossis le nombre de ces malheureuses victimes de la séduction, livrées à la honte & au libertinage par une premiere démarche imprudente. J'ai vieilli dans l'avilissement, le mépris & la misere ; j'ai soutenu, par le crime, la vie que je vais perdre ; vous fûtes mon séducteur ; vous êtes aujourd'hui mon juge ;

vous avez prononcé sur mes égaremens ; & vous en fûtes l'unique auteur. Sans vous, j'aurois vécu tranquille dans le sein d'une famille vertueuse, dont j'aurois fait la félicité, & dont je fais le désespoir & la honte.

Voilà le secret que j'avois à vous révéler. Si mon sort vous attendrit, si vous voulez réparer vos torts envers moi, pressez mon supplice ; & délivrez-moi de l'horreur de vivre.

Digby ne répondit point, il n'en avoit pas la force. Lucie Watson apperçut son trouble & s'en applaudit ; elle étoit vengée. Elle rappella elle-même ceux qui étoient sortis, & demanda qu'on la récon-duisît dans sa prison ; le juge n'avoit plus la force d'en donner l'ordre ; il resta dans l'accablement le plus profond, s'accusant des crimes de son ancienne maîtresse, frémissant du devoir qui l'obligeoit à la punir, & se regardant comme bien plus coupable.

Cet événement terrible lui rappella l'aventure de son fils ; Miss Jenni l'aimoit ; elle avoit été foible ; que deviendroit-elle si elle étoit abandonnée ? oseroit-il l'exposer aux malheurs qu'avoit essuyés Lucie Watson, & à périr comme elle ? Cette idée le fit frémir ; il appella son fils, lui ordonna de le suivre, & le conduisit chez Miss Jenni.

Rassurez-vous, dit-il aux deux amans qui trembloient devant lui ; j'approuve votre amour, & je viens pour vous unir. Soyez heureux l'un par l'autre ; aimez-vous toujours ; aimez-moi, & oubliez que je me suis opposé d'abord à votre union.

Tous deux tombèrent à ses pieds. Il prit leurs mains, les joignit ensemble, les bénit, & levant ensuite les siennes vers le ciel, il le remercia de l'avoir éclairé, & le supplia de lui pardonner les er-reurs & les crimes de Lucie Watson.

ARDOSTAN.

Sur les bords de l'Indus s'élevoit un palais superbe qui, depuis plusieurs siecles, servoit de demeure aux souverains de Bravah. Ils y avoient réuni tout le luxe de l'Orient. Les bâtimens offroient à l'œil étonné les plus rares efforts de l'art, & toutes les richesses de la nature étoient rassemblées dans les jardins.

Parmi les princes qui l'avoient occupé, les uns avoient été célebres par leur magnificence, les autres par leur humanité, plusieurs par leurs victoires, & quelques-uns par le bonheur du peuple qu'ils avoient gouverné. Presque tous avoient péri, victimes de l'envie & de la malignité. Les empereurs de l'Indostan, qui en qualité de conquérans du peuple de Bravah, lui donnoient des maîtres, & les lui ôtoient à leur gré, les avoient placés sur le trône, & les en avoient fait descendre.

Ardostan venoit enfin d'y monter. Il ne vit dans son élévation qu'un moyen plus grand & plus efficace d'être utile aux hommes. Ses sujets heureux le bénirent ; le bruit de sa sagesse remplit bientôt tout l'Orient.

Un soir, en se promenant dans ses jardins, il méditoit sur ses devoirs, & sur les obstacles qui trop souvent arrêtent dans leurs vues les monarques bienfaisans. Ces spéculations sublimes, & dont peu de souverains s'occupent, prolongerent sa promenade. La lassitude le força d'entrer dans un pavillon orné des portraits des princes de Bravah, & sous les murs duquel l'Indus rouloit ses eaux majestueuses. La vue des images de ses prédécesseurs fit prendre un autre

I

cours à ses réflexions. Il se rappella la vie de ceux
dont il vouloit suivre les traces, & ses yeux effrayés
s'arrêterent sur le sort qu'ils avoient éprouvé. Il ne
put se défendre de le craindre pour lui-même.

Malheureux ! s'écria-t-il, quelle est la condition
des souverains ouvrages, & par conséquent dans la
dépendance d'une puissance supérieure, qui peut dans
un instant détruire ce qu'elle a fait ! Leurs vices &
leurs vertus contribuent également à leur perte. Si
je néglige l'intérêt du peuple qui m'est confié, si je
m'écarte des routes de la justice, les plaintes vont
s'élever de tous côtés contre moi, & portées sur les
ailes du vent, publier à la cour du Mogol, que
je suis indigne de vivre. Si je persiste dans mes devoirs, si ma justice severe poursuit le crime & récompense la vertu, le vice négligé ou puni employera
contre moi ses artifices, & innocent ou coupable,
je serai toujours sa victime.

Le génie Bajul entendit les plaintes d'Ardostan,
& parut aussi-tôt devant lui. Enfant de la poussiere,
lui dit-il, quelles sont tes craintes? ton amour pour
une existence frêle & passagere, peut-il balancer un
instant dans ton cœur l'intérêt éternel de la vertu?
Imite les héros qui jusqu'à présent t'ont servi de modele ; & sans regarder leur sort, songe à leur gloire,
à l'amour de leurs peuples, aux larmes qu'excite encore leur souvenir. Dût ton regne être aussi court que
le leur, & finir de même, mérite d'être aimé &
pleuré comme eux. Tu partageras leur félicité ; ta
place est déja marquée à leurs côtés dans les jardins délicieux destinés pour la demeure des bons
rois.

Puissant Bajul, répondit Ardostan en s'inclinant
avec respect, pardonne ces foiblesses à un enfant de
la mort ; mais daigne éclaircir mes doutes. N'est-ce
point ta bienfaisance pour les habitans de la terre,

qui te fait encourager la vertu par l'espoir des récompenses à venir? Ces récompenses existent-elles en
effet? n'est-ce point une belle fable, dont l'unique but
est de consoler les hommes, & d'adoucir les amer-
tumes de la vie par la perspective d'une félicité à
laquelle on ne peut atteindre?

Le génie disparut. Ardostan regardoit son départ
avec chagrin, & lui reprochoit en secret de l'affer-
mir dans son incrédulité, en refusant de lui répondre. La douleur avoit fixé ses yeux sur la terre; lorsqu'il les leva vers le ciel, il apperçut un nombre
prodigieux d'esprits, dont l'éclat annonçoit l'im-
mortalité. L'un descendit auprès du prince, que ce
spectacle rendoit immobile, & lui adressa ces mots:

Souverain de Bravah, ton doute est un crime,
mais ton cœur est bon; il mérite d'être éclairé. Les
vertus des mortels ne sont jamais perdues; elles sont
conservées dans le livre de l'éternité. Bajul nous en-
voye vers toi pour t'assurer de la vérité des récompenses futures; nous en jouissons. Vois en nous tes
prédécesseurs au trône de Bravah; tu peux nous reconnoître aux couronnes dont nos têtes sont ornées;
nous venons de les reprendre, pour t'instruire, te
convaincre & t'encourager.

Jette les yeux sur ces princes: regarde celui-ci dont
l'air est si fier & si majestueux; il s'opposa coura-
geusement aux loix impériales, qui auroient opprimé
le peuple de Bravah, & périt avec gloire en défendant ses sujets. Il n'est plus revêtu des honneurs souverains; il n'en a pas besoin. La puissance n'a été
pour lui qu'un moyen d'arriver au bonheur dont il
jouit; son nom rappelle ses vertus, & fait sa distinction; on l'appelle l'*ami des opprimés.*

Le prince que tu vois à ses côtés fut autrefois le
pere de ses sujets; il s'occupa sans cesse de leur bonheur; les heures que la nature consacre au repos, il

les employoit à méditer sur les intérêts de son peuple , & à former les plans de gouvernement les plus
propres à le rendre heureux. L'envie le représenta
comme un traître au grand empereur, & hâta son
passage aux demeures de la suprême félicité.

La plupart des autres princes que tu vois, ont été
également vertueux , & ont péri de même. Si leur
réputation, si leur félicité actuelle peuvent dissiper les
craintes que t'inspire leur sort sur la terre, continue
à pratiquer la vertu, & un jour tu viendras te joindre à nous.

Ardostan rassuré , détesta son incrédulité ; son
cœur se livra avec plus d'ardeur à sa bienfaisance
naturelle ; son gouvernement devint l'objet de l'admiration de l'Asie ; l'envie frémissante s'occupa de
sa perte ; elle parvint à lui nuire ; ses mains barbares s'étoient armées d'un trait pour lui percer le cœur ;
elles l'avoient déjà lancé : Bajul le détourna , & la
força de se contenter de la déposition d'Ardostan.

Le prince ne regretta en descendant du trône, que
le pouvoir de faire du bien. Il se retira dans une
campagne écartée. Le souvenir de ses vertus le suivit
dans sa solitude , & l'embellit ; il accompagna son
ame , lorsqu'au sortir de son corps, elle alla prendre
sa place dans le séjour éternel des bienfaiteurs de
l'humanité.

EMILIE,

OU

LES VŒUX FORCÉS.

Il n'y a point de paſſion qui ſoit plus funeſte dans ſes effets que l'ambition : elle tyrannniſe l'homme dont elle s'eſt rendu la maîtreſſe ; elle veut regner ſeule ; elle étouffe tous les autres ſentimens, & repouſſe ſouvent la nature & l'humanité, dont les cris impuiſſans ne ſont plus entendus.

Dorval devoit au commerce ſa fortune qui étoit conſidérable ; il en jouiſſoit en paix ; une femme qu'il aimoit, & deux filles, Marianne & Emilie, compoſoient ſa famille. Il paſſoit pour le pere le plus heureux ; les époux envioient ſon ſort ; aucun nuage n'avoit altéré ſon bonheur ; l'uſage qu'il faiſoit de ſes richeſſes, lui attiroit l'eſtime publique ; le malheureux n'imploroit jamais en vain ſes ſecours ; ſes bienfaits alloient le chercher, & l'ingratitude ne pouvoit les ſuſpendre ; tous les cœurs honnêtes le béniſſoient ; l'envie même étoit forcée de le reſpecter ; Dorval enfin étoit heureux ; il ne tenoit qu'à lui de l'être toujours.

Marianne entroit dans ſa vingtieme année ; elle joignoit à l'éclat de la beauté les agrémens de l'eſprit ; une foule d'amans s'empreſſoit auprès d'elle ; mais aucun n'avoit pu l'attendrir ; ſon cœur ſembloit attendre le choix de ſes parens pour ſe décider.

Emilie, moins âgée de deux ans que ſa ſœur, moins belle & moins réguliere dans ſes traits, étoit

cependant plus aimable ; la tendreffe faifoit le fond
de fon caractere ; fes yeux peignoient la fenfibilité
de fon ame ; elle éprouvoit le befoin d'aimer ; mais
la raifon regloit ce mouvement fecret ; elle ne vouloit diftinguer perfonne fans la confulter. Elle exa-
minoit ceux qui cherchoient à lui plaire ; leurs agrémens la féduifoient quelquefois ; mais l'illufion ne
duroit pas long-tems ; la réflexion la faifoit bientôt
difparoître.

Emilie vouloit être aimée, comme elle fentoit
qu'elle aimeroit elle-même ; fa délicateffe la préferva
d'un choix qui eût pu la rendre malheureufe. Ses in-
certitudes fe fixerent enfin. Valcourt lui fut préfenté.
Né d'une famille honnête, deftiné à remplir une place
importante dans fa province, il étoit eftimé de ceux
qui le connoiffoient ; fon caractere tendre, généreux,
bienfaifant, n'étoit point ignoré d'Emilie ; elle ne le
vit pas fans émotion ; elle ne put s'empêcher de défirer
qu'il s'attachât à elle ; ce fouhait fut exaucé.

Valcourt étoit fenfible ; fon cœur cherchoit auffi
l'objet qui devoit l'occuper ; il le trouva dans Emilie. Il ne craignit point de lui avouer les fentimens
qu'elle lui infpiroit. Sa déclaration fut tendre ; elle
avoit ce ton de fincérité qui caractérife l'amour véritable, & que le menfonge tenteroit en vain d'i-
miter. Emilie ne s'y méprit pas ; elle y répondit
avec franchife, fans emprunter le mafque impof-
teur d'une fierté ridicule, que le cœur dément prefque toujours ; elle s'éleva au-deffus de ce code rigoureux des bienféances, auquel fon fexe s'eft affujetti,
qui ne fuppofe pas toujours la pudeur & la vertu,
dont il n'eft bien fouvent que l'apparence.

Rien ne s'oppofoit au bonheur des deux amans ;
toutes les convenances fe réuniffoient en leur faveur.
Dorval & fon époufe approuvoient leurs fentimens
mutuels ; ils fe propofoient de les unir ; ils attendoient

que Marianne eut auffi fait un choix; ils vouloient célébrer à la fois deux hymens, rendre leurs filles heureufes, & jouir du fpectacle de leur félicité. Cet arrangement flattoit leur tendreffe; il ne fut jamais qu'un projet. Leurs réfolutions changerent; ils écouterent l'ambition, & l'infortune fut leur partage.

Le marquis de Miranville étoit venu paffer quelques mois chez une parente qui faifoit fon féjour dans la même ville où Dorval étoit établi depuis long-tems. Ses ancêtres avoient joui fous nos premiers rois des diftinctions les plus honorables; ils ne lui avoient laiffé pour héritage que leur nom & le fouvenir de leurs grandeurs. Le marquis regrettoit moins leurs vertus que leurs richeffes; il eut tout facrifié pour recouvrer ces dernieres. Il ne tarda pas à être inftruit de celles de Dorval; il fe plaignit de l'injuftice de la fortune qui le maltraitoit, tandis qu'elle fervoit fi bien un particulier obfcur qui n'avoit point de rang à foutenir; il oublioit que ce particulier ne devoit fes faveurs qu'à des travaux pénibles; il réfolut de s'en approprier le fruit. Il fit à Marianne l'honneur de la rechercher; il fe flatta que Dorval n'héfiteroit point d'acheter fon alliance par le don de tous fes biens, & s'imagina encore qu'il lui auroit beaucoup d'obligation. A peine eût-il formé ce projet, qu'il en fit part à fa parente. Celle-ci l'approuva; mais elle craignit pour le fuccès. La fageffe & la probité de Dorval lui étoient connues; elle jugea qu'il falloit employer beaucoup d'art & de ménagemens dans cette affaire; elle fe chargea de la conduire.

Pendant que le marquis alloit déclarer à Marianne la paffion qu'elle lui avoit infpiré, & qu'il tâchoit de l'en convaincre, Madame de... répandoit dans la ville qu'un financier puiffamment riche, cherchant à s'illuftrer par une grande alliance, la faifoit solliciter vivement de déterminer son parent à donner la main à sa fille ; elle vantoit, sur-tout, les avantages considérables qu'il proposoit ; il offroit de racheter un duché qui avoit autrefois appartenu à la famille du marquis. Elle sembloit désirer avec ardeur un hymen qui le remettroit dans l'éclat dont avoient joui ses ancêtres.

Ces nouvelles firent bientôt l'entretien de tout le monde ; personne n'ignoroit les titres du marquis, & les droits qu'il avoit à toutes sortes d'illustrations ; on s'étonna de sa lenteur à conclure une affaire aussi avantageuse ; on crut trouver le motif de son indifférence dans l'amour qu'il avoit pour Mariamne. Elle auroit fait un parti aussi brillant si elle eût été fille unique ; si elle n'avoit eu personne qui dût partager avec elle l'héritage de son pere, elle auroit pu offrir les mêmes avantages au marquis. Ses égales qui l'auroient vue avec chagrin s'élever au-dessus d'elles, se réjouissoient de lui voir une sœur.

Dorval informé de tout par le bruit public, ébloui de l'éclat de cette alliance, regretta intérieurement d'avoir plus d'un enfant. Quelle n'auroit pas été sa joie, s'il eût pu voir sa fille duchesse ! Toutes les idées de faste & de grandeur occupoient son esprit ; mais il les renfermoit en lui-même ; il n'osoit pas les laisser éclater au-dehors. Sa femme moins prudente & plus ambitieuse l'en entretenoit à chaque instant. Elle voyoit dans cet établissement sa gloire, son bonheur ; elle auroit été ravie de pouvoir humilier les femmes de sa province ; elle désiroit le mariage de sa fille avec le marquis qui seroit bientôt duc ; il sembloit que l'illustration de Mariamne devoit l'illustrer elle-même. Dorval l'écoutoit & applaudissoit ; son ambition s'éveilloit ; ses désirs prenoient plus de force, & ses regrets étoient plus amers.

Le marquis qui épioit les mouvemens les plus secrets de leurs cœurs, ne manqua pas de les pénétrer ; il en profita pour faire des ouvertures à Madame Dorval ; elles furent reçues comme il le désiroit ; mais il ne s'avança qu'autant qu'il étoit nécessaire. Il lui fit connoître son amour pour Marianne, lui laissa entrevoir qu'il souhaitoit de s'unir à elle, & ne s'expliqua pas davantage.

Il en falloit moins pour tourner la tête de Madame Dorval ; elle sentit augmenter ses espérances ; elle en fit part à son mari qui ne les adopta pas avec moins de transport. Leur joie ne leur permit pas de se taire ; ils confièrent à quelques amis, que M. de Miranville préféroit Marianne à la personne qu'on lui proposoit. Ces amis ne furent pas plus discrets ; la demande du marquis fut bientôt publique.

Madame de... n'attendoit que ce moment pour porter le dernier coup ; elle parut apprendre cette nouvelle la dernière ; elle affecta d'en montrer du chagrin ; elle fit des reproches à son parent de la précipitation avec laquelle il avoit agi sans la consulter ; elle eut soin de rendre une grande assemblée témoin de ces reproches. Elle exhorta le marquis à réfléchir sur sa situation, à peser les deux alliances, à ne pas sacrifier à l'amour ce qu'il devoit à son nom, à sa famille, qui jamais ne souffriroit qu'il se perdît, comme il étoit sur le point de le faire. Si Marianne étoit seule, ajouta-t-elle, je n'aurois point d'objection ; je la préférerois ainsi que vous ; mais Émilie diminuera de beaucoup sa fortune ; tout vous ordonne de renoncer à vos projets, d'oublier votre amour ; il n'y a qu'une chose qui vous permît de l'espoir : ce seroit qu'Émilie prît le parti de la retraite ; mais vous ne devez pas le désirer, & quelque envie que j'aye de vous voir heureux, je n'oserois pas le conseiller.

Ce discours fut appuyé par tous ceux qui composoient l'assemblée. Le marquis n'y répondit pas ; il parut convaincu, mais déchiré par un désespoir secret.

Dorval & sa femme apprirent bientôt ce qui s'étoit passé, ce qui s'étoit dit ; ils rêverent aux moyens de triompher des obstacles qui s'opposoient à leurs vœux ; ils n'en trouverent point d'autre que celui qu'avoit indiqué Madame de...., la retraite d'Emilie. Madame Dorval s'écria aussi-tôt qu'elle étoit nécessaire, & qu'il n'y avoit pas à balancer ; son époux soupira, & finit par en convenir ; elle se mit sur le champ à exalter les charmes de la vie religieuse, la paix qui regne dans les cloîtres ; elle assura que c'étoit le seul état qui convînt à Emilie, & elle conclut qu'elle seroit heureuse.

Le marquis arriva dans ce moment ; la douleur étoit dans ses regards, & annonçoit le trouble dans son cœur. Dorval ne douta point que ce ne fut l'effet des reproches de Madame de... Il s'empressa de le consoler, en lui apprenant ce qu'il avoit résolu de faire pour lui. Le marquis lui témoigna la plus vive réconnoissance, gémit de ce sacrifice pour lequel il montra beaucoup de répugnance, mais dont il sentoit la nécessité, puisque, sans cela, sa famille ne consentiroit jamais à son bonheur. Dorval l'assura que c'étoit une affaire finie ; il traita sur le champ des arrangemens qu'exigeoit ce mariage, n'oublia pas le duché dont il avoit été question, se chargea de toutes les dépenses, & pressa Miranville de ne rien négliger pour obtenir l'aveu du monarque. Sa femme enchantée se plaisoit à s'arrêter sur tous ces détails de grandeur, & exhortoit son mari à se rendre digne, par sa généreuse complaisance, de la préférence que le marquis donnoit à sa fille sur celle du financier. Dès que tout fut arrêté ainsi qu'elle le desiroit, elle songea à déterminer Emilie à prendre le voile.

Cette jeune infortunée ignoroit encore le fort qu'on lui préparoit ; elle favoit celui qu'on deftinoit à fa fœur ; elle le voyoit fans envie ; elle préféroit Valcourt au rang & aux dignités ; elle fe réjouiffoit de l'établiffement de Marianne, qui devoit accélerer le fien ; elle n'imaginoit pas qu'il pût lui nuire ; elle s'entretenoit avec fon amant de leur union prochaine ; tous deux ne s'occupoient que de cette idée ; ils fe faifoient part mutuellement de leurs projets de félicité ; ils s'affuroient de fe rendre heureux l'un l'autre ; leur imagination s'élançant dans l'avenir, fe plaifoit à goûter d'avance la fatisfaction dont ils devoient jouir ; ils fe promettoient une vie douce & tranquille ; leurs efpérances furent trompées ; l'effet n'y répondit point, & le bonheur dont ils fe flattoient fut une illufion qui ne fe réalifa jamais.

Valcourt venoit de fortir ; Emilie feule adouciffoit l'ennui que lui laiffoit l'abfence de fon amant, en penfant à lui. Elle fe difoit avec tranfport, bientôt il ne me quittera plus ; nous habiterons la même demeure ; nous ferons toujours enfemble ; je le verrai fans ceffe ; je ne pleurerai jamais fon départ ; je n'aurai point à fouhaiter fon retour ; nous allons être unis ; rien ne pourra m'empêcher de lui donner les témoignages les plus touchans de ma tendreffe ; mes careffes feront un devoir ; je recevrai les fiennes fans rougir ; nous ne craindrons point d'être furpris par des témoins indifcrets ; tout le monde applaudira à notre félicité.

Pendant qu'Emilie fe livroit à ces réflexions délicieufes, fa mere parut devant elle & les interrompit. Ma fille, lui dit-elle, je vous ai toujours aimée ; voici le moment de répondre à mes fentimens, & de me donner des preuves du retour dont vous les payez. La fortune a tout fait pour votre pere ; elle s'apprête à ajouter une derniere faveur à celles dont

elle l'a déjà comblé; le marquis de Miranville nous
fait l'honneur de s'allier à nous; il demande la main
de Mariamne; il va l'élever à un rang auquel nous
n'aurions jamais osé prétendre; une carriere brillante
s'ouvre devant elle; l'éclat qui doit l'environner re-
jaillit sur nous; c'est à nous de mériter la gloire à laquelle le marquis nous appelle; notre fortune entiere
ne suffiroit pas pour la payer; nous devons tâcher de
lui offrir les avantages qu'un autre établissement lui
présentoit, & Mariamne n'est digne de lui qu'avec
toutes nos richesses. Vous sentez que la part que vous
pouvez prétendre, dérangeroit les projets flatteurs que
nous avons formés; nous espérons que vous n'y met-
trez point d'obstacles.

Ah! ma mere, s'écria Emilie, avez vous cru
que l'intérêt put me rendre injuste envers les auteurs
de mes jours? mon pere est maître de ses biens,
qu'il en dispose à sa volonté; est-ce à moi qu'il con-
viendroit de désapprouver ses arrangemens? je connois sa tendresse & la vôtre pour moi; réglez vous-
même ma fortune; quel que soit mon partage, ce
sera vous qui l'aurez fait; il me sera toujours cher
& précieux. — Je reconnois ma fille à ce désinté-
ressement, à sa soumission à nos volontés; c'est avec
regret que je lui annonce que sa part ne peut qu'être
très-bornée; elle ne lui suffiroit pas pour vivre dans
le monde; c'est à elle à choisir l'état qui lui convient le mieux; elle n'en a pas d'autre que le célibat & la retraite. Oui ma fille, ajouta-t-elle en
voyant l'étonnement d'Emilie; c'est au cloître que
vous êtes destinée; vous en connoîtrez bientôt les
avantages; vos jours y couleront en paix; vous y
vivrez avec Dieu; vous plaindrez les infortunées at-
tachées au monde, & exposées aux dangers qui les
environnent; vous nous remercierez du soin que nous
aurons pris de votre bonheur.

Qu'entends-je ? juste ciel , s'écria douloureusement Emilie! est-ce vous qui me parlez ma mere? quel projet avez-vous conçu? seroit-ce aussi le dessein de mon pere? avez-vous oublié que Valcourt...? Vous me l'aviez destiné; mon cœur n'est plus à moi; il m'est impossible d'en disposer; hélas! c'est de votre aveu que je l'ai donné à Valcourt! — Si vous nous avez obéi alors, il faut nous obéir encore; vous vous êtes soumise au premier ordre, nous attendons une soumission égale pour le second. — Ah , ma mere! le pourrai-je ?... non jamais... — Ma fille, je vous l'ai déjà dit, un intérêt puissant ne nous permet plus de penser à Valcourt; nous avons donné notre parole au marquis; la condition dont je vous ai parlé, & que vous devez remplir, est la base du traité que nous avons fait. Allez vous disposer à partir dans deux jours, & ne me repliquez que par votre obéissance.

Quel arrêt! quel coup de foudre pour Emilie! au moment où elle se se flattoit d'un bonheur assuré, on la condamnoit à y renoncer; il falloit quitter Valcourt, le fuir pour jamais, oublier son amour, élever une barriere éternelle entre elle & lui! La mort la plus cruelle lui paroissoit préférable; survivroit-elle à cette perte? Valcourt lui-même y pourroit-il survivre? elle connoît son cœur, elle se le représente déjà déchiré par le désespoir, errant autour des murs affreux qui vont l'enfermer, la redemandant sans cesse, l'appellant à grands cris, la conjurant de ne point consentir au sacrifice horrible qu'on exige d'elle. Ah! si elle n'écoutoit que son amour, elle pourroit se dérober à la persécution, & trouver, sous un ciel étranger, un asyle contre la tyrannie. Cette idée enflamme son imagination troublée. Elle connoît l'ambition de ses parens, elle sent qu'elle étouffera toujours leur tendresse, & fermera leurs cœurs à ses plaintes; elle est presque résolue d'abandonner

donner ces barbares qui sont déterminés à l'immoler ;
mais le cri de la nature, la voix de la religion,
le frein sacré de l'honnêteté la retiennent sous le poids
accablant de l'autorité.

Que fera-t-elle cependant ? à qui aura-t-elle recours pour détourner le coup qui la menace ? Son
inflexible mere voudra être obéie ; son pere joindra
ses ordres ; elle n'a plus d'appui ; elle ne peut se dif-
simuler que tous deux ont pris, de concert, cette résolution funeste, & que dans une occasion où leur
vanité est si fortement intéressée, elle doit s'attendre
aux procédés les plus durs & les plus violens !

Dans cet état déchirant elle vole à l'appartement
de sa sœur ; elle lui montre ses larmes, son désespoir, implore sa générosité, la conjure avec ce cri
de l'ame qui pénétre, qui attendrit les cœurs, de
ne point l'abandonner dans une circonstance aussi
cruelle, de la conseiller, de l'aider à fléchir ses parens, à désarmer leur sévérité.

Mariamne aimoit sa sœur ; elle fut touchée des
pleurs qu'elle répandoit dans son sein ; elle essaya de
la consoler ; elle employa vainement tous les raisonnemens que la pitié lui suggera. Elle ne voyoit
aucune ressource. Son cœur n'étoit point sensible à
l'amour, mais il l'étoit à l'ambition ; elle n'aimoit
dans le marquis que le rang qu'il pouvoit lui donner ;
la chimere des grandeurs l'avoit aussi éblouie ; elle
voyoit avec douleur qu'elle ne pouvoit s'élever que
par l'infortune d'Emilie ; cela seul empoisonnoit sa
joie ; mais ne la faisoit pas renoncer à ses espérances. Sa sœur protestoit qu'elle ne pourroit jamais consentir à ce sacrifice affreux, qui outrageoit également la nature & la religion. Quand même il me
seroit possible de renoncer volontairement à Valcourt,
disoit-elle, je n'embrasserois pas l'état qu'on me propose ; j'ai toujours eu la plus grande aversion pour le

cloître ; le peu de tems que j'y ai passé, m'a suffi pour me convaincre que toutes les affections de mon ame étoient directement opposées à la vie monastique. Ah! ma sœur, comment irois-je porter aux pieds des autels un cœur rempli d'amour, & qui démentiroit les sermens que l'on me contraindroit de prononcer? comment traîner mes jours dans le supplice continuel de brûler de feux profanes , & de les combattre inutilement? Sauvez-moi, si vous le pouvez, des horreurs que j'envisage ; si mon pere & ma mere m'abandonnent, que je trouve du moins ma sœur, qu'elle me plaigne, qu'elle sente mes maux! hélas! vous ne pouvez en connoître l'étendue; vous n'aimez pas comme j'aime ; vous ignorez les tourmens qui accompagnent l'amour malheureux... Et pourquoi le mien l'est-il? Il y a peu d'instans que je n'aurois pas imaginé qu'il pût le devenir! Ma sœur... c'est votre élévation qui me perd... pardonnez... ce reproche m'est échappé malgré moi ; hélas! mon cœur vous rend justice! Je sais que vous n'acheteriez pas votre établissement aux dépens du repos de ma vie ; vous ne seriez pas heureuse, je le sais ; mais vous qui procurez à mon pere, à ma mere, l'illustration qu'ils envient , parlez-leur, ils vous écouteront peut-être.

Mariamne pleuroit; l'amitié qu'elle avoit pour sa sœur, & l'ambition combattoient dans son ame ; cette derniere triomphoit. Emilie, lui répondit-elle, vous me voyez pénétrée de vos douleurs ; mais que puis-je? nos parens ont décidé; il seroit inutile & même dangereux de vouloir leur résister aujourd'hui ; attendons tout du tems ; laissons passer quelques jours ; c'est en cédant à l'orage qu'on parvient quelquefois à en éviter les effets. La résistance ne ferait qu'aigrir notre pere , & le confirmer dans sa résolution ; feignez de vous soumettre ; le tems , la réflexion , la nature , le rendront bientôt à la raison ; comptez du moins, comptez fur la tendreffe de votre fœur ; jamais elle ne confentira à votre infortune. En difant ces mots, elle la preffoit tendrement dans fes bras, la couvroit de fes larmes, & gémiffoit avec elle.

Emilie paffa la nuit à réfléchir fur le confeil que lui avoit donné fa fœur ; elle ne pouvoit fe réfoudre à feindre, à tromper fes parens ; elle pleuroit fans fe déterminer. Le lendemain, Valcourt fe préfente à fes yeux ; inftruit de ce qui fe préparoit contre lui, il venoit conjurer Emilie de ne point l'oublier, de réfifter aux nouveaux ordres de fon pere, qui ne devoient pas être plus puiffans que ceux qu'il lui avoit donnés auparavant de l'aimer ; fon amante lui peignit fa fituation cruelle, lui demanda fes avis, & lui fit part de fa converfation avec fa fœur. Valcourt l'exhorta à la fermeté ; il la pria de l'oppofer à tout ce qu'on exigeroit d'elle ; il ne voulut point qu'elle parût céder ; il ne pouvoit foutenir l'idée de voir fortir de fa bouche la promeffe de faire des efforts pour l'oublier ; fon amour délicat s'alarmoit de la feinte même. Il fe propofa d'agir de fon côté, de parler à Dorval, de lui faire parler, de réclamer fa parole qu'il avoit engagée. Il ne perdit point de tems, il commença dès l'inftant les démarches néceffaires ; elles n'aboutirent qu'à lui faire donner la certitude de fon malheur. Dorval retira fa parole, anéantit les premiers engagemens qu'il avoit pris, & défendit fa maifon à Valcourt.

L'infortunée Emilie reçut de nouveaux ordres de fe préparer à la retraite, & de renoncer à fon amant ; fon accablement augmenta ; fes pleurs ne touchèrent point fes parens ; Marianne feule parut fenfible à fes peines ; elle lui rappella le confeil qu'elle lui avoit donné la veille, lui montra combien il étoit important de le fuivre, & la fit réfléchir fur l'effet qu'avoit déjà produit fa réfiftance. Emilie fe laiffa

perſuader : elle dit qu'elle ſe ſoumettoit ; ce mot ſem-
bla lui rendre la tendreſſe de ſes parens ; elle eſpéra
qu'en effet elle parviendroit à les toucher ; elle ne ſongeoit pas qu'ils vouloient abſolument ce ſacrifice ;
que leur amitié, qui n'étoit qu'à ce prix, ſe change-
roit infailliblement en haine, auſſi-tôt qu'elle déſo-
béiroit.

Dès le lendemain, Emilie fut conduite dans le
couvent, d'où elle ne devoit plus ſortir. Dès que la
porte fut fermée ſur elle, & qu'il y eut une grille
entre elle & ſa mere qui l'avoit amenée, celle-ci lui
ſignifia qu'elle prendroit l'habit dans un mois. Ce
mot terrible fit ſur ſon cœur l'effet d'un coup de poignard ; elle réuſſit cependant à cacher combien elle
y étoit ſenſible ; & ſa mere ſe retira, perſuadée qu'elle
obéiroit.

Il importoit ſur-tout aux vues qu'on avoit ſur elle,
de lui ôter toute communication avec ſon amant :
& l'on penſe bien que la prudence de Madame
Dorval ne fut pas en défaut de ce côté là. Valcourt
avoit été congédié : on jetta le myſtere le plus profond ſur la retraite d'Emilie ; le malheureux jeune
homme la croyoit encore dans la maiſon de ſon
pere, dont l'accès lui étoit défendu ; il ſe conſumoit
dans les larmes, ſans pouvoir lui faire connoître ſa
ſituation, ſans pouvoir s'inſtruire de la ſienne ; ſon
amante étoit encore plus malheureuſe.

Les ſaintes filles dont elle devoit être la compagne, & qu'on avoit intéreſſées par l'eſpoir d'une dot
conſidérable, formoient autant d'Argus dont les yeux
étoient ſans ceſſe ouverts ſur elle, & qui joignoient
à la plus exacte vigilance tous les artifices de la ſé-
duction. Rien ne fut oublié pour déterminer ſa voca-
tion ; ſa réſiſtance ſembloit redoubler les attaques ;
chaque jour elle avoit mille aſſauts, mille combats
à eſſuyer. Les directeurs, les chapelains, les meres,

les converſes l'aſſiégeoient ſans ceſſe, & ſe diſpu-
toient à l'envi l'honneur de ſa défaite.

On lui peignoit des couleurs les plus effrayantes
les écueils & les dangers du monde, les chagrins,
les revers, les diſgraces inévitables dans toutes les
conditions qui partagent la ſociété ; on ne voit dans
le ſiecle que perfidies, injuſtices, trahiſons, noirceurs ; la maſſe des mœurs eſt corrompue ; tout ce
que la religion a de plus ſacré eſt devenu l'objet de
la dériſion des libertins ; l'impiété, l'athéiſme ont
par-tout des écoles publiques, & s'élevent des tro-
phées ſur les ruines de la foi : le voilà ce monde dans
lequel elle voudroit vivre. On lui vantoit les douceurs & les avantages de la vie religieuſe, le calme
& la tranquillité inaltérable des jours des perſonnes
qui rempliſſent les cloîtres, l'union qui regne entre elles, les conſolations du ciel, les graces victo-
rieuſes, les moyens de ſalut infaillibles attachés à leur
état. Le cloître, en un mot, eſt le ſéjour de l'innocence, l'aſyle de la pudeur & de la vertu, le temple
de la paix & du bonheur, le ciel de la terre. Si elle
oppoſe des dégoûts invincibles, on lui fait enviſa-
ger les ſuites de ſa déſobéiſſance ; que n'a-t-elle pas à
craindre d'un pere irrité ? en faiſant le malheur de
ſa famille, elle aſſure auſſi celui de ſa vie. Son pere
ne lui pardonnera jamais ; ignore-t-elle combien il
eſt affreux de porter tout le poids de l'indignation
paternelle ?

Les plus douces careſſes ſuccedent à ces tableaux
terribles. Toute la maiſon eſt à ſes ordres ; on s'empreſſe autour d'elle ; on n'a que des choſes flatteuſes
à lui dire ; ſon éloge eſt dans toutes les bouches. Les
plus éloquentes des ſœurs ne trouvent pas aſſez d'ex-
preſſions pour parler des graces de ſa figure & des
agrémens de ſon eſprit. Mais combien ſeroit-elle
encore plus aimable ſous le voile ! on s'empreſſe de

lui en essayer un ; toutes lui offrent le leur ; elle ne
peut en mettre plusieurs ; on demande la préférence,
& celle qui l'obtient excite la jalousie de toutes les
autres. Emilie est forcée de se prêter à ce badinage ;
elle laisse attacher le voile sur sa tête ; l'admiration
redouble ; aucune coëffure ne lui sied mieux.

Tout cela ne séduit point Emilie ; elle n'y voit
que des niaiseries ridicules, & s'apperçoit que l'a-
mour-propre se loge sous la guimpe, comme sous les
parures mondaines. Valcourt est toujours présent à son
esprit ; l'image qu'elle s'étoit faite du bonheur dont
elle espéroit jouir avec lui est au dessus de tout ce
qu'on lui présente.

Le mois qu'elle devoit passer dans le couvent avant
de prendre le voile, étoit expiré ; ses dégoûts avoient
pris une nouvelle force ; chaque jour, chaque instant
avoit ajouté à sa répugnance naturelle. Elle voyoit
déjà faire les préparatifs d'une cérémonie à laquelle
elle ne pouvoit se résoudre. Elle profita de la liberté
qu'elle avoit d'écrire à son pere ; elle n'avoit pas celle
de s'adresser à sa sœur ; il falloit rompre le silence,
voir l'effet qu'auroit produit le temps ; elle se flatta
de le toucher. Sa lettre étoit conçue ainsi :

» Votre fille infortunée implore vos bontés ; elle
» se jette à vos pieds pour les obtenir ; elle mouille
» son papier de ses larmes : laissez-vous attendrir, &
» ne consommez pas son malheur. J'ai fait tous mes
» efforts pour plier ma volonté à vos desirs ; mais
» l'idée de m'ensevelir pour toujours dans un cloître
» me révolte plus que jamais. O mon pere ! souve-
» nez-vous de votre premiere tendresse pour moi ;
» révoquez l'arrêt affreux que vous avez prononcé ;
» ne m'exposez pas à souffrir éternellement, à mau-
» dire l'existence que vous m'avez donnée ; vous
» pouvez la rendre heureuse, ne la rendez pas in-
» fortunée. Le voudriez-vous ? ne suis-je plus votre

» fille ? ai je mérité l'horrible fort auquel vous me
» réfervez ? compatiffez à ma fituation ; confolez
» Emilie , ranimez fes efpérances ; impofez-lui d'au-
» tres loix , quelque févéres qu'elles foient , elle les
» remplira toutes ; vous n'éprouverez fa réfiftance
» que dans ce feul point ; elle ne balanceroit pas à
» donner fa vie pour vous ; elle eft prête à tout facri-
» fier .., oui .., tout ... jufqu'à Valcourt , puif-
» qu'enfin vous me l'ordonnez. Donnez toute votre
» fortune à ma fœur ; je n'en reclamerai jamais la
» moindre partie ; je m'y engage devant le ciel &
» devant les hommes ; mais épargnez-moi l'horreur
» d'un facrifice mille fois plus cruel que tous les maux
» dont on pourroit m'accabler. O mon pere ! puif-
» fent mes cris fe faire entendre à votre cœur ! puif-
» fent-ils y ramener cette tendreffe précieufe qui fai-
» foit le bonheur de ma vie , & que je n'ai pas mé-
» rité de perdre «.

La lettre d'Emilie ne changea pas fa fituation ;
elle la rendit plus cruelle. Ce fut fa mere qui y répondit ; elle ne lui donnoit qu'un jour pour furmon-
ter l'oppofition de fon cœur à l'état religieux , & la
menaçoit de toute fa colere , fi elle refufoit encore
d'obéir.

C'en eft donc fait, s'écria Emilie ; je n'ai plus aucun efpoir ; mon facrifice eft décidé ; jamais, jamais
je ne ferai unie à Valcourt. Ces murs épais , ces gril-
les terribles vont me féparer du monde ; voici donc
mon tombeau ! ô mort ! viens hâter l'inftant où je
dois y defcendre ! hélas ! ce n'eft que dans ton fein
que je trouverai la paix qui me fuit , & la fin de mes
peines.

La douleur & fon défefpoir affoiblirent fes forces ;
fa fanté s'altéra ; le même foir , elle fut attaquée d'une
fievre brûlante ; elle vit avec une efpece de joie l'état
où elle fe trouvoit ; il retardoit fon facrifice ; la mort

le préviendroit peut-être ; elle se félicitoit de sa maladie.

Dorval & son épouse en furent bientôt informés ; ils crurent d'abord que c'étoit un prétexte pour retarder la cérémonie. Madame Dorval se rendit au couvent ; elle entra dans l'appartement de sa fille ; ses yeux seuls jugerent de son état ; elle en fut touchée ; la nature reprend toujours ses droits ; elle versa quelques larmes ; l'ambition les sécha bientôt. Elle lui fit entrevoir que la mort de sa fille produiroit le même effet que son engagement dans un cloître ; elle ne repoussa point cette idée, & s'y arrêta sans frémir. Tant de barbarie entre-t-elle dans le cœur d'une mere ? croyons du moins, pour l'honneur de l'humanité, que ces exemples sont aussi rares qu'ils sont affreux.

Cependant la maladie d'Emilie augmenta ; la nouvelle en fut bientôt répandue dans la ville ; on en conçut la cause ; le malheureux Valcourt en fut instruit. Il menoit une vie languissante depuis qu'on l'avoit forcé de renoncer à l'objet de sa tendresse ; il regardoit Emilie comme perdue pour lui ; il la regrettoit, & détestoit la vie. Tout entier à son infortune, ne voyant plus de moyens de la faire finir, il s'abreuvoit de ses larmes, & soupiroit après le tombeau. Il ne put apprendre l'état de son amante sans sentir augmenter son désespoir ; elle l'aimoit encore ; c'étoit son amour, sans doute, qui accéléroit sa fin ; il ne pouvoit ni la voir, ni la consoler, ni pleurer avec elle. En vain il cherchoit à savoir de ses nouvelles, en vain, instruit enfin du lieu de sa retraite, il tenta la fidélité de quelques tourieres ; il n'apprenoit rien que par la voix publique. Il tombe malade lui-même, refuse tous les secours, appelle la mort, & repousse les soins cruels qu'on veut prendre de lui, ne regardant dans leurs effets que la prolongation de ses tour-

mens & de ses douleurs. Le nom d'Emilie est toujours dans sa bouche ; il consacre ses derniers instans
à s'occuper d'elle ; il lui écrit une lettre, sans espérer qu'elle lui sera rendue, quoiqu'il demande avec
instance cette unique faveur. Il lui adresse ses adieux,
il lui peint l'amour qu'il a conservé pour elle jusqu'à
la fin ; il pardonne à Dorval son injustice & sa cruau-
té ; il le prie de permettre qu'on rende à sa fille ces
dernieres expressions de son amour, & meurt en sup-
pliant ceux qui sont autour de son lit de ne rien oublier pour engager Dorval à lui accorder cette triste
consolation.

Sa lettre fut remise après sa mort au pere d'Emilie, qui la donna à son épouse ; celle-ci se promit
d'en faire usage. La maladie de sa fille avoit été dangereuse ; mais la jeunesse l'avoit sauvée. Elle se trouvoit convalescente ; on recommençoit à la presser de
penser à s'engager ; elle opposoit la même résistance ;
la mort de Valcourt pouvoit la déterminer.

Madame Dorval se rendit encore au couvent.
Emilie descendit au parloir, disposée à réclamer de
nouveau ses bontés. De quel coup terrible ne fut-elle
pas frappée, lorsque sa mere l'interrompant au moment qu'elle l'imploroit, lui dit d'un ton grave : le
ciel s'est expliqué sur votre sort, ma fille ; il a rompu les nœuds qui vous attachoient au monde, & qui
ont fait tous vos malheurs ; rien ne vous dispense plus
d'obéir ; vous ne pouvez être à Valcourt ... il n'est
plus. — Dieux !... il est mort !.. ma mere... quelle
nouvelle affreuse venez-vous m'apporter ? votre tendresse eût dû me l'épargner ... mais vous n'en avez
plus pour moi... Ma mere ne peut donc s'entretenir
avec moi sans me déchirer le cœur !

Madame Dorval sentit le reproche, & n'y répondit pas. Elle s'apperçut que sa fille doutoit de ce
qu'elle venoit de lui annoncer ; elle crut important

de lui en donner la certitude ; elle tira la lettre de Valcourt, & la préfenta à Emilie. Elle reconnut le caractere de fon amant ; fes larmes coulerent, & baignerent ces traits précieux & chers ; elle la lut enfin.

Il n'eft plus, s'écria-t-elle ! .. ah! je le fuivrai fans doute de près, ... Et l'image de Valcourt expirant lui ôta tout à coup le fentiment & la voix.

Madame Dorval appella du fecours ; on fit revenir Emilie à elle-même, on la porta dans fon lit. Elle étoit infenfible aux foins qu'on lui donnoit, elle ne les refufoit, ni les recevoit. Elle laiffoit agir les femmes qui étoient autour d'elle ; elle fembloit ne les point voir ; elle gardoit le filence.

Cette efpece d'anéantiffement ftupide dura plufieurs jours. Ses larmes, fes cris annoncerent qu'elle avoit repris la connoiffance & le fentiment. Elle paffa quelque tems livrée au défefpoir le plus affreux ; les confolations qu'on vouloit lui donner ne fervoient qu'à l'augmenter.

Dès qu'elle parut plus calme, on recommença les perfécutions ; elle ne put les fupporter ; fon ame s'aigrit. On voulut vaincre fon obftination par des pénitences qui l'irriterent. Sa raifon s'altera ; on vit de l'égarement dans fes regards, & l'on n'y fit aucune attention. D'abord elle montra de l'emportement & de la fureur, lorfqu'on lui parloit de prendre le voile. Les jeûnes, les auftérités, les mauvais traitemens furent employés pour la calmer. Ils produifirent cet effet : Emilie renferma fes douleurs ; elle ne répondit plus ; elle obferva un filence farouche devant fes perfécuteurs. On la crut tranquille ; mais cette paix apparente qui trompoit tous les yeux, étoit le calme du défefpoir.

Cent fois le jour, dans le fecret de fon ame, elle accufoit fes parens d'injuftice & de barbarie ;

elle appelloit la mort, elle étoit prête à se déchirer de ses propres mains. L'horreur de sa situation flétrit son ame, troubla son esprit, & lui inspira le dégoût de la vie. Lasse de souffrir & d'exister, elle médita un projet affreux, qui l'eut fait frémir si sa raison ne l'avoit pas abandonnée. Elle déclara qu'elle se disposoit à satisfaire ses parens; elle leur écrivit pour les instruire de cette résolution; elle les invita à venir la voir au parloir, exigeant sur-tout qu'ils amenassent sa sœur & le marquis qu'elle vouloit rendre témoins de sa parole & de ses engagemens.

Monsieur & Madame Dorval furent transportés à la lecture de cette lettre; ils en firent part à Marianne & au marquis, qui partagerent leur satisfaction. Le lendemain fut le jour qu'ils fixerent pour leur visite. Ils parurent ensemble au parloir. Émilie ne tarda pas à y venir. Elle étoit seule; elle avoit voulu que personne ne l'accompagnât; la promesse qu'elle avoit faite, avoit disposé tout le monde à ne pas lui refuser une faveur d'aussi peu de conséquence. Elle entra en fermant la porte sur elle, & s'approcha d'un air farouche de la grille qui la séparoit de sa famille assemblée.

Vous voulez donc m'ensevelir pour jamais dans ces horribles lieux, dit-elle à ses parens; mes pleurs n'ont pu vous attendrir; vos desseins sont irrévocables! mes dégoûts que vous n'ignorez pas, dont vous avez vu tant de marques, vous doivent donc être sacrifiés! Vous voulez consommer mon malheur & ma ruine! Et vous, ma sœur, vous consentirez que je sois la victime de l'orgueil de ma famille, & d'une alliance dont vous gémirez peut-être un jour! Vous, Monsieur, ajouta-t-elle en s'adressant au marquis, vous avez la barbarie d'exiger mon infortune éternelle! vous n'entrez dans ma famille que pour porter le défefpoir au fond de mon cœur ! vous m'avez ôté l'amour de mes parens ; vous les avez rendus injuftes & cruels envers moi. Vous m'en vengerez peut-être. Vos procédés affreux pour une infortunée, me font des garans de ceux que vous aurez bientôt pour les auteurs de mes jours. Je m'en remets à vous pour leur infpirer des remords de la maniere barbare dont ils traitent la trifte Emilie ; ils gémiront ; mais il ne fera plus tems. O mon pere ! O ma mere ! vous le pouvez encore, épargnez - vous des regrets ; j'ai fouhaité votre préfence pour tenter un dernier effort. Ne me condamnez à prononcer des vœux que mon cœur défavoueroit ; ne me rendez point facrilege & parjure. Je me fuis confultée ; jamais je ne pourrai me foumettre aux devoirs que prefcrit la retraite ; la folitude m'eft odieufe ; mon ame accablée fous le poids de fes peines, a befoin de diffipation : le monde me diftraira de mes douleurs ; & je préfere la mort à ce couvent dans lequel vous prétendez m'enfermer.

Ce difcours étonna Dorval & confondit le marquis ; l'époufe du premier fur-tout en fut extrêmement irritée ; fa colere dicta fa réponfe, & lui infpira les expreffions les plus dures. Elle fe plaignit de l'audace de fa fille, & lui fit même entendre qu'elle regrettoit le retour de fa fanté. Confolez-vous, Madame, reprit Emilie ; fi ma vie vous eft à charge, c'eft un poids que vous n'éprouverez pas long-tems ; je la perdrai fans regret ; eh, qui pourroit m'y attacher encore ? Il y a long-tems que je n'ai plus de mere ; ce n'eft pas de ce moment que je m'en apperçois. Je croyois qu'il me reftoit du moins un pere... Je n'en ai plus. Sans doute, il ne me refte plus de fœur ; je fuis feule de ma famille ; abandonnée de tout le monde, je n'ai plus de lien qui m'attache à la vie. Valcourt, le seul Valcourt eut pu me tenir lieu de tout, me consoler... Il est mort !... barbares... C'est vous qui l'avez assassiné ! vous avez porté dans mon sein toutes les fureurs & tous les tourmens de l'enfer... Je n'écoute plus que mon désespoir... je rougis des vaines prieres que je viens de vous adresser ; je devois prévoir vos refus, & ne pas m'y exposer... Je reviens à mon premier dessein, à celui qui m'animoit lorsque j'ai demandé votre présence... car je m'attendois à votre réponse ; le passé m'apprenoit ce que me promettoit l'avenir. Je n'ai plus devant moi que ce couvent où la mort... mon choix est fait... & vous allez être contens.

A ce mot, Emilie se leve ; elle court à la porte avec un mouvement de fureur, tire deux verroux qui s'y trouvoient par hasard. Certaine qu'aucun trouble ne peut lui venir de ce côté, rassurée de l'autre par la grille qui partage le parloir, elle place une chaise contre la muraille, y monte, attache un cordon à un clou qui soutenoit un tableau, le passe à son cou ; & se tournant vers ses parens qu'elle voit immobiles d'étonnement, elle leur adresse de nouveaux reproches. Ils y sont insensibles : plus surpris qu'épouvantés de cet appareil, ils le regardent comme une feinte dont elle veut les effrayer, & ils ne cachent point ce qu'ils en pensent.

Tigres, leur dit-elle ! vous imaginez-vous que j'aie pu soupçonner un moment que vous seriez sensibles ! j'ai trop appris à connoître vos cœurs ; satisfaites votre ambition, je n'y mettrai plus d'obstacles... je me tais, & je meurs... Elle s'élance aussitôt de sa chaise, & reste suspendue. Ses parens effrayés se précipitent vers la grille, & tentent de l'ébranler pour voler à son secours. Leur trouble, leur terreur les empêchent, pendant quelques instans de courir à la porte, & d'appeller des secours

qu'on ne peut donner que dans l'intérieur du couvent. Ils y vont enfin ; la tourrière refuse d'abord
de les croire ; bientôt elle partage leur effroi, &
au lieu de marcher vers le parloir, elle s'amuse à
de vaines exclamations, à se faire répéter les circonstances de cet accident affreux. Elle perd autant
de tems à le raconter aux religieuses qui sont ac-
courues au bruit qui se fait, aux cris de Dorval, à
ceux de Mariamne. Elles vont enfin à la porte du
parloir qu'elles essaient en vain d'ouvrir, cette troupe de filles éperdues, épouvantées, n'est capable que
de foibles efforts. Toute la communauté se rassem-
ble à cette porte ; chacune donne son avis, aucune
n'agit. Une converse robuste arrive enfin avec une
grosse buche sur ses épaules ; elle en frappe la porte
à coups redoublés, & parvient, non sans peine, à
la briser. Emilie est morte ; ce spectacle effraie toutes ces filles, il n'en est point qui ose approcher
d'elle. La plus courageuse coupe le cordon ; sa fermeté en donne aux autres ; on examine Emilie ; il
n'y a plus de ressource ; on se hâte de la transporter dans sa chambre.

Dorval, sa femme & sa fille sont dans l'accablement, le marquis seul est tranquille ; il conserve
une présence d'esprit nécessaire dans ces occasions,
& qu'on a rarement quand on est profondément affecté. Il fait sentir à tous ceux qui sont présens,
combien il est important de dérober cette funeste
aventure à la connoissance du public ; il en fait
voir les conséquences. Les religieuses promettent
d'être muettes, & leur intérêt garantit leur discrétion.

Dorval se retire accablé d'une douleur profonde
que sa femme partage. Quelques mois après, ils
formèrent cette alliance qui leur coûtoit si cher ; elle
mit le comble à leurs maux. Ils avoient abandon-

né leurs richesses au marquis qui les diſſipa. Mépri-
ſés de leur gendre, ils alloient éprouver les hor-
teurs de l'indigence. La mort leur épargna cette
derniere épreuve ; ils reconnurent que le ciel s'étoit
chargé de la vengeance d'Emilie.

Madame de Miranville ne jouit pas non plus de
la félicité qu'elle s'étoit promiſe ; négligée d'abord
& enfin maltraitée par ſon mari, elle ſe crut trop
heureuſe de ſe ſéparer de lui, & de ſauver des débris de ſa fortune, une penſion modique qui lui fut
aſſignée dans un couvent.

LES DIABLES RAMONEURS.

Le capitaine Mac-Ap-Fits avoit été dans sa jeunesse ce que le monde appelle un honnête scélérat ; il avoit tué son homme, maltraité sa femme, ruiné ses créanciers & battu ses valets ; c'étoit un beau parleur, un parasite délicat, l'ame de toutes les fêtes ; l'arbitre des spectacles, l'orateur des cafés, l'oracle du Waux-Hall. A ces qualités il joignoit celle d'esprit-fort ; il la devoit au docteur Space, son médecin & son ami, qui se faisoit surnommer *le libre penseur*.

Le capitaine qui étoit un élégant, ne se donnoit pas la peine de penser lui-même ; il écoutoit son ami dont il prenoit les opinions avec autant de docilité qu'il en prenoit les remedes. Le jeu, le vin & les femmes ne tarderent pas à ruiner sa fortune & sa santé. Il n'avoit plus d'autre asyle que celui que lui donnoit la charité d'un publicain. Celui-ci, obligé d'aller passer quelques mois à la campagne, & ne pouvant y conduire son hôte parce qu'il étoit dangereusement malade, le confia aux soins d'une vieille domestique qu'il chargeoit de la garde de sa maison, toutes les fois qu'il s'en absentoit.

La bonne femme, un matin, vint voir de très-bonne heure son malade, parce qu'elle avoit rêvé qu'il étoit mort pendant la nuit. Rassurée en le trouvant dans le même état que la veille, elle le quitta pour aller vaquer à ses affaires, & oublia de fermer la porte de la maison après elle.

Les ramoneurs à Londres ont coutume de se glisser dans les maisons qui ne sont pas habitées, pour

s'emparer

s'emparer de la fuie dont ils font un petit commerce. Quelques-uns avoient fu l'abfence du publicain, & deux épioient le moment où ils pourroient s'introduire chez lui ; ils virent fortir la concierge, & entrerent dès qu'elle fe fut éloignée ; ils trouverent la chambre du capitaine ouverte, &, fans prendre garde à lui, ils grimperent tous les deux dans la cheminée.

Mac-Ap-Fitz étoit dans ce moment affis fur fon féant ; le jour étoit fombre ; la vûe de deux créatures auffi noires que ces ramoneurs, lui caufa une frayeur inexprimable ; il retomba dans fes draps, fermant les yeux, & n'ofant faire aucun mouvement.

Le docteur Space arriva un inftant après. Tous les jours, il venoit à cette heure, ordonner des remedes à fon ami, & fortifier fon ame par fes difcours ; il étoit en même tems le médecin de fon corps & celui de fon efprit. Il entre avec fa gravité ordinaire, s'approche du lit & appelle le capitaine. Celui-ci reconnut fa voix, fouleva fes couvertures, & le regarda d'un œil égaré, fans avoir la force de parler. Le docteur lui prit la main, & lui demanda comment il fe trouvoit ?

Mal, très-mal, repondit le capitaine ; mes affaires font dans l'état le plus déplorable ; je fuis perdu, les diables fe préparent à m'emporter ; ils font là... là... dans ma cheminée ! Malheureux que je fuis ! n'y a-t-il plus d'efpérance ?

Le docteur regarda fon ami, fecoua la tête, lui tâta le pouls, & lui dit gravement : Vos idées font coagulées ; votre pie-mere & votre dure-mere agiffent inconclufivement ; le *fenforium* de votre glande pinéale eft couvert de nuages, & les valves de votre imagination font relâchées. Vous avez un *lucidum caput*, capitaine. — Ceffez votre galimathias, docteur ; il n'eft plus tems de plaifanter. Les dia-

bles font ici ; rien n'eſt plus vrai ; je les ai vus, &
j'en ſuis preſque mort de peur ; il y en a deux...
Sans doute l'un doit ſe charger de vous ; un ſeul
ſuffiſoit pour moi ; mais ils ſavoient que vous vien-
driez ; il vous emporteront avec votre ami ; vous
le méritez autant que moi. — Vos idées ſont incohé-
rentes, mon ami ; je vais vous le démontrer. Nous
n'avons point d'ame ; ce qu'on appelle de ce nom
eſt une vapeur qui eſt le réſultat du jeu de nos or-
ganes, & qui ſe diſſipe dès qu'ils ne ſe meuvent
plus. Quant au diable, ſon exiſtence eſt un conte ;
vous en verrez tout le roman dans le *Paradis perdu*.
Votre effroi n'eſt donc...

Dans ce moment, les ramoneurs ayant rempli
leur ſac, le laiſſerent tomber au bas de la cheminée,
& le ſuivirent bientôt. Leur apparition rendit le docteur muet ; le capitaine ſe renfonça ſous ſa couver-
ture, & ſe coulant au pied de ſon lit, ſe gliſſa deſſous avec promptitude & ſans bruit, en priant men-
talement les diables de ſe contenter d'emporter
ſon ami.

Space, immobile d'effroi, cherchoit dans ſa mémoire toutes les prieres qu'il avoit appriſes dans ſon
enfance ; ſe tournant vers ſon ami pour lui demander ſon aide, il fut épouvanté de ne le plus voir dans
ſon lit. Il apperçut dans ce moment un des ramoneurs qui ſe chargeoit du ſac de ſuie ; il ne douta
point que le capitaine ne fût dans ce ſac ; tremblant d'en remplir un autre à ſon tour, il ne fit
qu'un ſaut juſqu'à la porte de la chambre, & delà,
au bas de l'eſcalier. Arrivé dans la rue, il s'écria
de toute ſa force, au ſecours, au ſecours : le diable
emporte mon ami.

La populace accourt à ſes cris ; il lui montre la
maiſon ; on ſe précipite en foule vers la porte ; mais
perſonne ne veut entrer le premier. Le docteur, un

peu rassuré par le grand nombre, invite chacun en particulier à donner un exemple qu'il ne donneroit pas pour tous les trésors des deux Indes.

Les ramoneurs, en entendant le bruit, posent leur sac sur l'escalier, & de crainte d'être surpris, remontent à quelques étages plus haut. Le capitaine, mal à son aise sous son lit, ne voyant plus les diables, ni le docteur qu'il croit fermement qu'ils ont emporté, & craignant leur retour, se hâte de sortir de sa retraite, & veut quitter la maison. Sa peur & sa précipitation ne lui permettant pas de voir le sac, il le heurte, tombe dessus, se couvre de suie, se releve & descend avec rapidité. L'effroi de la populace augmente à sa vue, elle recule, & lui fait un passage. Le docteur reconnoît son ami, le croit revenu avec un diable invisible pour le chercher, & se cache dans la foule.

Enfin, un ministre qu'on avoit fait appeller pour conjurer l'esprit malin, entre dans la maison, la parcourt, trouve les ramoneurs, les force à descendre, & montre les prétendus diables au peuple assemblé.

Le docteur & le capitaine les voient long-tems sans être rassurés; ils se rendent enfin à l'évidence; celui-ci retourne dans son lit. Le docteur éleve la voix & dit qu'il faut rosser ces coquins qui ont fait une si grande peur à son ami; il se charge lui-même de l'exécution; & dès qu'elle est faite, il remonte chez le capitaine.

J'avois bien raison, s'écria-t-il en entrant & d'un air triomphant, de vous dire qu'il n'y a point de diables, je viens de punir ceux-ci de la peur qu'ils vous ont causée. — Il me semble pourtant que vous l'avez bien partagée. — Moi! vous vous moquez; quelle chose seroit capable de m'effrayer? Rien, rien, capitaine, & la preuve en est simple; suivez bien ce raisonnement : ce dont on ne croit pas l'exiſtence, eſt comme s'il n'exiſtoit pas ; je ne crois pas qu'il y ait des diables... donc ils n'ont pas pu m'effrayer. — Le fait, docteur, le fait dément votre raiſonnement. Croyez-moi, changez de langage ; parlez enfin conformément à votre penſée ; nous ſommes auſſi fous l'un que l'autre ; je veux ceſſer de l'être ; ce moment vient de m'éclairer. Si l'apparence du diable a penſé me faire mourir, que ne feroit pas la réalité ? Je ſuis trop heureux de n'en avoir vu que l'image.

Le docteur alloit repliquer, lorſque le miniſtre entra pour offrir ſes ſecours au malade. Space frémit à ſa vue, & alla débiter ailleurs la diſſertation qu'il préparoit à ſon ami. Le capitaine ne le revit plus, & trouva dans le miniſtre un ami ſage qui ſut le conſoler & l'éclairer.

LE RENDEZ-VOUS.

Valſain s'étoit livré de bonne heure à toutes les diſſipations de la jeuneſſe. On l'avoit marié, comme on dit, pour le rendre plus raiſonnable ; il ne l'étoit point devenu ; mais on le croyoit ſage, parce qu'il cachoit ſes folies.

Madame Valſain étoit aimable ; elle n'auroit pas été contente de partager avec quelque autre ſon cœur ni ſes plaiſirs. Fidelle à ſon mari, elle avoit droit d'exiger qu'il le fut à ſon tour ; & malgré l'uſage général, elle croyoit qu'entre époux les procédés doivent être réciproques. Ses diſpoſitions à la jalouſie n'avoient point échappé à Valſain ; il craignoit de les réveiller : plein d'eſtime pour ſa femme, il auroit voulu pouvoir en imiter les vertus ; il déſiroit même qu'elle le fixât uniquement, & il faiſoit fréquemment de beaux projets de conduite qui s'évanouiſſoient à la première occaſion.

Il réſolut d'aller s'établir pendant quelque tems à la campagne pour s'accoutumer à une vie plus rangée. Madame Valſain l'y accompagna ; elle ne craignoit point d'y trouver des rivales, & cette idée lui fit chérir ſa ſolitude.

Valſain, pour ſe diſſiper, alloit voir quelquefois les travaux de ſes fermiers ; il les encourageoit par ſa préſence, s'en faiſoit aimer par ſa bonté, & s'inſtruiſoit en les écoutant. Il revenoit le ſoir avec plaiſir auprès de ſon épouſe ; l'empreſſement qu'il lui témoignoit à ſon retour, la conſoloit de ſes abſences, & lui faiſoit déſirer qu'il conſervât ce goût naiſſant pour les occupations champêtres. Il augmenta bientôt dans Valſain.　　　　L 3

En visitant ses fermiers, il apperçut une petite fermiere très-jolie. Suzette, c'étoit son nom, avoit ces graces piquantes & naïves que l'on ne trouve point à la ville, & qui font toujours impression sur les cœurs usés. Les fleurettes de son seigneur la firent rougir; elle en parut plus belle; mais elle y répondit en paysanne; les vertus de village sont souvent accompagnées de griffes & de dents, & leur solidité, contre l'usage de la ville, est ordinairement égale à la résistance qu'elles opposent.

Valsain ne se rebuta point; il espéra que le tems & ses présens adouciroient cette beauté farouche.

Depuis le moment où sa passion avoit commencé, il fut moins tendre auprès de son épouse; elle s'en apperçut & s'en plaignit; les excuses de Valsain ne la satisfirent point; elle résolut de l'épier, tandis que son mari sans défiance, uniquement occupé de ses nouvelles amours, ne songeoit aux moyens de les faire réussir. Ses discours n'étoient point écoutés; ses promesses ne produisoient pas plus d'effet; on refusoit ses présens. On consentit enfin à les recevoir; tout-à-coup Suzette parut s'attendrir; Valsain devint plus pressant; il obtint un rendez-vous. On exigea qu'il se déguiseroit; qu'il ne se feroit accompagner de personne; & qu'il consentiroit à être reçu au milieu de la nuit, dans une chambre qui ne seroit point éclairée.

Valsain se soumit à toutes ces conditions; il feignit d'être malade & d'avoir besoin de repos, pour écarter sa surveillante épouse; & être libre cette heureuse nuit. Il parvient à s'en débarrasser avec plus de facilité qu'il ne l'avoit espéré. Il vole à la maison où il est attendu; y arrive à l'heure prescrite, cherche sa chere Suzette, la trouve & lui adresse les discours les plus tendres & les plus touchans. Elle ne répond point; son silence lui semble être l'effet de sa timidité; l'obscurité qui l'environne, le secret qui accompagne sa démarche, prêtent un nouveau charme à ce rendez-vous. Il presse enfin sa maîtresse de lui répondre; elle obéit; il reconnoît la voix de Madame de Valsain, & reste comme un homme frappé d'un coup de foudre. Il se remet enfin.

— Il faut convenir, Madame, que vous êtes bien étrange! je ne puis faire un pas sans être suivi. Qui vous amene ici? — Assurément, vous ne m'y attendiez point; mais Suzette qui m'est venue avertir que vous deviez passer la nuit chez elle, m'a priée de venir vous y tenir compagnie. — Suzette, Madame! c'est elle qui vous auroit instruite! . . . — Je ne vois pas pourquoi vous en douteriez, à moins que vous n'ayez fait confidence de votre visite à quelque autre qui auroit pu m'en instruire. — Suzette est une perfide. — Vous devez la remercier, au contraire, de s'être adressée à moi plutôt qu'à son mari, qui peut-être n'auroit pas été bien aise de voir chez lui son seigneur, à cette heure & seul.

Valsain confondu ne répondit rien. Madame Valsain usa amplement du droit qu'a toujours une femme sur un mari qui a tort. Il écouta ses reproches, s'avoua coupable, demanda pardon & l'obtint.

Le rendez-vous ne fut pas perdu pour l'un & pour l'autre; Madame Valsain souhaita d'être toujours appellée à ceux qu'on pourroit donner encore à son mari. Il jura qu'il n'en auroit jamais qu'avec elle; il promit d'être sage & tint parole.

LE JOUEUR EXTRAORDINAIRE,

ANECDOTE ANGLOISE.

Le lord ***, archevêque de Cantorbéry, préferoit les plaisirs de Londres aux fonctions pénibles de sa dignité ; il laissoit la plus importante, celle d'instruire & d'édifier son troupeau, à des substituts qu'il salarioit. La résidence n'est pas plus la vertu des prélats Anglois, que celle des prélats François ; on les voit fréquemment les uns & les autres sur les routes qui conduisent de leur diocese à la capitale. Les voyageurs sont sujets aux aventures ; le lord *** en éprouva une qui mérite d'être contée.

Il étoit parti de Londres pour aller regler quelques affaires d'intérêt dans son diocese, & en recueillir les revenus pour revenir ensuite les dépenser dans la capitale. Il s'arrêta en route dans une maison de campagne agréable, & qui lui appartenoit. La vue étoit bornée d'un côté par un bois épais & solitaire, où le prélat apperçut un homme seul, qui paroissoit profondément occupé, & parlant avec action, comme s'il eût été avec quelqu'un. Comme il venoit fréquemment dans cette maison de campagne, ce n'étoit pas la première fois qu'il voyoit cet inconnu ; il fut curieux de savoir ce qu'il faisoit. Les personnes qu'il envoya redoublerent sa curiosité. L'étranger, disoient-elles, parloit & répondoit, quoiqu'il fût seul. Il s'étoit plaint de leur obstination à le suivre, à l'interrompre, & n'avoit point voulu les éclaircir.

L'archevêque résolut d'aller lui-même parler à cet homme ; il se rendit auprès du bois, ordonna à ses

gens de s'écarter un peu, en se tenant cependant prêts
à le joindre au premier signe, & il s'approcha seul.

Il commença par faire un compliment à l'inconnu, qui lui répondit honnêtement ; la conversation
s'engagea, quoiqu'elle fût interrompue quelquefois
par l'étranger, qui sembloit fortement occupé par
d'autres objets.

Que faites-vous donc ici, lui demanda enfin le
prélat ? Je joue, lui répondit l'inconnu. — Vous
jouez ! & avec qui ? vous paroissez seul. — Je conviens,
mylord, que vous ne voyez pas celui dont je fais la
partie ; il ne se rend visible qu'à moi seul. — Et
quel est donc cet être qui se manifeste à vos yeux, &
se cache aux miens & à ceux de tous les autres ? —
C'est Dieu lui-même, mylord. — Vous jouez avec
Dieu ! la partie, en effet, n'est pas ordinaire, reprit
le prélat en souriant. Il ne douta pas qu'il n'eût affaire à un fou, & il résolut de s'en amuser, parce
qu'il lui parut paisible.

Il continua ses questions. Et à quel jeu jouez-vous,
demanda-t-il ? — Aux échecs. — Et intéressez-vous
la partie ? — Oui, sans doute, mylord. — Vous ne
devez pas gagner souvent ; car enfin votre adversaire a de grands avantages sur vous. — Il n'en prend
aucun, mylord ; il veut bien n'employer avec moi
que la science ordinaire à un homme ; & la partie
est toujours égale. — Il en résulte nécessairement
perte ou gain ; comment remplissez-vous vos engagemens ? — Avec beaucoup d'exactitude, mylord ;
nous jouons tous deux franchement, & le perdant
paye toujours. — Où en êtes-vous de votre partie ?
— Elle finit. — Et de quel côté est l'avantage ? — Il
est pour Dieu. — Puis-je vous demander combien
vous perdez ? — Cinquante guinées. — La perte est
considérable ; comment payerez-vous cela ? Dieu
prend-il votre argent ? — Non, les pauvres sont ses

tréforiers; il m'envoie toujours quelque honnête homme qui reçoit ma dette, & en fait la diftribution aux malheureux. Vous êtes venu, mylord; c'eft Dieu lui-même qui vous a conduit ici, & je vais m'acquitter entre vos mains.

A ces mots le joueur tire fa bourfe, compte cinquante guinées, les remet au prélat, & fe retire en difant qu'il ne veut plus jouer, parce qu'il eft en malheur.

Le prélat étonné, ne favoit que penfer de cette aventure. Il regardoit l'argent, fe rappelloit les difcours du joueur, & fe reprochoit de l'avoir jugé fou. Il continua fon voyage, & n'eut rien de plus preffé que de remettre aux pauvres le dépôt qu'on lui avoit confié.

Après avoir fini fes affaires, il reprit le chemin de Londres; il eut envie de voir encore le joueur extraordinaire qu'il avoit rencontré; il s'arrêta pour cet effet à fa maifon de campagne, fe rendit au bois, & plein de confiance, il ne voulut être fuivi de perfonne. Il y trouva l'objet de fa curiofité, & même de fa vénération; il l'aborda comme une vieille connoiffance, & lui demanda comment la chance avoit été depuis leur premiere converfation? Tantôt bien, tantôt mal, répondit le joueur; j'ai gagné, j'ai perdu. — Et aujourd'hui jouez-vous encore? — Oui, mylord, nous avons déjà fait plufieurs parties. — De quel côté eft l'avantage? — Je gagne; je fais actuellement Dieu échec & mat pour la fixieme fois.... il n'a jamais joué avec plus de malheur. — Et combien gagnez-vous? — Cinq cent guinées. — C'eft un beau gain; mais quand ferezvous payé? — Tout-à-l'heure, mylord, — Et comment Dieu s'acquitte-t-il avec vous? — comme je m'acquitte, lorfque je perds; il m'envoie quelqu'un pour recevoir ce qu'il me gagne; il m'envoie de même des personnes qui peuvent me payer; son choix est tombé aujourd'hui sur vous. Vous revenez d'Yorck; vous y avez recueilli une somme considérable en billets de banque. Oh! Dieu est d'une exactitude singuliere.

Le prélat fut plus étonné que la premiere fois; il vit alors ce qu'il devoit penser de ce joueur; il l'avoit cru d'abord un fou, ensuite un saint; ce n'étoit qu'un filou. Il étoit seul; l'autre étoit armé; les cinq cent guinées furent payées, & l'archevêque ne se vanta pas de son aventure.

C'EST CE QU'ON VOIT TOUJOURS.

L'amant jaloux ne se défie que de lui-même; l'époux outrage celle à qui le sort le lie; il l'invite à justifier ses soupçons; ils se réalisent ordinairement; qu'il est difficile, en effet, de conserver toujours une vertu à laquelle on ne croit point, & dont on ne tient par conséquent aucun compte.

Dalmont, libre de bonne heure, par la mort de ses parens, avoit épuisé tous les plaisirs; leur long usage affoiblit bientôt son tempérament; à trente ans, il étoit vieux; il éprouvoit la foiblesse des vieillards, & il croyoit en avoir l'expérience.

Chagrin d'avoir passé si-tôt l'âge de plaire, inutile auprès du beau sexe, il en médisoit : c'étoit sa consolation. Il se vantoit de connoître les femmes; il les jugeoit d'après celles qu'il avoit vues; elles n'étoient rien moins qu'estimables : aussi n'en estimoit-il aucune. Il se proposoit de vivre dans le célibat; le sort lui fit une loi de l'hymen. Il avoit un oncle qui ne s'étoit occupé pendant toute sa vie que du soin d'augmenter ses richesses; le vieillard approchant de sa fin, regretta de mourir tout entier, & de ne revivre dans personne; son nom alloit s'éteindre; Dalmont qui le portoit encore, n'avoit pas dessein de le perpétuer; il voulut l'y forcer; il ne le fit son héritier qu'à condition qu'il se marieroit dans l'année.

Dalmont plaisanta d'abord de cette condition; il en gémit ensuite, & il finit par se déterminer à la remplir pour ne pas perdre une fortune considérable. Son ami d'Olfans contribua à le décider; il se chargea même d'arranger ses affaires, & d'aller

recueillir en Amérique une partie de la fuccession ;
une amitié tendre & zélée lui fit prendre ces foins
& entreprendre ce voyage. Il partit, & Dalmont
ne pouvant différer chercha une femme.

L'opinion qu'il avoit du fexe le rendit très-diffi-
cile fur le choix ; il ne vouloit point partager le fort
ordinaire des époux ; il fe promit bien de s'en garantir par les précautions qu'il réfolut de prendre. Se
croyant fûr de l'avenir, il defira l'être également du
paffé. Il fe décida enfin pour Lucie ; elle étoit riche, aimable, & n'avoit que feize ans ; depuis l'âge
de huit, elle vivoit dans un couvent, où Dalmont
remarqua avec plaifir qu'il n'y avoit point de pen-
fionnaire du même âge. Selon lui, c'étoit un grand
avantage. De jeunes filles réunies enfemble, fe lient
& réfléchiffent fur elles-mêmes ; leur imagination
s'exerce & leur fournit quelquefois des lumieres peu
exactes à la vérité, mais qui paroiffent dangereufes
à un mari jaloux. Il figna le contrat à la grille ; la
porte du couvent ne s'ouvrit pour Lucie, que lorfque Dalmont vint la chercher pour la conduire à
l'autel, d'où il l'emmena chez lui, fans la quitter
un inftant. Il la trouva d'une extrême fimplicité ;
il ne douta point qu'il ne poffédât ce tréfor que l'a-
mour enleve fi fouvent à l'hymen, auquel on attache tant de prix, & que les mœurs du tems font
rencontrer fi rarement dans le lit nuptial.

Plus Lucie étoit innocente, plus Dalmont craignit qu'elle ne perdit cette qualité précieufe ; il la
tint dans une gêne perpétuelle, ne la laiffant voir
qu'à quelques amis, dont il ne fe défioit point, &
fur-tout fe gardant bien de s'écarter pendant leurs
vifites. Il éloigna avec foin les femmes de fa maifon ; il redoutoit leur exemple, leur ton léger ; il
empêcha qu'elles euffent aucune liaifon avec Lucie.
Leurs petites confidences auroient pu attirer les fien-

nes, & éveiller des idées de comparaison qu'un époux usé a toujours lieu d'appréhender.

Dix-huit mois s'écoulèrent; Dalmont ne s'étoit point lassé de ses précautions; il ne quittoit pas plus Lucie que son ombre; il la tenoit dans une contrainte qui la fatiguoit, qui lui pesoit à lui-même. Il prit alors la résolution de se retirer à la campagne; son honneur lui sembloit devoir y être plus en sûreté qu'à la ville. Il choisit une terre éloignée de la capitale, où personne ne seroit tenté de venir le visiter. Il partit; le château étoit sur une montagne; un fossé profond l'entouroit; le pont-levis ne s'abaissoit jamais que devant lui. Lucie y trouva plus de tranquillité; mais elle y éprouva l'ennui; elle ne se plaignit point, & Dalmont se loua de son caractere.

Six mois après son arrivée, il reçut des nouvelles de son ami Dolsans, & le vit bientôt arriver lui-même. Il venoit lui rendre compte de son voyage & de sa commission; il lui remit entre les mains les richesses de l'oncle qu'il avoit recueillies.

Dalmont ne pouvoit se lasser de remercier son ami; le zele avec lequel il l'avoit servi, ne lui permit pas de rien craindre de lui auprès de Lucie. Dolsans la vit avec intérêt, & la plaignit en secret de sa situation; Lucie fut sensible à sa pitié. De ce sentiment à un plus tendre, il n'y a pas beaucoup de distance; elle regretta que Dalmont ne ressemblât pas à son ami; celui-ci s'en apperçut, & résolut de tout tenter pour la consoler.

Il commença par prendre toutes les mesures imaginables pour ne point exciter les soupçons de Dalmont; il affecta un penchant décidé pour la chasse, & l'indifférence la plus marquée pour toute autre espece de plaisirs & d'amusemens.

Dalmont l'avoit logé dans une piece voisine de

l'appartement qu'il occupoit avec son épouse ; il falloit traverser la première pour se rendre dans l'autre. Son premier motif en le logeant ainsi, avoit
été de veiller sur lui avec plus de facilité, & d'empêcher qu'il ne cherchât auprès de sa femme le prix
des services qu'il avoit rendus au mari. Il ne tarda
pas à perdre ses inquiétudes.

Dolfans épioit le moment de montrer à Lucie
tout l'intérêt qu'il prenoit à elle ; il se présenta. Dalmont faisoit travailler à l'embellissement de son jardin ; la lenteur des ouvriers ne répondoit pas à son
impatience ; il prioit son ami de les suivre & de
les hâter. Dolfans entroit avec complaisance dans
ses vues ; il fit servir cette circonstance à faciliter
l'exécution du projet qu'il méditoit.

Un jour il feignit de sortir pour chasser ; il ne
rentra pas de toute la journée ; le soir, a son retour,
il affecta de paroître très-fatigué, se plaignit d'a-
voir suivi inutilement & fort loin plusieurs pieces de gibier qu'il n'avoit pu tirer ; il parla beaucoup du besoin qu'il avoit de repos, & il se cou-
cha, en assurant qu'il se leveroit très-tard le lendemain.

Dalmont qui se reposoit ordinairement sur lui du
soin de voir ses ouvriers, crut devoir s'en charger
le lendemain matin ; il devança l'aurore pour courir auprès d'eux ; il sortit & traversa la chambre de
son ami, avec le moindre bruit possible, pour ne
pas réveiller Dolfans qui s'attendoit à ce qui arriva.
Celui-ci ne le crut pas plutôt dans le jardin, qu'il
courut prendre sa place. Lucie effrayée, fut bientôt
rassurée. Elle étoit sensible ; Dolfans tendre, pressant, & plus aimable que son mari. Leur conversation devint intéressante. Un bruit sourd qu'ils entendirent, l'interrompit ; c'étoit Dalmont qui ayant
oublié son mouchoir & sa tabatiere revenoit les cher-

cher auprès de son lit. Il marchoit doucement à travers l'obscurité dans la crainte de troubler le repos de son ami qu'il croyoit endormi. Il s'approche du lit de Lucie, & craignant de la réveiller aussi, il emploie les plus grandes précautions, trouve ce qui lui manque, & s'éloigne sans bruit.

Les deux amans eurent bien de la peine à se rassurer. A la vue du danger, ils avoient eu des remords; ils avoient juré de ne plus s'y exposer; mais les sermens des amans sont comme les vœux des matelots pendant l'orage; l'aspect du port les fait oublier. Dolfans & Lucie ne purent se défendre de rire de l'honnête circonspection de Dalmont; ils ne se séparèrent qu'avec l'espoir & le désir de se rejoindre.

Quelques mois après que ce commerce eut été établi, Lucie apprit à son mari qu'il seroit bientôt pere. Cette nouvelle le transporta; il courut en faire part à son ami. Que je suis heureux, s'écrioit-il! mon titre est sûr; ce n'est point un étranger qui portera mon nom! Lucie est sage & fidelle. Dolfans se garda bien d'être d'une autre opinion.

Depuis ce tems, Dalmont trouva Lucie plus douce, plus complaisante, plus tendre même; dès qu'elle eut des réproches à se faire, elle employa tous les moyens d'usage pour détourner ceux de son époux. Il en fut la dupe; ce n'est point une nouveauté; il crut que Lucie ne pouvoit être sensible que pour lui; le fils qu'elle lui donna mit le comble à sa joie. Il ramena son épouse à la ville, en vantant sans cesse sa sagesse, il lui laissa la plus ample liberté; il se réconcilia même avec le beau sexe; il ne disoit plus qu'il étoit impossible de trouver une femme fidelle; la sienne ne l'étoit point; mais il la croyoit telle, & cela suffit en menage; il ne cessa d'être jaloux que lorsqu'il eut raison de l'être.

ENTENDONS-

ENTENDONS-NOUS.

Cette maxime pourra paroître commune & tri-
viale. Cela n'empêche pas qu'elle ne mérite d'être
obſervée. C'eſt preſque toujours faute de s'entendre,
qu'on diſpute, qu'on plaide, ou qu'on ſe bat.

Dans les tems de la chevalerie errante & du
paganiſme, un prince Breton, ſorti vainqueur de
pluſieurs combats, éleva en reconnoiſſance une ſuperbe ſtatue à la victoire. Il la fit placer au milieu
de la plaine où s'étoit donnée la derniere & la plus ſan-
glante bataille de celles qu'il avoit gagnées. Le monument fut poſé ſur le point de réunion de quatre chemins qui ſe croiſoient. La déeſſe étoit repréſentée
armée de pied en cap, tenant une lance dans ſa
main droite, & ayant le bras gauche chargé d'un
bouclier. L'art & la magnificence avoient réuni
leurs efforts pour exécuter cette ſtatue. La matiere
en étoit auſſi riche que le travail en étoit admirable. Le côté gauche étoit d'or pur, & le droit d'argent. On liſoit ſur une des faces du piedeſtal : *A
la déeſſe qui m'a toujours été ſi favorable* ; & ſur
l'autre : *En reconnoiſſance de quatre victoires obte-
nues ſucceſſivement ſur les Pictes & autres habitans
des Iſles du Nord.*

Un jour deux chevaliers Gaulois que l'amour des
aventures avoit conduits ſéparément dans le pays
des Bretons, arriverent en même tems par deux
chemins oppoſés à cette ſtatue. L'un & l'autre étoient
couverts de leurs armes. Celles du premier étoient
noires, ſymbôle du deuil qu'il portoit depuis, qu'il
s'étoit éloigné de la dame de ſes penſées. Le ſecond
en avoit de blanches ; il ne pleuroit pas ſa maîtreſſe

Tome III. M

qu'il n'avoit quittée que pour la rejoindre auſſi-tôt que, par ſes exploits, il ſe ſeroit rendu digne d'elle.

Tous deux examinerent, chacun du côté où il étoit, ce magnifique monument, lurent les inſcriptions, admirerent le travail de l'artiſte, la richeſſe du métal & la reconnoiſſance du monarque. Je ne me ſerois pas attendu, dit le chevalier aux armes noires qui étoit à gauche, à trouver dans ce lieu ſolitaire une ſtatue d'or maſſif. D'or! s'écria le chevalier aux armes blanches, qui étoit à droite; ſi mes yeux ne me trompent point, elle eſt d'argent. Je ne ſais comment ſont vos yeux, reprit le premier; mais certainement les miens ſe connoiſſent en or, & la déeſſe eſt de ce métal. Sans doute, repliqua l'autre chevalier, il eſt probable qu'on auroit expoſé dans ce lieu déſert une ſtatue auſſi riche! Je m'étonne même qu'on y en ait mis une comme celle que je vois. Une ſtatue d'argent eſt déjà aſſez précieuſe pour tenter les brigands qui peuvent prendre cette route, & l'enlever ſans qu'il ſoit poſſible de les en empêcher. Je ſuis ſurpris qu'elle exiſte encore; car, à en juger par l'inſcription, elle doit être ici depuis environ trois ans.

Le chevalier noir ne put ſoutenir le ton dont ces mots furent prononcés, & le ſourire qui les accompagnoit. Il répondit avec une aigreur qui irrita à ſon tour le chevalier blanc. Tous deux s'échaufferent, & ſe défierent. Auſſi-tôt ils tournerent bride, prirent du champ, & revinrent avec fureur l'un contre l'autre. Leurs lances briſées volerent en éclats; leurs chevaux ſe heurterent; le choc fut ſi violent, que les deux cavaliers furent renverſés ſous leurs montures, qui tomberent & moururent du même coup.

Les chevaliers, meurtris de leur chûte, engagés ſous les corps immobiles de leurs chevaux, reſterent quelques heures à côté l'un de l'autre, ſans pouvoir mê-

me tenter de se relever. Le hasard amena à leur secours un bon druide, savant médecin. Il avoit heureusement sur lui un beaume souverain, qu'il avoit
composé lui-même des sucs des plantes les plus rares
dont il connoissoit les vertus & l'efficacité. Il en versa
sur leurs blessures, dont le sang cessa soudain de couler.

Lorsqu'il les vit hors de danger, il s'informa de
la cause de leur querelle. Ce guerrier dont j'honore
la force & le courage, & qui en a infiniment plus
que de politesse & de courtoisie, répondit le chevalier noir, a imaginé de soutenir, pour m'insulter,
que cette statue est d'argent. Elle est de ce métal,
interrompit sur le champ son adversaire. C'est vous,
discourtois chevalier, qui par je ne sais quel caprice,
contre le témoignage de vos yeux & des miens,
ne soutenez qu'elle est d'or que pour me provoquer.
Tu n'es donc pas content de l'essai que tu viens de
faire de ma lance, reprit le premier avec fureur ?
puisque tu le veux, recommençons.

A ces mots, empressés d'user des forces que le
bienfaisant druide leur avoit rendues, ils sautent sur
leurs épées, & s'attaquent de nouveau. Un moment,
chevaliers, leur cria le druide, en se jettant entre eux.
Vous avez tort & raison l'un & l'autre. Si vous
vous étiez donnés la peine de changer d'abord de
place, & de regarder les deux côtés de la statue,
vous auriez reconnu que partie en est d'or & partie
d'argent. Vous n'auriez pas combattu une première
fois, & vous ne seriez pas tentés de le faire une
seconde.

Il prit alors les deux chevaliers par la main, &
les conduisit autour de la statue, qu'ils considererent
avec autant de confusion que d'étonnement. Honteux
de leur vivacité & de leur colere, ils baissoient les
yeux & gardoient le silence. De quel pays êtes-vous,
leur demanda le druide ? — Nous venons des Gau-

M 2

les. — Je m'en doutois ; votre querelle eft bien digne
de deux François. Puiffe-t-elle vous fervir de leçon ?
Allons, réconciliez-vous & embraffez-vous. Mes enfans, ajouta-t-il, en les ferrant à fon tour dans
fes bras, je vous en conjure par tous les Dieux en
général, & par cette déeffe de la victoire en particulier, ne difputez jamais à l'avenir fur aucune queftion, fans l'avoir auparavant bien confidérée fur toutes fes faces.

LA GAZETTE.

Je vis depuis quarante ans dans un village éloigné
de deux journées de Londres. Un petit bien que je
cultive moi-même, me met en état de vivre avec
aſſez d'aiſance, & d'élever mes enfans qui, s'il plaît
à Dieu, feront de bons laboureurs comme moi, &
paſſeront leur vie dans cette douce médiocrité au
deſſus & au deſſous de laquelle on trouve ſi rarement le bonheur. J'ai été au moment de perdre le
mien. La providence veilloit heureuſement pour me
le conſerver. C'eſt de ſon bienfait que je vais rendre
compte.

Ces jours derniers, j'étois allé chez mon voiſin
le fermier de Sir B..., ſeigneur du village que j'habite. En buvant avec lui ma part d'une excellente
bierre, & mangeant un morceau de fromage qu'il
avoit fait prendre chez l'épicier du coin, mes yeux
tombèrent ſur le papier qui avoit ſervi à l'envelop-
per. C'étoit un lambeau du dernier *London-Chronicle*
de la ſemaine précédente. Les nouvelles en ſont encore fraîches, dis-je à mon voiſin. En bons citoyens,
nous devons nous intéreſſer à toutes celles de notre
pays; & comme je n'ai pas ſouvent occaſion de les
lire, vous me permettrez de parcourir celles que cette
feuille me préſente.

Le voiſin m'approuva d'un ſigne de tête; je pris
le papier, & je lus ce qu'il contenoit. Entre autres
articles, celui-ci me frappa:

» Sir James Fligt, de retour depuis peu des Indes
» orientales, où il a rendu à la compagnie les ſer-
» vices les plus ſignalés, & d'où il a rapporté des

M 3

» richeffes immenfes, a été ennobli par le roi, &
» a eu l'honueur de lui être préfenté le 2 de ce
» mois....«

Sir James Flight, m'écriai-je en m'interrompant!
c'eft le nom que je porte. Je relus l'article une feconde, une troifieme & une quatrieme fois. Mon
honnête auditeur fatigué de ces répétitions, me dit en
bâillant : Qu'a donc de fi important ce paragraphe?
voulez-vous l'apprendre par cœur? ne me forcez pas
du moins à en embarraffer ma mémoire.

Voifin, lui répondis-je, cela eft plus important
que vous ne penfez. Ce Sir James Flight fe nomme
comme moi.... Il eft très-riche. — Eh bien? — Eh
bien?... S'il étoit mon parent, comme je le foupçonne, ne voyez-vous pas que moi & mes enfans
nous pouvons être fes héritiers? — Comment diable! mais cela eft-il bien poffible? — Poffible! je
jurerois que rien n'eft plus vrai. Mon pere Peter
Flight, devant Dieu foit fon ame, m'a cent fois
parlé d'un frere qu'il avoit eu, & qui étoit, difoit-il,
un pareffeux, un libertin, un vagabond, qui n'aimoit point le travail. Un beau jour ce bon fujet
difparut, & n'a jamais donné de fes nouvelles. On
avoit entendu dire feulement qu'il avoit été fe faire
tuer dans l'Inde. Or, remarquez bien qu'on n'avoit
fait que l'entendre dire, & que l'on n'en a jamais
eu de certitude. Sir James Flight eft fûrement ce
frere qu'on traitoit de fainéant & de vagabond, parce qu'il avoit les difpofitions qui font un gentilhomme; il l'eft devenu, c'eft mon oncle; il a
amaffé des biens immenfes, & ces biens doivent
me revenir.

Mon voifin ouvrit de grands yeux; mon opulence
future l'éblouit. Il jugea bien vite que le laboureur
Flight étoit à la veille d'être un grand feigneur.
Celui de mon village avoit befoin d'argent, & cher-

choit à vendre sa terre; il me conseilla de l'acheter de préférence à tout autre; personne n'en connoissoit mieux la valeur. Nous en fîmes le marché en vuidant une autre bouteille de bierre; & le voisin ne manqua pas de me faire promettre, en vertu de notre vieille amitié, que je lui en continuerois le bail. J'y consentis. Nous disputâmes un peu sur le pot de vin que je voulois avoir, & qu'il ne vouloit pas me donner. A la fin, je rabattis quelque chose : il augmenta de son côté; nous nous rapprochâmes, & nous conclûmes en nous donnant parole.

Devenu ainsi seigneur, car je l'étois, ou peu s'en faut, & le voisin n'en doutoit pas plus que moi, je pensai qu'il étoit décent d'en prendre le ton vis-à-vis de mon fermier. Mon front gai & ouvert prit un peu plus de gravité; & au ton d'égalité & d'amitié que j'avois en buvant sa bierre, je fis succéder celui de la supériorité.

Nous nous soutenions à peine sur nos jambes, quand nous nous séparâmes. Il me demanda ma protection en bégayant; je la lui promis, & j'ajoutai, parce que j'avois observé que la boisson lui montoit à la tête, que j'espérois qu'il seroit plus sobre à l'avenir.

Arrivé dans ma maison, que je gagnai avec quelque difficulté, je n'eus rien de plus pressé que de faire part à ma femme de la bonne fortune qui nous arrivoit. Je l'étonnai beaucoup, mais je la mis dans un ravissement inexprimable. Nous nous couchâmes après avoir causé long-tems de nos brillantes affaires, & formé pour nous & pour nos enfans des projets qui n'auroient pu être conçus raisonnablement que par des gens possesseurs des trésors des deux Indes.

Je dormis peu; mon imagination étoit trop agréablement occupée. Le lendemain, il me sem-

M 4

bla que mes douces illusions s'étoient évanouies
avec la nuit. Je me levai, & une nouvelle lecture
de l'article précieux du *London-Chronicle*, les fit
renaître.

Ma femme qui avoit dormi du plus profond sommeil, se réveilla au moment où j'achevois cette lecture, & m'apella en me disant : Ah , mon ami,
le beau rêve que j'ai fait! j'ai songé que tu partois
pour aller voir ton noble & riche oncle ; tu t'étois
fait un habit superbe pour paroître devant lui. Il
t'avoit reçu avec la plus vive tendresse ; & montant
avec toi dans un carrosse tout doré, où il avoit fait
mettre de belles robes & des bijoux magnifiques pour
moi & pour mes enfans , vous étiez venus tous deux
me les apporter. L'excès de ma joie m'a réveillée en
ce moment.

Ce songe me confirma dans l'opinion où j'étois
que mon oncle feroit ma fortune. Je le regardai
même comme un avis que le ciel me donnoit de
faire promptement le voyage de Londres. J'en parlai à ma femme, & je fus un peu étonné de voir
qu'elle avoit des doutes sur le succès de ma visite.
Ce Sir James , disoit-elle , pouvoit n'être pas mon
oncle.

Femme , lui répondis-je , crois que ton mari n'est
pas un sot. Je suis très-persuadé que ce Sir James étoit
le frere de mon pere. — Mais s'il vous recevoit mal ?
Quand on est riche & ennobli, on rougit quelquefois d'un parent obscur & pauvre. Ton songe , lui
repliquai-je aussi-tôt, m'a appris comment je dois m'y
prendre , pour ne point faire rougir mon oncle en
me présentant devant lui. Ne m'as-tu pas vu avec un
bel habit ? j'en ferai faire un ; & Dieu merci , je
n'aurai pas plus mauvaise mine que nos lords, quand
je serai vêtu comme eux.

Cette réflexion dont je m'applaudis , fit bientôt

place dans mon esprit à celles qu'exigeoient les moyens de me mettre en état de commencer au plutôt l'exécution de mon projet. Il falloit me rendre à Londres, & me procurer un habit ; ce dernier ne pouvoit se faire que dans la capitale, où je trouverois des étoffes & des ouvriers que mon village ne pouvoit me fournir. Mais il falloit de l'argent pour l'habit & pour le voyage.

Mes champs fournissent les alimens nécessaires à mon ménage ; le surplus qui est très-borné, produit suffisament pour l'entretien d'une famille de laboureurs, mais non pas assez pour payer l'habit d'un *Beau* de Londres.

Je crus que le voisin qui devoit être mon fermier, quand je serois seigneur du lieu, ne refuseroit pas de me donner un à compte sur le pot de vin du bail que nous devions passer, & je me rendis chez lui. Il étoit à jeun ; il me jura sur son honneur qu'il n'avoit point d'argent ; il en trouva cependant lorsque je lui proposai d'achetter à bon marché le grain que j'avois, & qui étoit destiné à la nourriture de ma famille pendant l'année. Je n'avois pas d'autre ressource pour obtenir les fonds qui m'étoient nécessaires, & je n'hésitai pas à conclure ce marché, bien sûr que mon oncle m'en dédommageroit. Je reçus ma somme, & je revins chez moi.

Je ne sais pas comment cela se faisoit ; mais ma femme, qui désiroit autant que moi de devenir riche & grande dame, trouvoit toujours quelques raisons de blâmer ce que je faisois pour parvenir à combler ses vœux & les miens ; & si elle ne pouvoit me convaincre, elle me donnoit de l'inquiétude.

Pour n'être plus étourdi de ses réflexions, de ses *si*, de ses *mais*, je pris le parti de me mettre en route le même jour. C'étoit autant de tems de gagné sur l'attente, & de chemin qui feroit fait le foir. En marchant bien avant dans la nuit, je pouvois arriver à la couchée du carroffe public, y prendre place le lendemain, & arriver à Londres fans être fatigué. Je ferrai donc mes guinées dans ma poche, & prenant un bâton à la main, & quelques provifions pour me rafraîchir en chemin, j'allai chercher la fortune qui m'attendoit.

Cette premiere traite fut longue ; je marchai prefque toute la nuit, & lorfque j'arrivai à l'auberge du carroffe public, il devoit partir dans une heure. Je me hâtai d'y prendre place, & d'y chercher en attendant le départ, le repos & le fommeil dont j'avois befoin.

Il étoit grand jour, & nous étions en route depuis quelque tems, lorfque je me réveillai. Je jettai les yeux fur mes compagnons de voyage. Ils confiftoient en une femme & fes deux filles, parées les unes & les autres avec beaucoup de foin, & mieux qu'on ne l'eft ordinairement quand on fait route dans une voiture publique. En regardant attentivement la dame, je la reconnus pour une perfonne née dans mon village, & qui avoit été mariée à un riche marchand de Londres, il y avoit environ feize à dix-huit ans. Elle me reconnut auffi. Après les premiers complimens, je lui demandai fi elle alloit faire quelque vifite avec fa famille ? Leur parure me le faifoit du moins conjecturer. Cela eft vrai, me répondit-elle, & je fuis bien honteufe de me fervir d'un carroffe public, mais je n'ai point de voiture, & je ne puis aller à pied, arrangée comme vous me voyez. M. Supple, mon mari, a le malheur d'être allié à des perfonnes du plus haut rang. Il a un oncle baronnet, un premier coufin vicomte, & parmi fes coufins au fecond & au troifieme degré, un marquis & deux comtes.

Comment, Madame, interrompis-je, vous appellez un malheur d'être si bien alliée ? — Affurément,
mon cher Flight, & vous ferez de mon avis, quand
je vous dirai que tous ces nobles parens ont caufé
notre ruine.

En lui témoignant combien cette nouvelle m'af-
fligeoit, je lui montrai la furprife qu'elle me cau-
foit ; car après tout, ces parens illuftres pouvoient
& devoient l'obliger.

Elle fecoua la tête lorfque je fis cette réflexion.
Si vous penfez ainfi, me dit-elle, vous connoiffez
bien peu le monde. Mon hiftoire vous apprendra les
obligations que je leur ai.

Vous avez fu, continua-t-elle, que M. Supple
mon mari, étoit un marchand dont les affaires paf-
foient pour être dans l'état le plus floriffant. Elles
auroient profpéré s'il l'avoit voulu ; mais au lieu de
s'en occuper, il ne fongeoit qu'aux grands auxquels il a l'honneur d'appartenir. Il négligeoit fon
commerce pour chercher à leur faire fa cour, &
quoiqu'ils dédaignaffent de le recevoir, il paffoit
plus de tems dans leur anti-chambre que dans fa
boutique.

Peu de tems après notre mariage, je m'apperçus
de fa foibleffe ; je tachai inutilement de l'en guérir ;
elle ne fit qu'augmenter tous les jours, & elle alla
à un tel point que tout commença à péricliter chez
nous. Les marchands auxquels nous avions affaire,
s'arrangerent ailleurs ; nos chalants nous abandon-
nerent ; les garçons auxquels M. Supple laiffoit la
conduite de fon négoce, n'étant point furveillés, fe
négligerent à leur tour, & préférerent, comme leur
maître, leurs plaifirs à leurs devoirs. Au bout de quelques années, nos affaires furent dérangées. M. Supple
ne fongea point à les rétablir.

Un jour que je lui répétois les obfervations que

je lui avois faites cent fois, il m'interrompit pour me dire qu'il convenoit que ce soir même j'allasse avec lui à Ranelagh, où il me feroit voir ses illustres parens que je ne connoissois pas. Je fus forcée de me mettre dans la parure la plus recherchée ; il n'épargna rien pour la sienne, & je ne pus m'empêcher de lui faire observer que nous le prenions sur un ton trop au dessus de notre état ; mais son usage n'étoit pas de m'écouter.

Nous arrivâmes à Ranelagh ; je le vis chercher par-tout ceux qu'il desiroit rencontrer. Il apperçut enfin un homme de qualité, mis superbement, & il me traîna de ce côté sans me rien dire ; il me le fit suivre avec lui pendant un tems considérable. Lasse des tours & des détours qu'il me faisoit faire, je le priai de me donner un peu de relâche, & de me dire si l'usage des gens de qualité étoit de chercher la fatigue dans la promenade ? Vous ne savez pas, me dit-il, que ce seigneur que vous voyez est le lord J... mon cousin. Je l'ai suivi jusqu'à ce moment, dans l'espérance qu'il me remarqueroit ; mais il ne m'abordera point ; il ne me saluera même pas, parce que j'ai une boutique. Je suis bien malheureux d'être né marchand ! Pourquoi mon père n'a-t-il pas fait comme le reste de sa famille, au lieu de prendre un état qui la fait rougir ?

En disant ces mots, il soupira, & il s'assit avec l'air de la plus profonde douleur. Je fus réellement affligée de la peine qu'il me montra. J'essayai de le consoler en l'exhortant à renoncer à des parens qui le dédaignoient, à se contenter de son sort, & à vivre paisiblement de son état. C'étoit parler à un sourd. Il se mit dans la tête de quitter son commerce, & pendant trois ou quatre ans qu'il garda encore sa boutique pour achever de se ruiner, il écrivit régu-

liérement tous les jours à son oncle le baronnet,
pour le prier de le tirer de l'état respectable de né-
gociant qu'il trouvoit au dessous de lui, & de lui
procurer un emploi qu'il put exercer, sans ce qu'il
appelloit déshonorer ses parens. On lui en pro-
cura enfin un qui vaut 100 livres sterling de revenus. M. Supple crut tenir le Pérou. Il vendit les
restes de son magasin qui payerent à peine nos
dettes, & nous allâmes nous établir à la campagne pour faire moins de dépense. Nous y vivions
très-mal du produit de son emploi, & ses folies
qui n'ont point diminué, nous mettent fréquemment à l'étroit.

Ce récit m'étonna beaucoup. Je ne pouvois me
persuader qu'une famille illustre & riche laissât
ainsi dans la peine un homme qui lui appartenoit
de si près. Je crus pouvoir assurer Madame Supple,
que l'on s'occuperoit efficacement tôt ou tard de sa
fortune.

Ah, Monsieur, me dit elle, une pareille espérance ne peut naître que dans un cœur bon, mais
qui ne connoît pas les hommes. Je les connois trop
bien, & je compte si peu sur eux, que je me suis
arrangée avec différens marchands, pour me procurer tous les ouvrages qu'une femme peut faire. Je
les exécute avec mes filles; & le prix que nous en
retirons, nous aide à subsister & à entretenir cette
parure à laquelle mon mari ne nous permet pas de
renoncer. Il exige que nous fassions des visites à nos
parens, & il nous fait prendre la voiture publique
pour cet effet. Elle arrête à une certaine distance de
la maison où nous allons; nous descendons, & nous
continuons notre route à pied, pour ne pas faire
voir l'équipage vulgaire qui nous a amenées. On
nous reçoit froidement; on se dépêche de nous
congédier avec un mot poli, & ce mot poli

dédommage M. Supple de toutes les peines &
de toutes les humiliations que nous fommes forcées
de fubir.

Une de fes manies eft de recevoir à fon tour fes
nobles parens. Il a eu cet honneur la femaine derniere, après l'avoir follicité pendant deux ans; il
nous a coûté les trois quarts d'une année de notre
revenu. Ce n'eft pas cependant que nous ayons fait
grand chere à nos illuftres convives ; car nous ne
leur avons fervi que du thé. Mais M. Supple a voulu
avoir une falle pour les recevoir. La feule piece de
notre maifon, qui étoit convenable par fon étendue,
ne prenoit du jour que par une très petite croifée. Il
en a fait faire deux grandes, ornées de vitres de
Bohême. Il a fallu auffi la meubler. Il a acheté un
cabaret de la plus belle porcelaine; fur un plateau
d'argent maffif, la théiere, la bouilloire & jufqu'au
réchaud du même métal. Il a fallu lui laiffer faire
ces dépenfes, parce qu'il faifoit à tout cette réponfe
décifive : *C'eft l'ufage des gens de qualité.* En attendant, nous fommes ruinés ; le préfent eft douloureux, & l'avenir ne nous offre pas une perfpective plus riante. Si M. Supple n'avoit pas été fi
noblement allié, il auroit été content de fon état,
& nous jouirions d'un bonheur que nous ne pouvons
plus nous flatter de retrouver.

Elle en étoit là de fon récit & de fes réflexions
affligeantes, lorfque la voiture s'arrêta, conformément aux inftructions que la dame avoit données au
cocher. Elle defcendit, & alla faire fa vifite. Le cocher fit rafraîchir fes chevaux. J'entrai dans l'hôtel-
lerie, & affis dans un coin, je me mis à réfléchir
fur ce que j'avois entendu.

Je plaignois Madame Supple, & je blâmois fon
mari de n'avoir pas fait plus d'attention à fes confeils. Tout-à-coup je me rappellai ceux de ma fem-

me qui m'avoient paru fi défefpérans, & qui m'a-
voient fait précipiter mon départ, pour n'avoir pas
l'ennui de les entendre davantage. Je commen-
çai à foupçonner qu'elle pourroit avoir plus de raifon que je ne le croyois. La conduite du baronnet, du vicomte, du marquis & des deux comtes
parens de M. Supple, me donna quelque inquiétude fur la réception que me feroit mon oncle Sir
James Flight.

J'avois fait un paquet de papiers qui pouvoient
fervir à m'en faire reconnoître. Je les avois raffem-
blés fans les examiner. J'avois du loifir dans ce moment; je les ouvris. Le premier qui me tomba fous
la main étoit l'extrait baptiftaire du frere de mon
pere. J'y lus le nom de William, & non celui de
James. Cela m'étourdit un peu. Il fe pourroit bien,
me dis-je alors, que Sir James Flight ne fut pas
le même homme que William Flight. Je treffail-
lis à cette idée. Je refferrai mes papiers; & après
avoir payé le prix de ma place au cocher, je
faifis mon bâton, & je repris le chemin de mon
village.

Ma femme fut fort furprife de me voir fi-tôt de
retour. Eh bien, me dit-elle, ton voyage?... — Il
eft fini graces à Dieu. — Et ton oncle?... — Je crois
que je n'en ai point. — Et l'héritage?... — Femme, il fe réduit à ce que nous avions. Nous étions
contens de notre fort avant que j'euffe lu le
London Chronicle; nous pouvons l'être encore
à préfent. Imagine-toi que nous avons dormi, &
que nous nous réveillons. Ne fommes-nous pas
comme nous étions? — Pas tout-à-fait; & notre
grain?...

Elle avoit raifon. Mais j'avois encore l'argent que
j'en avois tiré, & je courus le rendre à mon voi-

fin, à qui il me fallut raconter encore l'histoire de mon voyage & la perte de mes espérances.

Il reprit son argent. Je gardai mon grain. Nous bûmes une nouvelle bouteille de bierre, & nous convînmes l'un & l'autre en la vuidant que les papiers publics sont une mauvaise lecture.

C'EST

C'EST L'HISTOIRE DE BIEN D'AUTRES,

Ou, si l'on veut, le Petit Cousin du grand voyageur Scarmentado.

Personne n'a plus éprouvé que moi l'inconstance de l'ame & l'instabilité de ses vœux. Je ne suis encore qu'à la moitié de ma carriere, & j'ai parcouru presque tous les états qu'un homme ordinaire peut embrasser. Je croyois dans chacun rencontrer le bonheur, & je n'y ai trouvé que le dégoût & l'ennui, qui me le faisoient quitter avec autant d'empressement que j'en avois mis à le prendre. J'ai remarqué que le desir est une jouissance, qui cesse dès qu'il est satisfait. Heureux celui qui pourroit le prolonger pendant toute sa vie, ou qui sauroit du moins le renouveller ! J'ai eu ce bonheur pendant quelque tems ; mais je commence à me croire forcé d'y renoncer.

Mon pere, selon l'expression commune & populaire, étoit né avant moi ; voilà à-peu-près tout ce qu'on en peut dire. C'étoit un commerçant assez habile, qui par son industrie & sa sobriété, avoit amassé quelques milliers de livres sterling, qu'il devoit me laisser après sa mort. Son ambition, en m'assurant une fortune honnête, fut de me mettre en état d'en jouir d'une maniere distinguée. Il chargea de mon éducation une des meilleures écoles des trois royaumes. On pouvoit y faire de très-bonnes études : il ne douta pas que je n'en eusse profité ; il m'appelloit avec satisfaction Monsieur l'écolier. Le bon homme avoit envie de faire de moi ce qu'il n'avoit jamais été, un savant & un homme poli.

Tome III.   N

J'avois vingt-deux ans lorsque la mort me l'enleva. Comme j'étois fils unique, je me trouvai seul maître du bien qu'il laissoit. Je pleurai sincérement sa perte ; mais j'avoue que l'idée de ne dépendre de personne, & de jouir d'une assez jolie fortune, essuya bientôt mes larmes.

La premiere chose que je crus devoir faire, fut de quitter toute relation avec les citoyens de la profession de mon pere. Il m'avoit occupé pendant deux ans dans sa boutique, & cela m'avoit totalement dégoûté du commerce. Je me hâtai de vendre les marchandises qui se trouvoient dans ses magasins ; je les réalisai. Après cela, je songeai à la vie que je menerois.

J'avois lu une multitude de pastorales & de bergeries. Les tableaux de la vie champêtre avoient fait une vive impression sur mon ame.

Quel plaisir, me disois-je, est comparable à celui de se retirer loin du tumulte des villes, pour respirer en liberté au sein de la douce tranquillité des campagnes ! Après un repas simple & frugal, mais savoureux & dressé par la propreté, je me retirerai dans un bois solitaire, dont l'ombrage me défendra de l'ardeur du soleil. Couché sur un gazon épais, j'écouterai le chant des oiseaux. Je varierai mes amusemens par le repos, la chasse & la culture. Je me transporterai dans une nouvelle Arcadie ; j'y trouverai sans doute quelque bergere dont le cœur innocent & pur, ignorant l'art dangereux, si commun dans les villes, s'occupera de mon bonheur. Le siecle de fer n'est que dans les cités ; l'âge d'or est encore dans les campagnes.

Plein de ces idées riantes, sur lesquelles mon imagination s'arrêtoit avec délice, je n'eus rien de plus pressé que de réaliser le songe de bonheur que je faisois. J'achetai une petite maison à peu de distance

de la capitale. Elle étoit fur la lifiere d'un bois ma-
jeftuéux, qui fe préfentoit à gauche. La droite offroit une prairie vafte qui s'étendoit jufqu'à la riviere.
Vis-à-vis étoit un petit jardin très-agréable ; & derriere, des champs cultivés & couverts de riches moif-
fons.

Le premier jour, la fituation de mon habitation
m'enchanta. Le lendemain, je voulus me livrer à la
culture de mon jardin. Je pris une bêche : je ne
m'en fus pas fervi pendant une demi-heure, que je
me trouvai tout en eau, & fi fatigué que je fus contraint de quitter l'ouvrage, & de rentrer chez moi
pour me repofer. Ma laffitude ne me permit pas de
fortir de tout le jour, & je m'ennuyai beaucoup.

Le jour fuivant, dégoûté d'un travail pénible, par
l'effai que j'en avois fait la veille, je cherchai une
occupation plus douce. La pêche me l'offroit, & je
me rendis auffi-tôt fur le bord de la riviere, avec
des lignes dont je m'étois pourvu. Je ne fis pendant
quatre heures que les jetter à l'eau, & les retirer;
aucun poiffon ne venoit mordre à l'appât. Je chan-
geois inutilement de place; je ne pris rien, & je
me retirai fort dégoûté de la pêche.

Je ferai plus heureux à la chaffe, me dis-je alors.
Cet amufement qui entraîne de l'exercice, me diffi-
pera fans doute davantage.

Le lendemain je pris donc un fufil, & fuivi de
mon chien, je courus la campagne. Je rencontrai
beaucoup de gibier; je tirai un grand nombre de
coups; mais je ne tuai pas une piece; je ne faifois
que du bruit, & que chaffer devant moi les oifeaux.
Je courus long-tems, je me fatiguai beaucoup, &
en rentrant chez moi, je n'eus rien de plus preffé
que de fouper, & de chercher mon lit.

Le jardinage, la chaffe & la pêche ne m'avoient
point procuré de plaifirs. Je crus que je les trouve-

N 2

rois dans la promenade & le spectacle de la nature.
Je ne fus pas plus heureux. Le premier coup d'œil
de la campagne me faisoit une forte impression ;
mais mon œil s'y accoutumoit ; il s'arrêtoit avec
stupidité sur ce tableau vaste ; il ne savoit pas le
détailler, & bientôt il le regarda sans le voir. La
continuité du chant du rossignol me fatigua ; & tout
en disant que cela est beau! je baillois & je m'en-
nuyois.

C'est que je suis seul, réfléchis-je un jour. Pour
goûter véritablement le plaisir, il faut le partager
avec quelqu'un ; & il ne peut être partagé plus dé-
licieusement qu'avec une compagne. Je me dépêchai
d'en chercher une.

Malheureusement le hameau dans lequel je m'é-
tois établi, ne m'offroit aucune habitante qui pût
me rappeller celles de l'Arcadie. Les bergeres mal-
propres & dégoûtantes, halées par le soleil, n'étoient
pas faites pour occuper agréablement les yeux & l'im-
imagination. Ces paysannes grossieres n'annonçoient
pas un cœur sensible ; ou s'il étoit susceptible d'a-
mour, il ne l'étoit qu'à leur maniere.

Cependant je distinguai une petite paysanne jeune
& jolie, plus proprement mise que les autres, & qui
devoit cet avantage à un peu de coquetterie. Je lui
fis ma cour. Pour m'en faire bien venir, je lui portai de petits présens : tantôt un chapeau de paille, qui
garantissoit son teint du hâle; tantôt un ruban, qui
lui servoit à nouer ses cheveux, & des gants dont
l'usage à la longue eut pû rendre à ses mains la
blancheur qu'elles n'avoient plus.

On recevoit avec plaisir ces petites galanteries; on
s'en paroit ; mais ce n'étoit pas pour moi. On ne
vouloit paroître belle qu'à un jeune rustre auquel on
donnoit la préférence.

L'amour-propre mortifié est aussi jaloux que l'amour ; il est seulement moins cruel. Il ne m'inspira aucun projet de vengeance, mais il me dégoûta de ma bergere & de la campagne. Je vendis ma maison. Mon empressement a l'acquérir m'y avoit fait mettre un haut prix : je la cédai pour peu de chose, & je retournai à la ville.

Il y avoit quelques jours que je me retrouvois à Londres, promenant mon ennui dans tous les lieux publics, fréquentant assidument les cafés. J'y entendois parler souvent de littérature ; on nommoit plusieurs grands hommes qui s'en occupoient, avec des éloges qui exciterent mon émulation. Si je pouvois en obtenir de pareils, me disois-je ? & pourquoi non ? J'ai fait mes études ; qui m'empêcheroit de m'essayer dans la carriere des lettres ? J'ai toujours oui dire que l'homme est capable de tout dès qu'il le veut bien : or, je veux absolument être un grand écrivain ; il n'y a point de doute que je le deviendrai.

Il ne s'agissoit plus que de choisir le sujet de l'ouvrage par lequel il convenoit de débuter. Ce premier pas étoit à la fois important & délicat. Je crus devoir commencer par quelque chose qui fit du bruit. Il me sembla que joûter avec Pope & le surpasser, comme je n'en doutois point, étoit une entreprise digne de moi. Je me déterminai donc à faire présent au public d'une nouvelle traduction d'Homere. Je ne sais pas le grec, à la vérité, mais cela ne m'embarrassa point. J'entends assez bien le françois ; je me procurai une traduction d'Homere dans cette langue, & je travaillai à la mettre dans la mienne.

Cet ouvrage m'occupa pendant un an, mais je le terminai à ma grande satisfaction. J'allois dans mon enthousiasme le livrer à la presse, lorsque je crus devoir auparavant le montrer à un de mes amis. Ce n'étoit pas pour prendre ses conseils, quoiqu'il fut en état de m'en donner de bons ; mais je voulois lui faire plaisir, & lui donner en même tems quelque connoissance d'un génie dont je m'appercevois avec peine qu'il ne me soupçonnoit pas.

Je m'attendois à ses éloges, lorsqu'après avoir entendu quelques pages, il m'interrompit pour me demander quel auteur j'avois traduit? Vous ne reconnoissez pas Homere, m'écriai-je? Non, me répondit-il, mais j'ai cru reconnoître à-peu-près le commencement d'Hérodote. — Hérodote!... Ciel!... Je m'étois en effet mépris; & ne connoissant pas plus Homere que cet écrivain, j'avois traduit l'un pour l'autre.

Cette découverte mit fin à mes idées de vanité. J'abandonnai toute prétention à la gloire littéraire; je brûlai mon manuscrit, & je quittai la plume pour ne plus la reprendre.

Un jour ou deux après, j'allai me promener au parc de S. James. Je m'assis en réfléchissant sur ce que je devois faire pour éviter l'ennui inséparable de l'oisiveté. Je ne pouvois m'arrêter à rien; & tout en réfléchissant, je perdis de vue l'objet qui m'occupoit, pour rester gravement assis dans cet état qui n'est ni sommeil, ni veille; & qui tient cependant plus du premier que du second.

Un bruit martial qui se fit entendre tout-à-coup, me tira de ma léthargie. C'étoit la garde qu'on alloit relever. Elle passa près de moi. Je vis avec admiration l'ordre de la marche, la tenue du soldat, l'élégance & la fierté des officiers. Il me sembla que la profession qui donnoit cet air à des hommes souvent ordinaires, étoit la plus belle des professions possibles. Je me représentai sous un uniforme; je ne doutai pas que je n'eusse aussi bonne mine qu'aucun de ceux auxquels il seyoit le mieux. Je pensai aussi que je ne manquerois pas de m'avancer promptement, & mon imagination active s'élançant dans l'avenir, me revêtoit déja du titre de général. Il ne falloit pour y parvenir que me procurer une commiſſion, & je pris la réſolution d'en acheter une.

La diſpute entre la mere-patrie & ſes colonies, étoit montée au plus haut degré. De part & d'autre, après avoir beaucoup argumenté, on en étoit venu à ce que l'on appelle *l'ultima ratio*. Le ſervice en Amérique paroiſſoit révolter la plupart des officiers. On en voyoit tous les jours pluſieurs qui refuſoient de s'embarquer pour aller égorger nos freres les Américains. Je ne fus pas ſi difficile. Je regardois ce ſervice comme le chemin de la gloire & de l'avancement. Prêt à profiter de la bonne volonté de ces officiers auxquels leurs commiſſions peſoient, je m'arrangeai avec le premier qui voulut me vendre la ſienne, & je me trouvai lieutenant avec une très-modique dépenſe.

Après les préliminaires indiſpenſables, je m'embarquai pour la terre où l'on combat pour & contre la liberté. A peine eus-je joint mon corps, qu'il fut commandé pour la malheureuſe expédition de Concord. Je ne m'étois jamais trouvé à une action. Je reconnus qu'il étoit plus agréable, & ſur-tout plus commode d'en lire les relations, que d'y aſſiſter en perſonne. Je n'entendis pas ſans un frémiſſement univerſel dans tout mon corps, le ſiflement des balles qui paſſoient auprès de mes oreilles ; je pouvois à peine ſoutenir le mouſquet dont on m'avoit armé ; ma main tremblante ne le déchargea que trois fois, & je ſuis ſûr que les Américains n'ont à reprocher à ces trois coups la perte d'aucun des leurs. Il eſt clair comme le jour que je ne puis les avoir ſur la conſcience.

Au milieu de l'action, une balle emporta ma perruque ; c'étoit ſelon l'expreſſion de mon colonel & de mes camarades, la partie précieuſe de ma tête. Depuis ce moment je ne fus plus à moi. Je tombai à terre, où je restai sans mouvement, persuadé que j'étois blessé. Je fus à peine rassuré par les sermens du chirurgien qui vint me relever, & qui juroit que je n'avois pas la moindre contusion.

Le bruit du canon, les cris des blessés & des mourans m'avoient étourdi. Revenu à moi-même, je me trouvai dégoûté du métier de la guerre. Ce fut avec la satisfaction la plus vive que j'aye jamais éprouvée dans ma vie, que je repris avec mon corps le chemin de Boston, où j'arrivai heureusement, & le lendemain, je remis ma commission.

Je saisis la premiere occasion qui se présenta pour retourner en Angleterre. Il sembloit qu'à mesure que je m'éloignois de l'Amérique, je respirois avec plus d'aisance. Je débarquai à Portsmouth, d'où je pris le chemin de Londres, bien revenu de l'espérance de devenir un jour général, & de voir mon nom figurer dans les papiers publics.

Je fus bientôt las de l'inaction dans laquelle je me retrouvai. Que ferai-je, me demandois-je souvent? je ne savois à quoi me décider. Un de mes amis, le même qui m'avoit dégoûté de la littérature, vit mon embarras, & vint à mon secours.

Vous êtes fatigué de votre loisir, me dit-il; vous avez besoin d'une occupation. Cela est très-bien: l'homme ne doit pas rester sans rien faire. Je crois qu'il y a une profession qui vous conviendra. Vous savez sans doute autant de latin qu'il en faut, pour entendre à-peu-près ce que vous lisez dans cette langue. Vous avez parcouru quelques livres de loix. C'est tout ce qui vous est nécessaire pour vous présenter au barreau. La moitié des avocats en sait encore moins que vous. Votre dessein n'est pas de travailler infiniment. Votre jolie figure ne fera point mal sous une grande perruque, qui vous donnera un air grave, & vous procurera beaucoup de considération. Allons, allons, voilà qui est décidé : vous serez avocat.

Cette ouverture me plut. Mon imagination montée par les discours de mon ami, me fit regarder cet état comme celui auquel j'étois appellé. Il ne me fut pas difficile de l'embrasser. Je subis les examens nécessaires. On sait comment ils se font ordinairement. Les examinateurs ne sont pas sévéres ; ils ont des droits qu'on leur paye toujours, des présens qu'on doit à leur indulgence, & ils donnent d'autant plus volontiers les certificats de savoir, que le public n'en est point la dupe, & que l'avocat qui réussit ensuite, ne doit qu'à son travail la confiance dont on l'honore. Je fus admis.

On me vit promener tous les jours une robe longue & une perruque dans les salles de Westminster. Pendant quelque tems, ce fut ma seule occupation. Un particulier s'adressa enfin à moi pour me confier ses intérêts, & me fournit une occasion de déployer mes talens oratoires. Son adversaire avoit pour avocat un homme qui tenoit le haut du barreau. Fier de lutter contre lui, & de le vaincre, je préparai un magnifique plaidoyer. J'y prodiguai toutes les fleurs de rhétorique, entassant, les uns sur les autres, les noms de cent auteurs que je n'avois pas lus, mais dont j'avois retenu des lambeaux à force de les entendre citer par mes confréres. Tout cela devoit me donner un air d'érudition qui ne me flattoit pas moins que mes prétentions à l'éloquence.

Je parlai seul pendant quatre heures entieres ; mais j'étois tellement occupé des belles choses que j'avois préparées, que je ne dis pas un mot de l'affaire sur laquelle je devois instruire les juges.

Lorsque j'eus fini mon plaidoyer, que je m'attendois à recevoir des éloges, & que je prenois déjà l'attitude modeste que j'avois étudiée pour les recevoir, mon client éleva la voix.

Meffieurs, dit-il aux juges ; je n'ai pas compris un mot de ce que mon avocat a dit en ma faveur. Je ne mefure point votre intelligence fur la mienne ; mais je vous fupplie de me permettre de vous expofer en deux mots mon affaire comme je l'entends.

On le lui permit. En dix minutes il s'expliqua ; les juges opinerent, & prononcerent en fa faveur. Perfonne ne fit honneur de ce fuccès à mes quatre heures de plaidoyer.

Je fus tellement mortifié de l'injuftice de mes auditeurs, que je renonçai pour toujours au barreau. Je jettai ma robe & ma perruque, & je me mis à rêver de nouveau à l'état que je pourrois prendre. Tous ceux dont j'avois effayé jufques-là, m'avoient mal réuffi, & je commençois à penfer que je n'étois propre à aucun.

L'ami qui m'avoit entraîné au barreau, inftruit de mon aventure, s'empreffa de me venir voir pour me confoler. Ne vous laiffez point abattre, me dit-il ; parce que vous n'avez pas eu de fuccès dans une chofe, faut-il défefpérer d'en avoir dans quelque autre ? Le défefpoir eft l'enfant de la folie, & la défiance eft la fille de la lâcheté. Pourquoi ne penfez-vous pas à la médecine ? le bon métier ! & qu'il eft aifé à faire ! vous connoiffez les noms & les vertus de quelques plantes, & cette connoiffance avec un peu d'affurance & d'adreffe eft le plus bel appanage d'un membre de la faculté. S'il vous arrive de tems en tems de tuer un malade, il ne faut pas vous en effrayer. Que vous arrivera-t-il après tout qui n'arrive à tous les médecins, & même aux plus fameux ? Dans ce cas vous ferez comme eux. Vous atrribuerez l'effet de votre ignorance au manque de foin de la garde-malade, à l'obftination du patient, ou à quelque qualité nuifible de l'air. D'ailleurs, qui prend un

médecin à partie ? S'il arrive que la nature faffe une
cure, vous vous en ferez honneur, perfonne ne vous
le difputera, tout le monde chantera vos louanges,
& bientôt vous ferez en crédit. De l'adreffe, voilà
le point principal. Un peu de bonheur, vous en aurez. Sur le nombre des malades que vous verrez, il
y auroit bien du malheur fi quelques-uns ne guérif-
foient pas. De quelque maniere qu'ils guériffent, on
dira toujours que c'eft par votre moyen.

J'avois écouté ce difcours avec la plus grande attention : à peine fut-il fini que le démon de la mé-
-decine entra dans mon corps. Je pris mon ami par
la main, & je l'embraffai en le remerciant de fon
avis.

Il ne fe borna pas à me donner l'idée de me faire
médecin ; il me rendit tous les fervices qui dépen-
doient de lui pour me mettre en crédit. Bientôt je
roulai dans Londres avec un petit carroffe & deux
chevaux aux dépens des morts & des vivans.

Les premieres perfonnes qui eurent befoin de moi,
étoient un jeune homme qui avoit époufé une vieille
femme qui lui donnoit tous fes biens après fa mort,
& un neveu qui devoit hériter de fon oncle. Tous
deux vinrent me prier de voir le vieillard & la vieille
qui étoient malades d'une indigeftion ; je les en dé-
barraffai pour jamais à l'aide d'une faignée, qui me
mit en réputation auprès des enfans de famille em-
preffés d'hériter.

Mes affaires alloient à merveille ; mais hélas ! on
m'appella un jour chez un jeune malade, qui loin
d'avoir des héritiers, devoit l'être lui-même. Il avoit
une hydropifie. Je m'avifai d'ordonner encore une
faignée, & cette faignée qui emporta mon malade,
détruifit en même tems ma réputation, & m'ôta
toutes mes pratiques.

Ce dernier événement étoit propre à me décourager pour jamais. Je ferois infailliblement tombé dans le plus profond défefpoir , fans l'ami , le conféil que j'avois écouté jufqu'à ce moment. Il vint me voir & partager ma douleur. Mais après avoir rêvé quelque tems fur ma fituation ; mon ami , me dit-il , ne défefpérons point encore ; je fonge à un état qui vous convient. Parbleu, vous ferez prêtre & curé de village. Vous acheterez une cure ; car tout fe vend. Vous vous procurerez une douzaine ou deux de fermons manufcrits , & vous les répéterez pendant le refte de votre vie ; cela vous fuffira.

Je fuivis encore cet avis. Je trouvai un riche bénéficier qui fe laffoit du miniftere, & qui ne le continuoit qu'à caufe des émolumens. Je m'arrangeai avec lui , & j'allai m'inftaller à fa place. J'y vis depuis quelques mois , affez recherché de toutes les vieilles femmes de la paroiffe , & recherchant de mon côté les jeunes.

C'eft ainfi que dans le cours de peu d'années , j'ai été jardinier , pêcheur, chaffeur , auteur, foldat, avocat, médecin. J'ai l'honneur à préfent d'être prêtre & curé ; & je vivrois affez heureux, fi je m'étois arrêté là. Mais je fuis marié depuis un mois ; ma femme eft âcariatre avec moi , galante avec tout le monde , & je ne puis pas la quitter comme j'ai quitté toutes mes profeffions précédentes.

L'ABUS ET L'USAGE DES RICHESSES,

CONTE INDIEN.

Sous le regne de Gengis-Kan, le conquérant de l'Asie, vivoit à Samarcande le marchand Nouradin, célèbre par l'étendue de son commerce, ses richesses & son intégrité. Ses magasins réunissoient toutes les commodités que peuvent fournir les contrées les plus éloignées de la terre. Ce que la nature offre de plus rare, l'art de plus curieux, les choses précieuses & les choses utiles se trouvoient entre ses mains. Les chemins étoient couverts de ses charriots, les mers de ses vaisseaux ; les ondes de l'Oxus gémissoient sous le poids des bateaux chargés de ses marchandises, & les vents de tous les points du globe sembloient ne souffler que pour lui apporter des trésors.

Nouradin, au milieu de ses richesses, fut attaqué d'une maladie lente, qu'il essaya d'abord de détourner par l'application, & qu'il entreprit de dissiper ensuite par le repos & par les amusemens les plus recherchés que peut procurer une grande fortune. Mais sentant ses forces s'affoiblir, il s'effraya, & appella auprès de lui les sages qui s'occupent de l'art de guérir. Ils remplirent ses appartemens d'alexipharmaques, de restauratifs & d'essences. On fit dissoudre les perles de l'Océan ; on distilla les épices de l'Arabie ; toutes les puissances de la nature furent employées pour fournir de nouveaux esprits à ses nerfs, & un nouveau baume à son sang.

Pendant quelque tems il fut amusé par des promesses, fortifié par des cordiaux, soulagé par des topiques. Mais la maladie continua ses progrès & attaqua les parties vitales. Il reconnut avec chagrin que la santé ne s'achete point; il resta confiné dans sa chambre, abandonné par ses médecins, & rarement visité par ses amis. Cependant sa répugnance à mourir le flatta encore quelque tems de l'espérance de vivre. Enfin, ayant passé une nuit dans les angoisses de la souffrance, épouvanté de la langueur dans laquelle elle l'avoit laissé, il fit venir Almamoulin son fils unique, & après avoir renvoyé tout le monde, il lui parla ainsi:

Mon fils, le spectacle qui se présente ici à tes yeux, est un exemple terrible de la foiblesse & du peu de durée de l'homme. Porte tes regards en arriere, remonte à quelques jours seulement. Tu voyois ton pere heureux & satisfait, frais comme la rose du printems, & égalant en forces le cédre des montagnes. Les nations de l'Asie travailloient pour lui; le commerce & les arts lui apportoient les tributs de la terre entiere. La malveillance le regardoit & soupiroit. Sa racine, s'écrioit-elle, est affermie dans les profondeurs de la terre, & arrosée par les sources de l'Oxus. Ses branches s'étendent au loin, & défient toutes les influences pernicieuses. La prudence fait la solidité de son tronc autour duquel danse la prospérité. Maintenant, Almamoulin, regarde moi couché sur le lit de douleurs; vois moi souffrant, dépérissant, & écoute.

J'ai trafiqué, j'ai prospéré, j'ai fait des gains immenses. Le luxe & l'abondance étalent leurs magnificences dans ma maison. Mon domestique est nombreux; je passe pour le plus riche propriétaire de l'Asie: cependant je n'ai montré que la plus petite partie de mes richesses. Le reste, dont la crainte d'exciter l'envie ou de tenter la cupidité n'a empêche de jouir, je l'ai entassé dans des tours, je l'ai

enterré dans des cavernes, je l'ai caché dans divers
dépôts inconnus & secrets, que ce papier seul peut
te faire découvrir. Mon dessein étoit de continuer
encore mon commerce pendant dix mois, de me
retirer ensuite avec mes trésors dans une contrée plus
sûre que celle-ci, de passer sept ans dans les fêtes,
les plaisirs & les jeux, & de consacrer après cela le
reste de mes jours à la solitude & à la priere. Mais
la main de la mort déconcerte mes projets, & s'ap-
pésantit sur moi. Je sens mon sang refroidi circu-
ler à peine dans mes veines, & son mouvement
rallenti m'avertit de sa suspension totale & prochaine.
Il faut que je te laisse le produit de mes travaux;
ton affaire est d'en jouir avec sagesse.

Nouradin ne put en dire davantage. L'idée de
quitter ses richesses le troubla tellement qu'il tomba
dans des convulsions qui furent suivies d'un délire ter-
miné par la mort.

Almamoulin qui aimoit son pere, montra da-
bord une juste douleur. Il resta pendant deux heures assis à côté du lit de Nouradin, plongé dans
une profonde méditation, sans ouvrir le papier qu'il
avoit pris des mains du mourant, aussi-tôt qu'il l'avoit
vu perdre connoissance. Il se retira enfin dans sa
chambre avec l'air d'un homme étourdi de sa perte.
Il ne s'y fut pas plutôt enfermé qu'il lut l'inventaire
de ses nouvelles possessions. Elles le remplirent de
tant de transports, que dès cet instant il n'eut plus
le tems de sentir la mort de Nouradin. Il se trouva
même assez tranquille pour en ordonner la pompe
funebre. Il y mit une magnificence modeste, convenable à la profession du défunt, & à l'opinion
qu'on avoit de sa fortune. Ces devoirs remplis, il
employa les deux nuits suivantes à reconnoître & à
visiter les tours & les cavernes où ses trésor étoient
déposés. Ils surpasserent encore à ses yeux l'idée que
s'en étoit faite une imagination avide & ardente.

Elevé dès l'enfance dans la frugalité, par un pere plus empressé d'amasser des richesses que d'en jouir, Almamoulin avoit souvent envié le sort des jeunes gens de son âge qu'il avoit vu briller par la magnificence de leurs habits & par leur dépense. Il ne douta pas qu'il n'eut entre les mains les moyens d'être aussi heureux qu'il étoit possible, puisqu'il lui étoit aisé de se procurer toutes les choses dont il avoit si longtems regretté de manquer. Il résolut donc de satisfaire tous ses désirs, & de multiplier ses jouissances, persuadé qu'il écarteroit loin de lui le chagrin & la peine, en ne permettant pas aux privations de l'approcher.

Il acheta sur le champ un superbe équipage, revêtit ses gens des livrées les plus riches, & répandit les métaux les plus précieux sur les harnois de ses chevaux. La premiere fois qu'il se montra dans les rues de Samarcande avec cette pompe, il fit jetter de l'argent à la populace, dont les acclamations flattant sa vanité, le mirent hors de lui-même. D'autres voix s'éleverent bientôt pour l'y faire rentrer. Les grands que son luxe insultoit, le regarderent avec envie, & l'appellerent insolence, parce qu'il surpassoit le leur. Les ministres & les gens de loi dont les grands biens que supposoit sa magnificence, éveilloient l'avidité, méditerent les uns des violences, les autres des pieges pour l'en dépouiller ; & les militaires aussi blessés d'une fortune à laquelle leur profession conduit rarement, par-tout plus vifs & peu endurans, le menacerent de le tuer

La terreur dissipa l'ivresse de la vanité. Effrayé des dangers qu'il couroit, Almamoulin revêtit des habits de deuil, & se présenta devant ses ennemis, qui daignerent recevoir en même tems ses excuses, son or & ses diamans.

L'envie de se dérober pour jamais à leur fureur, lui fit concevoir le projet de se fortifier par une alliance
avec

avec les princes de la Tartarie. Il offrit la valeur
de plufieurs royaumes pour obtenir une femme dont
la naiffance illuftre couvrit en quelque forte l'obfcurité de la fienne. Toutes fes demandes furent re-
jetées généralement, & fes préfens refufés. La feule
princeffe d'Aftracan daigna condefcendre à l'admettre en fa préfence. Elle le reçut affife fur un trône,
revêtue des ornemens fouverains, la tête parée des
joyaux de Golconde; le commandement s'exprimoit
dans fes yeux, & la majefté repofoit fur fon front.
Almamoulin n'approcha qu'en tremblant. La princeffe vit fa confufion, & le dédaigna. Un malheureux
qui tremble à ma vue, dit-elle, peut-il efpérer mon
obéiffance ? Retire-toi ; jouis de tes biens. Tu ne
naquis que pour être riche : tu ne peux jamais être
grand.

Almamoulin renonçant à s'allier à des princeffes,
borna, malgré lui, fes defirs à des plaifirs particuliers
& domeftiques, qui porterent feulement l'empreinte
d'une grande fortune. Il bâtit des palais avec des
jardins enchantés; il changea la face de la terre; il
applanit des montagnes pour ouvrir des vues plus
vaftes, qui s'étendoient jufques dans des contrées étrangeres; il tranfplanta des forêts, fit jaillir des fontai-
nes à la cîme des tours qu'il avoit élevées, & couler les rivieres dans de nouveaux canaux.

Ces amufemens du luxe & de la vanité l'arrache-
rent pendant quelque tems à l'ennui, qui reparut bientôt.
Les fleurs qui croiffoient fous fes pas, perdirent devant lui leur odeur & leur éclat. Son oreille accoutumée au murmure des eaux, n'y faifoit plus attention, ou s'en trouvoit fatiguée.

Il acheta de vaftes terreins dans différentes pro-
vinces éloignées les unes des autres ; il y fit bâtir des
palais de plaifance fuperbes ; il y en avoit quatre qui
portoient chacun le nom d'une faifon, & il alloit les

Tome III. O

habiter tous fucceffivement dans le cours de l'année. Le changement de place, la nouveauté des jouïffances le tirerent d'abord de fa langueur habituelle. Mais cette nouveauté qu'on fe procure fi difficilement, & qu'on paye fi cher, difparoît bientôt; & l'habitude ramene la fatiété. Le cœur d'Almamoulin fe trouva de nouveau vuide, & faute d'objets étrangers qui puffent les occuper, fes defirs le tourmenterent encore.

Il prit le parti de revenir à Samarcande, & d'ouvrir fa maifon à tous ceux que l'ennuï & l'oifiveté conduifent fans ceffe à la pourfuite du plaifir qu'ils ne trouvent jamais. Des tables couvertes des mets les plus délicats, des vins exquis, une mufique délicieufe, les voix & les pas des chanteufes, & des danfeufes les plus fameufes & les plus belles de l'Orient, offroient dans fon palais de quoi charmer tous les fens, & attiroient la foule empreffée de prendre part aux fêtes qui s'y perpétuoient, en commençant avec le jour, & ne finiffant que long-tems après lui.

J'ai donc enfin trouvé le véritable emploi des richeffes, s'écria un jour Almamoulin! je fuis entouré de compagnons qui voient ma fortune fans envie, & je jouïs à la fois des agrémens de la fociété, & de la fûreté inféparable d'un état obfcur. Quelle inquiétude peut agiter celui à qui tous s'empreffent de plaire, parce qu'il peut les payer par le plaifir?

Ainfi parloit Almamoulin, en jettant des yeux fatisfaits fur les convives joyeux qui fe réjouiffoient à fes dépens. Mais au milieu de ce foliloque, il fut interrompu par un officier de l'empereur, qui entra dans fa maifon, & lui fignifia l'ordre de le fuivre fur le champ au palais, en lui montrant un détachement de gardes prêts à l'y traîner de force, s'il ofoit refufer d'obéir.

Ses convives troublés fe hâterent de fe lever &

de fuir. Tous s'éclipſerent ; il n'en reſta pas un ſeul qu'il put prier de l'accompagner pour atteſter ſon intégrité par ſon témoignage, ſi ſes ennemis l'avoient calomnié.

Tremblant, ignorant le motif du meſſage qu'il recevoit, Almamoulin prit le chemin du palais. Le premier homme qu'il apperçut au pied du trône étoit le plus aſſidu de ſes convives, qui étoit venu l'acuſer de trahiſon, dans l'eſpérance d'avoir part à la confiſcation de ſes biens.

L'innocence eſt quelquefois plus facile à confondre que le crime. Mais celui dont on l'accuſoit étoit ſi peu vraiſemblable, qu'il n'eut pas de peine à ſe juſtifier devant un ſouverain éclairé. Son vil délateur forcé de convenir de ſa baſſeſſe, fut condamné à périr en priſon, tandis que l'accuſé abſous fut renvoyé avec honneur.

Cette dernière épreuve fut la plus ſenſible pour Almamoulin. Il ſentit qu'il avoit eu tort de compter ſur la juſtice & la probité de ces hommes qui ne voient qu'eux dans la nature, à qui tout eſt étranger hors eux-mêmes, & dont le cœur étroit eſt incapable de ſentimens. Las des vaines tentatives qu'il avoit faites, ne ſachant plus où trouver le bonheur, il eut recours à un ſage, qui avoit beaucoup voyagé & obſervé, & qui, retiré dans une petite cabane ſur les bords de l'Oxus, avoit preſque rompu avec les hommes, & ne recevoit que ceux qui venoient demander ſes conſeils.

Frere, lui dit le ſage, après avoir entendu ſon hiſtoire, des illuſions vaines ont, juſqu'à préſent, égaré ta raiſon ; & tu l'as bien voulu. Parce que tu as d'abord deſiré les richeſſes ; tu as appris à les eſtimer plus qu'elles ne valent naturellement ; & tu as attendu d'elles ce que l'expérience vient enfin de t'apprendre qu'elles ne peuvent procurer.

Tu es fans doute convaincu qu'elles ne donnent point la fageffe. Tu n'as qu'à te rappeller pour cela à quel prix elles t'ont fait acheter les frivoles acclamations d'une populace infenfée à ta première entrée dans le monde.

L'homme qui n'a paru qu'en tremblant devant un être que la nature a fait fon inférieur, & que les circonftances feules & les conventions ont élevé, doit être certain qu'elles ne donnent pas non plus le courage & la magnanimité.

Elles ne procurent pas des plaifirs qui durent toujours. Jette les yeux fur tes palais & tes jardins, bâtis & plantés à fi grands fraix, abandonnés enfuite & négligés.

Elles n'achetent pas non plus les amis ; tu l'as découvert tout-à-l'heure, quand, cité en criminel devant l'empereur, il t'a fallu te préfenter feul, fans appui, fans défenfeur, au pied de fon trône.

Ne crois pas cependant que les richeffes foient inutiles. Il y a des ufages auxquels l'homme peut trouver un plaifir pur à les employer. En en faifant une part raifonnable à ceux qui en manquent, il adoucit les peines d'un malade privé de fecours ; il rappelle à la vie une famille défolée & manquant de pain ; il arrache l'innocence à l'oppreffion qui cherche à abufer du malheur, & à mettre un prix à fes bienfaits.

Fais tout le bien qu'elles te mettent en état de faire. Cet emploi te procurera le feul bonheur dont nous pouvons jouir fur cette terre, où nous ne faifons que paffer.

Ainfi parla le philofophe. Le voile étendu fur les yeux d'Almamoulin fe déchira. Il fe jetta aux pieds du fage : Tu m'éclaires, & tu me confoles, lui dit-il, je fuivrai tes confeils. Mais novice dans la carriere de la bienfaifance, je crains de m'égarer encore. J'aurois befoin d'un guide.

Le vieillard le releva, l'embraſſa, & lui promit de le diriger dans la diſtribution de ſes bienfaits.

Les richeſſes accumulées par Nouradin ſervirent au ſoulagement d'un grand nombre de familles. Leurs bénédictions émurent le cœur d'Almamoulin bien autrement que ne l'avoient fait les acclamations achetées de la populace de Samarcande. Il ſe paſſoit peu de jours qu'il ne les entendît; & fréquemment il alloit ſur les bords de l'Oxus remercier le ſage qui l'avoit éclairé.

LA JOURNÉE DE L'INDIGENT.

Une femme, une famille & point de pain, étoient depuis un mois le texte affligeant de mes penfées & de mes réflexions. C'eft ce qui m'occupoit encore plus vivement la nuit derniere.

Le fommeil faifoit enfin oublier à mes enfans qu'ils s'étoient couchés fans fouper. Ma femme fuivoit leur exemple depuis qu'elle n'entendoit plus leurs cris ; & je veillois triftement à côté d'elle, en rêvant aux moyens de leur donner à dîner le lendemain.

J'ai des amis : je penfai que je trouverois auprès d'eux quelques fecours fuffifans au moins pour m'ôter toute inquiétude pendant un jour. Je réfolus de les folliciter. L'aurore parut, & je me levai fans bruit, dans le deffein d'exécuter le projet de la nuit. Je vifitai de l'œil le lit de mes enfans, dont deux, pour furcroît de malheur, étoient malades. Dormez, leur dis-je tout bas., dormez : c'eft autant de tems dérobé au fentiment de vos befoins. Je ne verrai pas les pleurs qui fuivront votre réveil ; je vais chercher de quoi les effuyer.

Je fortis, & je me promenai pendant quelque tems dans les rues de Londres, en attendant le moment où mes amis feroient éveillés ; car, me difois-je, ils ne font pas comme moi dans le befoin. Tous ont foupé hier ; & fûrs de dîner aujourd'hui, ils repofent tranquillement.

Au moment où je faifois cette réflexion, je rencontrai l'honnête Thom. Surpris de le voir fi matin, mais trop occupé de mes affaires pour lui en demander la caufe, je me hâtai de lui expofer ma

peine, & l'efpérance qui m'amenoit auprès de lui.
Vous prenez bien mal votre tems, me dit-il. J'ai
joué toute la nuit : c'étoit un vrai coupe-gorge. J'ai
perdu tout ce qu'on peut perdre ; & je cours au cabaret voifin où je fuis connu, emprunter un écu pour
effayer de me refaire.

J'allois lui repréfenter qu'une partie de cet écu
qu'il alloit emprunter & perdre, m'eut fuffi pour donner à dîner à ma famille ; mais il ne m'en laiffa pas
le tems ; il étoit déjà bien loin.

Je réfléchiffois fur le fort des joueurs, & je le
plaignois fincérement, lorfque je crus appercevoir,
au bout d'une rue détournée, mon ami William
en converfation avec une jeune fille qui étoit à demi-
cachée derriere la porte d'une maifon. Je doublai
le pas en lui faifant figne, & j'allois l'appeller, lorfqu'il mit fa main fur fa bouche pour m'avertir de
me taire.

Paix, me dit-il en s'avançant vers moi ; ne me
nomme point. Une fille charmante habite cette
maifon ; une mere fâcheufe m'en interdit l'entrée ;
mais la fervante eft dans mes intérêts ; elle vient de
me promettre un rendez-vous pour la nuit prochaine,
& je vais prendre l'heure.

Un moment, m'écriai-je ! & je le retins par le
bras, & lui peignis en peu de mots ma fituation.
Je fuis au défefpoir, me répondit-il ; mais je n'ai
qu'une guinée : je la dois à la domeftique qui me fert
fi bien, & qui me prépare une fi belle nuit. N'en
doutez pas, ajouta-t-il en s'éloignant ; fi j'en avois
une feconde, elle feroit au fervice de mon ami.

Je continuai ma route, moins affligé de ne pas
emporter la guinée dont j'avois un fi grand befoin,
que de la voir facrifiée à une intrigue qui ne me paroiffoit pas honnête.

Je paffai chez James ; il venoit de partir pour la

O 4

campagne. Je ne rencontrai point Jenkinfon : je n'en fus pas étonné ; je comptois d'autant moins fur lui, que depuis un an, il me devoit deux guinées. Je fus plus heureux chez George ; je le trouvai avec fon tailleur, qui lui effayoit un habit magnifique, & qu'il renvoya fans le payer. Il me jura qu'il étoit fans argent, & qu'il n'avoit exactement que le prix de fa place pour le foir à Ranelagh, & celui de la voiture qui devoit l'y conduire & l'en ramener. Je vis bien que le plaifir de m'obliger cédoit à celui d'aller étaler dans ce lieu public l'élégance de fon habit.

J'avois vu toutes les perfonnes que je connoiffois, & fur lefquelles je pouvois compter. Fatigué d'une longue courfe, à jeûn depuis le dîner de la veille, fort embarraffé de la maniere dont je pafferois le jour avec ma famille, fentant le cri du befoin au fond de mon eftomac, je marchois triftement, les yeux baiffés, en me difant qu'un déjeûner me viendroit bien à propos.

Un petit papier bien plié frappa mes regards ; ma main s'y porta auffi-tôt pour le ramaffer. Il me parut contenir de l'argent, & je me hâtai de le ferrer dans ma poche.

Un rayon de joie fe gliffa dans mon ame. Mes doigts agités d'une forte de mouvement convulfif, tournoient & retournoient le paquet, fans pouvoir quitter la poche qui le recelloit. Je marchois avec un nouveau courage. Bientôt en regardant autour de moi, je me vis à la porte d'un caffé. J'étois las & prefque défaillant ; j'avois befoin de reprendre des forces ; & je crus que le ciel m'avoit conduit là en m'envoyant de quoi payer mon déjeûner.

J'entrai. Je m'affis vis-à-vis d'un gros homme, qui, les coudes fur la table, les mains paffées fous fa perruque, dormoit profondément à la fumée d'une taffe de café, qui étoit fous fon nez, à côté d'un plat de beurre & d'un pain qui tentoient en vain fon appétit.

J'allois appeller pour me faire fervir un déjeûner à peu près femblable, lorfque je penfai qu'il étoit prudent avant tout d'examiner le papier que la fortune avoit fait trouver fous mes pas. Je l'ouvris d'une main tremblante : il n'y avoit qu'un fou & demi.

Cette découverte, fans fufpendre mes befoins, me défendit de les fatisfaire, & je fus forcé de me contenter pour toute nourriture des nouvelles du matin.

La lecture d'une gazette eft un trifte déjeûner ; j'aurois été enchanté d'en faire un plus folide. Mes yeux après avoir parcouru quelques paragraphes, fe porterent fur le dormeur que j'avois en face.

Cet homme, me dis-je, s'endort devant fon café ! pour peu que fon fommeil dure, la liqueur fera froide, & ne fera plus bonne qu'à jetter. Si je la prenois avant qu'elle fe refroidît, je ne lui rendrois pas un grand fervice, mais fûrement je ne lui ferois aucun tort.

Ma main, à la fuite de cette réflexion, s'approchoit involontairement de la taffe ; mais elle s'arrêta à un mouvement du dormeur, qui, dans ce moment, ouvrit une paire de grands yeux chargés encore de pavots. Il appella le garçon, lui ordonna de remporter cette maudite taffe de café, parce qu'il ne pouvoit ni manger, ni boire fi-tôt après fon fommeil. Il la paya quoiqu'il n'en eut pas goûté, & fe levant pefamment, il prit en chancelant le chemin de la porte.

De ma vie je ne fus auffi vivement tenté de rien que de le prier de me faire préfent de cette *maudite taffe de café* qu'il dédaignoit.

Au moment où il alloit fortir, arriva un homme

qui me parut être un courtier, & qui le ramenant auprès de moi, tira de sa poche une longue bourse d'or, qu'il vuida sans façon sur la table.

J'étois assez malheureux pour avoir tous ces trésors à cinq pouces du bout de mes doigts, qui éprouvoient une très-forte attraction, sans que j'osasse étendre la main. Je fus sur le point de déclarer à ces deux honnêtes Messieurs, que cinq guinées me rendroient parfaitement heureux. Mais la honte, la connoissance du monde, supérieures encore à la faim & aux autres besoins qui me pressoient, rendirent ma langue immobile. Je me contentai de mordre mes ongles, & de les ronger de très-près avec une dextérité & une promptitude étonnantes, pendant que mes deux voisins compterent leur or. Lorsque cela fut fini, le dormeur replaça les guinées (il y en avoit deux cent) dans la bourse, & la mit nonchalamment dans la poche de sa veste. Après avoir dit à celui qui l'avoit apportée, qu'il pouvoit aller à ses affaires, il croisa ses bras sur sa poitrine, & se rendormit profondément.

Mon œil ébloui par la vue précieuse de cet or, restoit fixé sur la poche qui le renfermoit, & cherchoit à travers l'épaisseur de l'étoffe le spectacle qui l'avoit réjoui. Le desir d'en obtenir la plus petite portion, le besoin, l'espérance que, sous la masse de chair & de graisse que m'offroit le dormeur, il pouvoit se trouver un cœur sensible, me déciderent à demander une demi-feuille de papier, une plume, de l'encre, & j'écrivis ce qui suit:

» Monsieur, la personne qui est assise vis-à-vis
» de vous, étoit présente quand vous avez reçu une
» grosse somme d'argent. Elle a une femme qui lui est
» chere, plusieurs enfans qu'elle n'aime pas moins;
» & elle se trouve en ce moment dans la situa-
» tion la plus fâcheuse pour un mari & pour un

» pere. Je vous fuis étranger, Monfieur, mais je
» fuis homme & malheureux. Je puis, en moins
» de dix minutes, vous convaincre de mon hon-
» nêteté & de ma droiture. Vous foulageriez une
» famille entierè en lui prêtant quelques guinées
» pour peu de tems. Je n'aurai pas le courage de
» vous regarder quand vous vous éveillerez. Je tien-
» drai mes mains devant mes yeux, & je vous
» fupplie de venir à moi, fi vous daignez avoir
» égard à ma requête. Si vous me refufez, épar-
» gnez-moi la confufion de me parler fur ce fujet «.

Je pliai mon billet; je le plaçai devant lui, &
j'allai m'affeoir à l'extrémité oppofée du café. Là,
je portai ma main fur mes yeux, & je feignis de
dormir, regardant à travers mes doigts ce qui arriveroit, flottant entre la crainte & l'efpérance.

Je vis mon homme fe réveiller, prendre mon
billet, le lire, & tourner de mon côté fes gros yeux.
Je l'entendis enfuite appeller le garçon, & lui demander pourquoi on recevoit dans ce café des échap-
pés de *Bedlam* ? Après cette faillie, il partit d'un
long éclat de rire, & fortit en me regardant, & en
fecouant fes lourdes épaules.

Ma fituation eft plus facile à imaginer qu'à décrire. Je déteftai ma folie, & ayant payé mon papier qui me coûta un demi-fou, je me retirai précipitamment, la rougeur fur le vifage, & me cachant de peur qu'on n'y découvrit ma confufion &
ma honte.

Je repris triftement le chemin de mon logement,
pleurant en penfant à ma famille à qui je n'avois
rien à porter, & réfléchiffant douloureufement à ce
que je venois d'éprouver.

Mon Dieu! difois-je, eft-il poffible que le cœur
de l'homme foit fufceptible d'une pareille inhuma-
nité? Puifque celui-ci n'a pas voulu m'aider, pour-

quoi m'a-t-il infulté ? Devoit-il ajouter la peine de l'humiliation à celle de l'indigence ? mais, repre-nois-je, pour être fenfible au malheur, il faudroit l'avoir éprouvé. Peut-être un jour apprendra-t-il à me plaindre ; il aura des remords de fa conduite à mon égard, & alors je ferai trop vengé.

Comme j'achevois ces mots, je tournois le coin d'une rue. Une femme couverte des livrées de la pauvreté, vint folliciter ma pitié. Le befoin étoit peint fur fon vifage, la douleur dans fes yeux, & le trouble s'exprimoit par fa voix.

En vérité, Monfieur, me dit-elle, je ne fuis point accoutumée à mendier ; mais mon mari eft trop malade pour travailler, & mes enfans trop jeunes pour pouvoir le remplacer. Ayez pitié d'eux, & excufez-moi. Un demi-fou, j'ai le furplus, nous procureroit le pain dont nous manquons depuis hier.

Je ne poffédois qu'un fou fur la terre ; mais je me flattois que mon tems & mon travail fur lef-quels je devois plus compter que fur mes amis, payeroient, finon mon dîner, du moins mon fou-per & celui de mes enfans. Je donnai donc ce fou unique à la femme, en m'excufant de ce que je ne pouvois lui en offrir davantage. Elle ne me répondit pas ; elle regarda la pièce, porta la main fur fa poitrine, leva les yeux au ciel en le fuppliant de fe charger de fa reconnoiffance, fondit en lar-mes, & courut chez le boulanger voifin.

Dans ma fituation, je venois de faire du bien. La fatisfaction que j'en reffentois, calma un peu mes chagrins ; & je remerciai le ciel qui m'en avoit donné les moyens. Je me trouvois alors près de chez moi. La laffitude me força d'y entrer pour me repofer un moment avant de continuer mes courfes. Je ne fus pas plutôt entré dans ma chambre, que ma femme vint fe jetter à mon col. Mon ami, me dit-elle, j'ai de bonnes nouvelles. Le pauvre M. Jenkinſon eſt venu ce matin ; il a eu l'attention de m'apporter les deux guinées que tu lui avois prêtées l'année derniere, & nous allons dîner.

Nous nous mîmes à table. Nous avions un excellent potage. Le bon repas ! l'amour & le contentement étoient nos convives.

Ne t'afflige plus, mon bon ami, me dit ma femme après le dîner. La providence ne nous abandonne point ; elle nous aſſiſte dans les momens les plus critiques. On m'a apporté de l'ouvrage : je n'en manquerai plus , & il ſera bien payé. M. Lilly m'a remis les papiers dont il veut que tu faſſe pluſieurs copies. Il m'a aſſuré que demain tu recevrois la commiſſion du petit emploi qu'il t'a promis. Ton fils George eſt beaucoup mieux que ce matin. La fievre de Sally a diminué ; & Betſy ſait parfaitement la chanſon que tu aimes tant. Ainſi ſi tu veux te régaler tantôt de ta demi-pinte de vin , elle eſſayera ſa voix., & nous ferons aujourd'hui les gens les plus heureux du monde.

LE GENTILHOMME

ET LE VANNIER:

L'homme, dans les sociétés policées, semble attacher plus de prix à ce qui lui est étranger qu'à ce qui lui est personnel. Les distinctions, les rangs, les richesses, ces chimeres de convention que le hasard distribue, & dont il tire tant de vanité, ne sont chez lui que des accessoires, & ne le constituent pas. » Laissez à l'homme civilisé le tems de rassembler ses » machines autour de lui; on ne peut douter qu'il » ne surmonte facilement l'homme sauvage. Mais » si vous voulez voir un combat plus inégal encore, » mettez-les nuds, & désarmés vis-à-vis l'un de l'au- » tre «. Ce que Jean-Jacques a dit au physique, peut s'entendre aussi au moral.

Les isles de Salomon, répandues dans le vaste océan qu'on appelle la mer du Sud, ont reçu ce nom de la plus considérable de ces isles, dont un homme de génie tira les habitans de la longue barbarie dans laquelle ils avoient vécu jusqu'à lui. Il les rassembla, les poliça, leur donna des loix, leur fit connoître les douceurs de la société, & leur apprit les premiers arts qui la rendent agréable. Les peuples sensibles reconnurent leur bienfaiteur pour leur roi. Ses descendans marchant sur ses traces, perfectionnerent son ouvrage, & regnerent comme lui par les bienfaits. Cette origine de la dignité souveraine fut aussi celle des distinctions dans l'isle de Salomon. Les premiers nobles furent ceux qui seconderent le fondateur de l'empire dans l'exécution de ses projets, & le titre qu'ils acquirent & transmirent à leur poſtérité, ne pouvoit être plus honorable.

Pendant plus de deux ſiecles, on ne vit point dans cette iſle heureuſe & policée ce que l'on voit fréquemment parmi les autres nations de la terre : des nobles fiers de leurs prérogatives, oublier que leurs aïeux n'étoient ſortis de l'égalité primitive que par leur talens & leurs vertus, dédaigner ces titrés précieux de leur nobleſſe, & contens du haſard qui les avoit fait naître de ces hommes vertueux, ne pas ſentir qu'ils ſeroient reſtés confondus dans la foule, s'ils avoient été à la place de leurs ancêtres. Onotama en donna le premier exemple, 250 ans après la fondation de l'empire de Salomon.

Il n'avoit que le mérite que lui donnoient ſes aïeux. Fier de porter un nom reſpecté, parce qu'il rappelloit un grand homme, il crut ne pouvoir en ſoutenir l'éclat que par l'orgueil & l'oiſiveté, dont il ne ſortoit que pour ſe livrer à tous les plaiſirs que de grandes richeſſes le mettoient en état de ſe procurer. La chaſſe & la pêche étoient ſes amuſemens favoris ; & pour les goûter plus facilement & plus fréquemment, il paſſoit la plus grande partie de l'année dans une ſuperbe maiſon de campagne, ſituée ſur la côte la plus agréable de l'iſle.

Entre ſa maiſon & la mer étoit une petite portion de terrein bas & marécageux, couvert de joncs & de roſeaux, bordé d'une haie épaiſſe d'oſier. Elle appartenoit à un pauvre habitant appellé Tayo, qui en tiroit les matieres premieres, qui ſervoient à ſon métier de Vannier, dont il vivoit. Onotama ne pouvoit ſe rendre ſur le bord de la mer, ſans faire un détour, parce que ce terrein étoit ſur ſon paſſage. Lorſqu'il chaſſoit, ſon gibier s'égaroit ſouvent au milieu de ces roſeaux où il ne pouvoit pénétrer. Pour ſe débarraſſer de cet obſtacle, qu'il n'éprouvoit qu'avec impatience, il propoſa pluſieurs fois à Tayo de lui vendre fon terrein. Mais celui-ci ne pouvant fe réfoudre à fe défaire d'un objet qui fourniffoit à fon travail, & par-là à fa fubfiftance, le refufa conftamment.

Onotama indigné de la réfiftance qu'un vil artifan oppofoit aux defirs d'un homme de fa fortune & de fon rang, éclata en menaces. Un accident arrivé à fon chien favori qui fe bleffa à la patte en pourfuivant une piece de gibier dans ces rofeaux, l'irrita à un tel point qu'il réfolut de les exécuter. Il faifit l'occafion d'un grand vent qui fouffloit, & fit mettre le feu aux rofeaux qui furent entiérement réduits en cendres.

Tayo, ruiné par ce défaftre, fe plaignit en termés très-vifs, & plus conformes au fentiment de l'injure qu'il avoit reçue, qu'au refpect dû au rang de l'offenfeur. Cette imprudence lui fut encore funefte, & lui attira de nouveaux outrages & des coups, dont Onotama le fit accabler par fes gens.

Tayo battu, réduit à la mendicité, n'avoit qu'une reffource pour fe venger de fon oppreffeur, & en obtenir une réparation. Il fe rendit à la capitale, portant dans fes yeux toutes les marques du défefpoir, & fur fon corps celles des plus mauvais traitemens. Il fe jetta aux pieds du fouverain, lui montra fes meurtriffures, & implora fa protection & fa juftice. Le roi acceffible au dernier comme au premier de fes fujets, l'accueillit avec bonté, le plaignit, & fit venir Onotama, qui, non moins étonné du meffage, qu'indigné du motif, déclara avec fierté qu'il n'avoit fait à Tayo que le traitement que méritoit un vil ouvrier qui avoit oublié le refpect qu'il devoit à un homme comme lui.

Un homme comme vous, lui répondit le roi! eh, dites-moi, quelle différence y avoit-il entre cet artifan dont vous parlez avec tant de mépris, &
l'aïeul

l'aïeul de votre grand-pere, lorsqu'en récompense
d'une marque éclatante de courage & de fidélité
qu'il donna en défendant la vie de son maître, on
le tira de la fonction servile de couper du bois pour
le palais de mes ancêtres? Il dut à ses vertus les distinctions dont on l'honora. Quoique le premier noble de son sang, il le fut plus que vous; il le fut
par l'ame & non par la naissance. Son mérite, &
non le hasard, fit son titre; il fut le premier de vos
aïeux, & vous n'en rappellez que le nom. Je vois
avec regret, continua le monarque, un homme
comme vous, ignorer que la véritable noblesse n'en-
richit celui qui en est honoré, & ne le dispense du
travail des mains, que pour qu'il puisse se livrer tout
entier à une occupation digne de lui : celle d'employer son cœur, sa tête & son bras, à la protection de ses inférieurs, & non à leur oppression.

Ce discours, loin de faire rentrer en lui même
Oriotaïna, ne fit que révolter son orgueil. De pareils principes, ne put-il s'empêcher de s'écrier,
font-ils faits pour se trouver dans la bouche d'un
roi ? Ne seroit-ce pas donner trop d'importance au
peuple que de supposer envers lui des devoirs de la
part de ceux qu'il doit servir & respecter ? Le lot
de l'insecte obscur est de ramper & de s'anéantir
devant l'aigle, dont il doit craindre de blesser l'œil,
en se montrant à sa vue.

Il est inutile, dit le roi avec le sourire du dédain, de raisonner avec l'insensé incapable de réflexion. L'homme égaré par l'orgueil doit trouver
son châtiment & une leçon dans cet orgueil même.
Yanhumo, ajouta-t-il, en se tournant vers le général de ses galeres, prenez l'offenseur & l'offensé;
conduisez-les dans une des isles les plus éloignées de
celle-ci; choisissez la plus barbare; exposez-les nuds

Tome III. P.

fur le rivage pendant la nuit, & abandonnez-les à leur fortune.

L'ordre fut exécuté fur le champ. Onotama & Tayo furent faifis l'un & l'autre, conduits à travers les mers dans une ifle fauvage, dépouillés, débarqués, & laiffés fur un rivage folitaire.

Le lieu où on les mit à terre, étoit couvert de joncs & de rofeaux dans l'épaiffeur defquels le grand-Seigneur fe propofa de fe cacher pour fe dérober à fon compagnon, qu'il accufoit d'être l'auteur de fon infortune, dont la baffeffe, dans l'état d'humiliation où il fe trouvoit lui-même, excitoit toujours fes dédains, & avec lequel il auroit été honteux d'être rencontré. Il exécuta ce projet, & s'enfonça dans les rofeaux, réfolu de n'en fortir que lorfque Tayo fe feroit éloigné. Mais celui-ci, fans fonger à partir, ni à fon compagnon, ramaffa des rofeaux, & en fit une haie derriere laquelle il fe mit à l'abri d'un vent de nord qui fouffloit, & s'endormit tranquillement, en attendant le jour. Son fommeil duroit encore, lorfque Onotama fortit de fa retraite, dans laquelle il rentra fur le champ, pour fe cacher de nouveau à l'artifan qu'il gémit de retrouver fi près de lui.

Les flambeaux allumés fur la galere qui les avoit débarqués pendant la nuit, avoient été apperçus dans l'éloignement par les habitans de l'ifle. Ignorant d'où venoient ces feux, & craignant une invafion, ils avoient paffé la nuit à fe raffembler & à s'armer; & lorfque le jour fut venu, ils prirent le chemin du rivage pour faire la recherche & la découverte des objets qui les avoient effrayés. Ils étoient en grand nombre, armés de maffues, d'arcs, de flêches & de frondes. Ils pouffoient des cris menaçans, qui porterent la terreur dans l'ame d'Onotama. Il leva la tête du milieu de fes rofeaux, & la cacha incontinent à l'aspect de cette troupe, qu'il jugea barbare & sans quartier. Il sentit que la noblesse de son sang le défendroit mal contre eux, & qu'ils ne reconnoîtroient pas sa supériorité. Nud, à demi-mort du froid rigoureux de la nuit qu'il n'avoit jamais éprouvé, tremblant de l'approche des Sauvages, dont il ne savoit comment calmer ou détourner la férocité, plus timide dans son asyle où il étoit isolé, il en sortit pour se rapprocher de Tayo; & avec un effroi plus facile à imaginer qu'à décrire, il se plaça derriere lui, abandonnant volontiers le poste d'honneur à celui qu'un moment auparavant, il regardoit comme le dernier degré de l'opprobre d'avoir pour compagnon.

Tayo, que la pauvreté de sa condition avoit accoutumé depuis long-tems à se passer de vêtemens, & à qui une suite de besoins & de maux physiques & moraux avoit rendu la vie pénible, ne voyant pas la mort sous un aspect si redoutable, puisqu'elle devoit être le terme de ses peines, conserva son sang-froid, sa force & sa fermeté. Se souvenant qu'il savoit un art absolument ignoré de ces Sauvages, il se flatta qu'il pourroit servir à lui concilier leur amitié; & qu'il réussiroit peut-être à se préserver de leur fureur, en leur faisant voir qu'il pourroit leur être utile.

Dans cette confiance il continua d'agir avec sa froideur & sa liberté ordinaires. Il arracha une brassée de roseaux; & s'asseyant à terre, sans laisser paroître la moindre émotion, il leur fit signe qu'il alloit leur montrer quelque chose qui méritoit leur attention; & il se mit à l'ouvrage en souriant, & en y joignant les gestes d'un homme qui leur préparoit un présent digne d'eux. Les Sauvages l'entendirent, & s'arrêterent les yeux fixés sur lui, dans l'attente de quelque chose d'important & de rare.

Le Vannier, qui travailloit avec empreſſement & hâte, eut bientôt fini un ouvrage de ſon métier. C'étoit une eſpece de couronne de roſeaux treſſés avec art. Se levant auſſi-tôt, & s'approchant des Sauvages d'un air reſpectueux & libre en même tems, il le poſa ſur la tête de celui qu'il jugea le principal de la troupe. Cette parure fit tant de plaiſir à celui qui en étoit décoré & aux autres qui la virent, que ſe prenant tous par la main, ils ſe mirent à danſer autour de l'auteur de cette invention nouvelle, eſtimée en raiſon de ſa nouveauté.

Tous les Sauvages ne manquerent pas de déſirer d'être auſſi braves que leur chef ; & ils témoignerent leur envie d'une maniere ſi claire & ſi preſſante, que Tayo ſe remit au travail au grand contentement de la troupe, pénétrée d'admiration pour ſon adreſſe, & enchantée de la poſſeſſion prochaine d'un ornement ſi rare & ſi nouveau.

En ſe preſſant autour de l'étranger dont l'induſtrie excitoit leur vénération, & en allant lui chercher les roſeaux néceſſaires pour hâter ſa beſogne, leurs yeux ſe porterent par haſard ſur ſon illuſtre compagnon, qui, juſques-là, n'avoit pas attiré leur attention. Etonnés d'abord de le voir oiſif & les bras croiſés, tandis que l'autre s'occupoit avec tant d'application & d'empreſſement pour leur ſervice, ils finirent par le trouver mauvais ; & le regardant d'un œil irrité, ils leverent leurs maſſues pour en faire juſtice, réſolus de le punir de ſa négligence ou de ſon mépris, & de le forcer à travailler.

Tayo, quoique attentif à ſon ouvrage, apperçut cependant leur mouvement. La pitié étouffa dans ſon cœur le ſouvenir de ſes injures. Il ſe leva, & courut au ſecours de ſon oppreſſeur. Il ſe mit entre lui & les Sauvages, leur faiſant entendre par ſignes, que ce n'étoit pas ſa faute s'il ne travailloit point, puisqu'il ignoroit son art. Cet avis n'adoucit point les insulaires peu disposés à des égards pour une créature qu'ils jugeoient leur être inutile. Le Vannier fut obligé d'ajouter qu'il pouvoit être employé à cueillir les roseaux dont il avoit besoin, & à les lui apporter, pour ne pas interrompre sa besogne, qui en iroit plus vîte.

Cette derniere ouverture eut l'effet qu'il en attendoit. Ils consentirent volontiers à le charger d'une peine qu'ils avoient prise, & dont leur goût pour l'oisiveté leur fit trouver agréable de se dispenser, pour ne pas perdre de vue l'habile ouvrier dont les mains travailloient pour eux. Ils forcerent le gentilhomme à servir l'artisan ; ils le considérerent dès cet instant comme un homme fort inférieur à leur bienfaiteur ; & ils le traiterent en conséquence.

Les hommes, les femmes, les enfans de tous les cantons de l'isle vinrent en foule pour se procurer une parure dont aucun insulaire ne vouloit plus se passer. Ils employerent Onomata à couper des arbres, des roseaux, & à ramasser de la terre & du gazon, dont ils se servirent pour bâtir une jolie hutte à Tayo ; ils lui apportoient journellement toutes sortes de provisions, avec l'attention de n'en jamais offrir la plus petite partie à celui qu'ils jugeoient digne d'être tout au plus son valet, que le maître n'eût choisi sa portion.

Onotama, pendant quelque tems, ne fit que gémir de la distinction qu'on faisoit entre le Vannier & lui. Son orgueil humilié lui inspira souvent l'envie de résister aux Sauvages. La vue de leurs massues prêtes à tomber sur ses épaules, lui imposoit la nécessité de l'obéissance. Il ne put que céder & se désespérer.

Trois mois écoulés dans cette triste situation, firent prendre un nouveau tour à ses réflexions. Les

larmes que lui avoit arrachées son état actuel se ta-
rirent. Le sentiment de ses injustices s'éveilla, & lui
en fit verser de nouvelles.

J'ai mérité le châtiment que je subis, dit-il, un
jour à Tayo. J'ai été coupable ; mais je ne l'ai été
que pour avoir manqué de jugement. Né dans un
rang que donne le hasard, élevé au sein des richesses & de la vanité qu'elles inspirent, j'ai dédaigné
tout homme qui n'avoit pas mes avantages, que
j'ai trop appréciés, & qui n'étant qu'accidentels, pouvoient m'être ravis. Les distinctions de la fortune &
des conventions sont bien au-dessous de celles qu'on
ne doit qu'à soi-même & à la nature. Les seules
choses utiles sont véritablement honorables. J'ai honte de moi-même quand je songe à ma méchanceté
& à votre humanité. Mais si les Dieux me rappel-
lent jamais à la possession de mon rang & de mes
richesses, je n'en jouirai point sans les partager avec
vous. C'est de cette manière seule que je puis,
& que je dois effacer le souvenir de mon arro-
gance qui est trop justement punie.

Onotama tint parole, quand le roi de Salomon
envoya peu de tems après sur ce rivage le même
capitaine qui l'y avoit débarqué. Il apportoit des
présens pour les Sauvages, & l'ordre de ramener
les deux exilés.

Depuis ce tems, l'usage dans l'isle de Salomon
est de dégrader tout gentilhomme qui ne peut donner d'autre raison pour justifier son insolence & son
oisiveté, sinon qu'il est né pour ne rien faire ; & le
mot de forme qu'on emploie dans la sentence qui
le condamne ainsi, est : *Qu'il prenne une leçon du
Vannier.*

LE PHILOSOPHE VILLAGEOIS.

Adraste a connu le monde dans le tourbillon duquel il a vécu long-tems; il s'est retiré à la campagne où il jouit de lui-même, de ses livres & du spectacle de la nature. Son cabinet & la promenade partagent son tems. Il ne les quitte l'un & l'autre que lorsque l'espoir de faire du bien l'en arrache. C'est une volupté pour lui qui, chaque fois qu'elle se renouvelle, lui procure des momens heureux. Il est riche, & il ne s'en félicite que parce qu'il est en état de goûter plus souvent des plaisirs dignes de lui. Sa sagesse & sa générosité sont connues dans le lieu qu'il habite. Il est choisi pour arbitre dans tous les démêlés des riches, & les pauvres le trouvent toujours quand ils ont besoin de lui.

Lorsqu'il alla dans sa terre pours'y fixer, il s'informa soigneusement de la conduite & de l'état de ses fermiers. Son intendant avoit seul traité avec eux ; &, quant à lui, il ne les connoissoit point. Il apprit qu'il en avoit un qui tenoit de lui depuis long-tems une petite ferme, sur le produit de laquelle, les rentes acquittées, il vivoit content avec une grosse famille.

Sa cabane étoit petite, mais solidement bâtie, & entretenue avec propreté. La frugalité & la simplicité accompagnoient cette heureuse famille. Le chef avoit l'art d'y perpétuer le bonheur, dans toutes les situations de la vie, dans toutes les saisons, depuis le commencement du printems jusqu'à la fin de l'hiver. Il sembloit maîtriser les événemens, & les tourner tous à son avantage. On étoit sans cesse occupé chez lui. Jamais rien n'y manquoit, & tou-

P 4

jours on étoit heureux. S'il avoit des chagrins, il s'humilioit devant l'Etre des Etres ; s'il lui arrivoit quelque événement favorable, il le remercioit.

Il avoit pris la ferme qu'il te o t encore, dans le moment où le pere d'Adraste voit acquis la terre dont elle dépendoit. Depuis ce tems, il n'avoit jamais suspendu d'un jour le paiement de sa rente ; il n'avoit pas eu une seule querelle dans la paroisse. Il adoucissoit la fatigue de son travail, en songeant qu'il devoit fournir des alimens à ses enfans ; son application en entretenant sa santé, ne lui laissoit point le loisir de se livrer aux desirs ; elle le préservoit aussi des effets des passions vicieuses. Il ne trouvoit de tems que pour réconcilier des ennemis prêts à se battre, accorder des différends dont il seroit résulté des procès, donner une façon au champ d'un voisin malade, & suggérer pendant qu'il étoit marguillier, des moyens simples & peu coûteux de soulager les pauvres. Jamais il n'avoit éprouvé les moindres mouvemens de l'envie à l'aspect des richesses des autres.

Ses vertus l'avoient rendu célebre dans le canton ; on ne l'appelloit que l'*heureux Villageois* ; & il passoit pour un homme riche, avec un revenu de vingt livres sterling.

L'éloge qu'Adraste entendoit faire par-tout de ce fermier, lui donna l'envie de le voir, & de s'assurer si la voix publique n'en imposoit pas. Tout ce que l'on en disoit étoit fait pour piquer la curiosité d'un philosophe. Il se mit en route une après-midi pour la satisfaire.

Il arriva à la ferme au coucher du soleil. Le fermier, dont le nom étoit Matthieu Mendland, étoit assis à la porte, fumant sa pipe, & entouré de ses enfans ; sa femme étoit occupée à préparer un souper sain & abondant. Mendland, qui connoissoit son seigneur de vue, se leva dès qu'il l'apperçut, le fit entrer dans sa chaumiere, & lui offrit le meilleur siege.

Vous trouverez, lui dit-il, cette habitation bien petite ; mais elle est assez grande pour le bonheur, & j'en jouis peut-être davantage, & sans doute plus purement, que les gens riches dans leur vastes & incommodes châteaux. Il ne faut à l'homme né pour le travail, qu'un abri contre la pluie, l'ardeur du soleil, le serain des nuits, & les rigueurs de l'hiver. Cette cabane me l'offre, & mon unique vœu est de ne la plus quitter. Je me proposois de vous aller voir un de ces jours ; mon bail finit à la St. Michel ; si vous voulez le renouveller, je serai très-content de finir ma vie à votre service. J'espere que vous y consentirez. Mes rentes sont toujours payées aux termes ; & je n'ai pas plus à me plaindre de mon seigneur que lui de son fermier.

Adraste l'interrompit en lui demandant le bail, & une plume & de l'encre pour le renouveller. Comme je ne fais point usage de plumes, ni d'encre, répondit le fermier, je n'en ai point chez moi. Ces choses ne sont d'aucune utilité à un homme qui ne sait ni lire ni écrire. Je n'attache de l'importance qu'à ce qui me sert. Mais si vous en avez besoin, je puis envoyer à la boutique voisine, où l'on trouvera sûrement de l'encre & du papier, s'il en faut. Un de mes enfans, en attendant, ira prendre un roseau sur le bord du ruisseau que vous voyez ; ou, si vous le préférez, Thom peut arracher une plume à mon vieux jar, que je vois chercher sa retraite pour la nuit.

Tout cela n'est pas absolument nécessaire pour aujourd'hui, lui dit Adraste. Je signerai volontiers notre bail une autre fois. Mais vous m'étonnez en m'apprenant que vous ne savez pas lire. On m'avoit assuré

que vous aviez bien des connoiſſances qui ne s'ac-
quierent en effet que dans les livres ; ce ſont eux qui
m'ont inſtruit ; & ſans leur ſecours, combien de
choſes j'ignorerois ! comment ſe peut-il que vous
n'ayez point puiſé dans ces ſources vos idées ſur l'é-
conomie, ſur l'induſtrie & la propriété ? Je m'ima-
ginois que vous donniez à l'étude le tems que vous
pouviez épargner ſur vos travaux.

Non, Monſieur, répondit le fermier, je ſuis un
homme ſans lettres ; & je n'ai jamais étudié ; mon
pere n'étoit pas en état de me donner une ſi belle
éducation ; & je n'ai eu depuis ni le tems ni les
moyens d'y ſuppléer par moi-même. La nature &
mes yeux ont été mes ſeuls maîtres ; & ſi j'ai eu
le bonheur de vivre avec quelque réputation d'honneur & de probité, juſqu'à l'âge de ſoixante ans,
en elevant mes enfans au travail, à la ſociété & à
la vertu, c'eſt à la nature & à mes yeux que je le dois.

Mes occupations journalieres, en qualité de laboureur, m'offrent ſans ceſſe des objets d'inſtruction,
que j'étudie à part moi, & dont je fais mon profit.
Mon terrein, Monſieur, en contient plus que je ne
pourrois peut-être en trouver dans un livre : du moins
ſais-je les y lire.

Au bout de mon petit jardin, j'ai ſur deux tablet-
tes quelques ruches à miel ; je vois travailler ſans
ceſſe les petits inſectes induſtrieux qui les habitent ;
& ils m'apprennent quelle honte ce ſeroit à l'homme
de mener une vie lâche, oiſive & pareſſeuſe.

Ma maxime, Monſieur, eſt que celui qui ne ſait
pas faire venir du bled, & qui ne s'en occupe point
quand la nature & la néceſſité l'appellent à ce travail, n'eſt pas digne de manger du pain. En conſéquence, je travaille ; & je ne m'aſſieds jamais à
ma table pour prendre mon repas avec ma famille,
ſans pouvoir me dire à moi-même que j'ai gagné

ce repas pour elle & pour moi ; j'en prie Dieu de
meilleur cœur de lé benir.

Les abeilles seules ne m'ont pas instruit de cette
partie de mon devoir. Les petites créatures qui habitent ces mottes de terre que vous voyez, sont
pour moi une leçon journaliere. Peut-on les regarder travailler sans cesse pendant le beau tems, à
remplir avec peine leurs magasins pour l'hiver, sans
apprendre que l'on doit, de son côté, songer à sa
vieillesse & à sa famille ? Combien de fois me suis-
je reposé sur ma bêche pour suivre leurs travaux ?
Après les avoir vus, je retournois aux miens avec
plus de vigueur.

Monsieur, continua le fermier, j'ai un vieux chien...
Ici Honesty... où es-tu donc Honesty ?... Ah, le
voilà ! pauvre animal ! il a de la peine à se traîner :
viens, viens, ton maître ne t'oubliera jamais. Ce
bon animal, tant qu'il a eu une dent dans la bouche, a gardé mes habits pendant que je travaillois,
& ma cabane durant la nuit ; & tant que j'aurai
du pain, je m'en souviendrai pour le partager avec
lui. Je ferai pour lui ce que je voudrois faire pour
un Thomas Trusty que j'ai toujours aimé, & que je
regrette tous les jours. Je n'étois pas plus haut que
cela ; il me rendit une fois un service signalé. Je
n'avois point de pain ; j'étois hors d'état d'en gagner :
il en avoit à peine pour lui-même. Il me fit part du
sien... Il me fit la plus grosse part, Monsieur... Le
digne homme, le respectable homme ! son souvenir
m'arrache encore des larmes de tendresse & de reconnoissance... Que Dieu le bénisse !... Ah ! sans
doute, il repose à présent avec lui. L'homme qui
manque de reconnoissance, manque de naturel ; &
& celui qui n'a point de naturel ne mérite pas de
vivre ; il vaudroit mieux qu'il fût mort. Une personne
qui ne fait pas du bien à ses voisins, n'a qu'à aller

dans un désert : qu'a-t-elle à faire dans la société ?
Nous sommes tous nés pour faire quelque chose ;
& une bonne action est toujours rappellée avec plaisir.

Quant à mon devoir comme mari, les pigeons
qui se reposent sur ma cabanne, & qui volent au
tour de mon champ, me l'enseignent. Vous voyez
cette chere vieille femme, Monsieur ; eh bien, il y
a quarante ans que nous sommes mariés ensemble,
& je vous jure que je suis encore pour elle, ce que
j'étois le premier jour. Je ne sais pas ce qui plaît à
nos grands & riches insensés dans le changement ;
je trouve un si grand plaisir dans ma constance,
que je suis sûr que l'infidélité m'en procureroit moins.
Ah ! le sourire du contentement sur les levres d'une
bonne femme est une précieuse & douce jouissance.

A l'égard de l'amour que je porte à ces pauvres
enfans ; ce devoir, car c'en est un dans un pere,
m'a été enseigné par l'oiseau qui bâtit son nid sur
l'arbre qui nous fournit son ombre à l'entrée de ma
cabanne. La truye qui met bas ses petits à ma vue,
la jument qui conduit le sien dans mes pâturages,
m'apprennent à aimer les miens, à les soigner, à
veiller à leur conservation.

C'est ainsi, Monsieur, que j'ai reçu mes leçons
de sagesse, d'honneur, de vérité, de tendresse, des
animaux qui courent ou rampent dans nos champs,
& des oiseaux qui volent dans l'air.

Le vieux fermier s'interrompit à ce mot, & ordonna à sa fille ainée d'aller tirer une pinte de sa
meilleure biere. Adraste étonné de la simplicité touchante du bon homme, de la solidité de son jugement, & de la vérité de ses observations, le regardoit avec une sorte d'admiration.

Vous m'avez procuré, lui dit-il, un plaisir que
je ne soupçonnois pas ; mais vous m'affligez en
même tems. J'étois venu dans le dessein de vous

voir & de vous offrir mon affiftance. Vous ne me laiffez pas la moindre chofe à vous préfenter. Je n'ai rien que vous n'ayez vous-même, fi ce n'eft un peu plus d'argent; & vous paroiffez fi content de votre fort tel qu'il eft, qu'une augmentation de fortune ne vous rendroit pas plus heureux, & peut-être dérangeroit l'économie de votre plan. Vous êtes un heureux fermier, un philofophe naturel; vous en avez plus appris dans votre vie laborieufe & fans livres, que moi au milieu de mon cabinet, dans une vie fédentaire. Donnez-moi cependant le bail; je le mettrai dans ma poche... je le déchirerai, &...

Quoi, Monfieur, s'écria le fermier allarmé en l'interrompant! vous déchireriez mon bail, au lieu de le renouveller! il faut donc que ma liberté ou mon bonheur vous ait offenfé. Oui, M. Mendland, répondit Adrafte, je déchirerai le bail; mais c'eft parce que vous n'en aurez plus befoin à l'avenir. La petite ferme que vous avez cultivée fi long-tems, & que vos foins ont améliorée, deviendra votre patrimoine & celui de vos enfans. Dès ce moment, vous en avez la propriété, je vous la donne. Venez demain matin chez moi, l'acte qui vous l'affure, fera prêt & figné : je le remettrai entre vos mains. A l'avenir, je ne vous regarderai plus comme un fimple & honnête laboureur, qui étoit dans ma dépendance; je ferai votre ami. Accordez-moi fouvent le plaifir de vous voir chez moi, dans mon jardin, où nous philofopherons, où vous m'apprendrez à lire dans le grand livre de la nature, que vous lifez fi bien. Nous dînerons enfuite enfemble. Je n'exige de vous que le tems que vous pourrez donner à l'amitié, lorfque les affaires de votre famille, celles de la culture de vos champs feront finies. Votre fociété me fera chere; elle me fera utile; elle me rendra meilleur.

Le bon fermier voulut tomber à ſes pieds pour le remercier. Adraſte l'en empêcha en l'embraſſant. Levez-vous, M. Mendland, lui dit-il; ne me remerciez pas : c'eſt moi qui vous ai véritablement obligation. Je viens de faire avec vous le marché le plus avantageux. En échange de quelques âcres de terre dont je n'ai pas beſoin, vous m'avez donné une ſuite de maximes de ſageſſe & de vertu, plus précieuſes que tout l'or des mines d'Ophir, & dont je ferai mon profit.

Depuis ce moment, Adraſte & le fermier vivent dans l'union la plus intime.

NOURSCHIVAN,

CONTE INDIEN.

L'Orient retentit fans cesse du bruit des chaînes que secoue l'esclave, & dont le désespoir lui fait souvent des armes contre le despote qui l'en accable. Dans le tems même qu'il fléchit sous leur poids, sa voix quelquefois s'éleve & fait entendre la vérité avec plus de force & de courage que ne le fait ailleurs l'homme fier & vil, qui s'applaudit d'être libre, & qui ne fait que ramper & flatter.

Nourschivan, né auprès du trône, élevé comme la plupart des princes destinés à régner, nourri dans les respects que prodiguent l'ambition & la bassesse à celui qui doit être maître un jour, n'avoit vu personne contrarier ses passions, & lui enseigner qu'il naquit homme avant de naître prince. Il avoit passé sa première jeunesse sans occupations, sans études & dans les dissipations. Vif, actif & courageux, il annonça par son penchant pour la chasse, combien il aimeroit la guerre, & braveroit les dangers. Seul, au milieu des forêts, il attaquoit le tigre & le lion; toujours il triomphoit de ces bêtes farouches; & les blessures qu'il remportoit de ses combats & de ses victoires, ne sembloient servir qu'à lui inspirer le désir de les chercher de nouveau.

L'ange de la mort qui plane également sur les palais & sur les chaumieres, dont le dard aigu frappe pareillement les rois & leurs esclaves, s'étoit arrêté sur le trône de Déli. La mort de Selim qui l'occupoit, remplit l'empire de deuil. Son fils Noursichivan est appellé pour lui succéder. Il ceint le bandeau des rois sans connoître les devoirs que ce titre auguste impose; il reçoit les hommages de la cour prosternée devant lui, & se hâte de se débarrasser des fêtes que son avénement au trône occasionnoit, pour aller chercher les plaisirs chers à son cœur.

Les forêts étoient sa demeure favorite. Les ministres qui regnoient & conduisoient tout sous son nom, applaudissoient à sa passion, qu'ils appelloient celle des héros, & l'entretenoient pour le retenir toujours éloigné des affaires.

Un événement important & imprévu qui devoit armer les Indiens contre des princes voisins, dont l'ambition cherchoit à faire des conquêtes dans ces vastes & riches contrées, força les ministres épouvantés d'appeller au conseil le souverain dont ils s'étoint contentés jusques-là d'employer le nom.

On le presse de revenir à Déli; ce n'est qu'avec peine qu'il s'y résoud. Le jour qu'il doit donner à l'empire, est un jour superbe pour la chasse; & ce sacrifice dont on parvient enfin, mais difficilement, à lui faire sentir la nécessité, lui coûte infiniment. Il se rend à Déli, il entre au conseil. Ses premiers discours en arrivant ne roulent que sur les plaisirs de la chasse. Son imagination jeune s'anime, s'échauffe & s'étend sur ces peintures. Il raconte les momens les plus beaux que lui a offerts sa passion, depuis deux mois qu'il s'y est livré sans interruption, c'est-à-dire, depuis l'instant qu'il est monté sur le trône, du moment où il auroit du s'occuper de toute autre chose.

Lorsqu'il eut fini son récit, un vieil Indien appellé depuis son enfance aux affaires, & qui depuis long-tems donnoit sa voix dans les conseils des souverains de Déli, se leva.

Les Rois, dit-il, doivent habiter les cours & les camps,

camps, & non les forêts & les déserts. Les affaires
même des particuliers souffrent toujours, lorsqu'ils pré-
ferent les dissipations au travail. Mais lorsqu'un souverain ne connoît & n'écoute que la voix du plaisir,
la ruine d'une nation entiere peut en être la suite
terrible. Nous sommes assemblés ici, ajouta-t-il, pour
nous entretenir d'objets plus importans que des détails d'une partie de chasse. Les exploits qu'elle entraîne sont ceux d'un piqueur, & les chiens en partagent la gloire avec le chasseur, s'ils n'en ont pas
la plus grande part. O roi ! si tu veux t'occuper des
maux de tes sujets & y remédier, tu trouveras des
peuples reconnoissans, tendres & soumis à tes loix;
mais si tu t'y refuses...

Nourschivan irrité, l'interrompit en cet endroit,
& portant rapidement la main sur son cimeterre,
en le regardant d'un œil étincellant de rage : que
veux tu dire, lui demanda-t-il ? parle : si je m'y
refuse...

Le vieux conseiller ne parut point interdit ; son
œil modeste, mais ferme, se fixa sur le prince. Si tu
te refuses à tes devoirs, lui dit-il, tes peuples oublie-
ront les leurs ; ton indifférence les en aura dispen-
sés, & ils chercheront un meilleur maître.

Nourschivan se leva avec précipitation, & sortit
du conseil avec l'air de la fureur. Un instant le fit
rentrer en lui-même. Il revint plus calme au milieu
des ministres qui étoient encore assemblés, & que
la colere du maître plongeoit dans l'effroi.

Je reconnois, dit-il à l'Indien qui avoit parlé, la
vérité de ce que tu viens de me dire. Le souverain
qui ne remplit pas les devoirs d'un bon roi, ne peut
avoir long-tems de bons sujets. Rappelle-toi qu'à
compter de ce moment tu n'auras plus à faire à
Nourschivan le chasseur, mais à Nourschivan le
sultan des Indes.

Tome III. Q

Le monarque tint parole. La leçon qu'il avoit reçue, fut toute sa vie présente à son esprit. Il devint guerrier & politique, & fut le meilleur & le grand roi de l'Inde.

Fin du troisieme & dernier Volume.

TABLE

DES MATIERES

Contenues dans ce Volume.

Q 2

TABLE DES MATIERES.

Fin de la Table du troisieme & dernier Volume.